현월문학연구

황봉모 지음

이 저서는 2012년 정부(교육과학기술부)의 재원으로 한국연구재단의 지원을 받아 수행된 연구임 (NRF-2012-S1A5A2A01018955)

어문학사

머리말

이 책은 현재 일본에서 가장 활발하게 활동하고 있는 재일 한국인 문학자인 현월(玄月)에 대하여 발표한 논문을 모은 것이다.

현월은 재일 한국인 2세로 본명은 현봉호이다. 오사카시 이쿠노구 출신으로 오사카 시립 남고등학교를 졸업했다. 그는 다양한 직업을 경험한 후, 오사카 문학학교에서 동시집 『백아(白鴉)』를 발행하면서 집필 활동을 시작했다. 1998년 『무대 배우의 고독』으로 일본문단에 등단했으며, 1999년에 발표한 『그늘의 집』으로 제 122회 아쿠타가와 상을 수상했다.

현월은 그의 작품들에서 재일 한국인, 특히 재일 한국인의 정체성과 그 소수성 minority, 그리고 그로부터 나타나는 인간 본성에 대해 말하고 있다. 그러나 다른 재일 한국인 문학 작가들이 유지해오던 재일 한국인 문학의 특성과는 달리, 그는 재일 한국인에 대한 어떠한 해결책도 제시하거나 강요하지 않는다. 다만 그는 재일 한국인을 소재로 하여 인간이 가지는 본성을 그만의 담담한 시각과 태도로 이야기를 풀어내고 있다.

이 책은 한국연구재단의 연구비에 의한 것이다. 2004년 전북대에서 한국연구재단의 기초학문사업인 〈재일한국인문학의 인프라 구축〉프로젝트에 참가하면서 현월이라는 작가에 대한 연구를 시작했다. 그 뒤에도 현월문학연구로 한국연구재단의 연구비를 받았다. 또 이 책은 2004년부터 2010년까지의 한국외대 일본어과 「일본현대문학특강」수업의 기록이다. 수업에서 학생들과 현월의 작품을 함께 읽고 토론했다. 『말 많은 개』『이물』『권족』은 번역본이 없어서 학생들은 원문으로 책을 읽었다. 뛰어난 언어실력과 문학적 감수성으로 수업을 빛내 준 학생들에게 진심으로 고마운 마음을 전한다.

학생들은 공부만 잘 한 것이 아니었다. 사회봉사 활동에도 참가했다.

국경없는의사회에서 활동하는 학생, 한센병 단체에서 봉사하는 학생, 위안부 수요 집회에서 사회를 보는 학생, 버려진 신생아를 돌보는 곳에서 봉사하는 학생, 자활장애인을 돕는 학생, 아프리카 어린이를 후원하는 학생, 그리고 UNHCR……

최고의 학생들이었다.

우리는 물론 수업을 열심히 하였지만,

개강파티를 하고, 산에 가고, 영화를 보러 가고, 종강파티를 했다. 때로는 수업을 마치고 술을 먹기도 했다. 학생들과 남이섬에 가고 용문사에 가고 문근영 양의 연극을 보러 갔다. 그렇게 학생들과 즐거운 추억이 많다. 하지만 여학생이 죽은 슬픈 기억도 있다.

나에게는 정말 신영복 선생의 석과불식(碩果不食)이었다. 선생이 말씀하신, 절망과 역경을 '사람'을 키워내는 것으로 극복하는 시간이었다. 그렇게 우리는 희망에 대해서 이야기했다. 우리가 함께 보낸 시간들은 지금도 수업카페에 남아있다. 이 수업과 「일본소설문학」 수업으로 내가 평생 해야 할 수업을 다했다.

학생들은 이제 졸업하여 사회 곳곳에서 활동하고 있다.

대기업에 간 졸업생, 중소기업에 간 졸업생, 교사가 되어 학생들을 가르치는 졸업생, KBS기자가 된 졸업생, 입법고시를 붙은 졸업생, 국제기구에 진출한 졸업생, NGO 단체에 가서 봉사하는 졸업생, 영화감독이 된 졸업생, 유학을 간 졸업생……

이제는 그들의 시대다. 일전에는 「08 일본현대문학특강」의 반장이자 최우수학생이었던 김선영 양의 결혼식이 있어 상주에 다녀왔다. 동료교사들이 축가를 불러준 멋진 결혼식이었다.

지난겨울 아키타를 여행했다.

차타니(茶谷)선생님이 계셔서 갔다.

가쿠노다테(角館)의 무사마을에서는 눈이 펑펑 왔다. 포근한 마음이었다.

선생님의 연세 76세. 하지만 선생님은 아직도 아키타 현 고바야시 다키지 연구회, 동북지구 일본역사교사협의회, 다자와 예술마을, 일본민요연구, 하나오카 탄광 강제징용 조선인 조사, 김소운 시 연구 등 여러 가지 일을 하고 계신다.

내가 선생님 같이 살 수는 없겠지만

그래도

20년이 지나도

읽고 싶은 책을 읽고, 번역을 하고, 글을 쓰고, 메이저리그를 보고, 영화를 보고, 산과 일본에 가고 싶다. 그리고 좋은 사람들과 만나서 즐거운 술자리를 가지고 싶다.

김대중 전 대통령은 감옥에서 매일 10시간씩 책을 읽었다고 한다.

나는 유학시절에도 그렇게 책을 읽은 적이 없는 것 같다.

부끄러운 일이다.

올해부터는 한국근대문학을 읽으려고 한다.

매일 5시간이라도 읽었으면 좋겠다.

책으로 만들어 주신 윤석전 사장님과 꼼꼼하게 교정을 보아주신 편집자님들께 정말 감사드린다.

2016년 봄, 서울에서

황 봉 모

차례

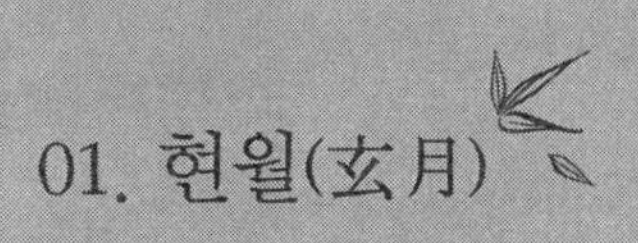

01. 현월(玄月)

『그늘의 집(蔭の棲みか)』

―'서방'이라는 인물―

1. 들어가며

탈중심과 다양성을 중시하는 포스트모더니즘이 대두되면서 주변부 문학의 중요성이 강조되고 있다. 소수집단의 문학이란 중심과 주변의 경계를 허물고 지배 문화와 권력화된 문화로부터 탈피하기 위한 문학이다. 세계에서 다양성과 차이의 가치가 중요시되고, 새로움을 추구하는 이때 주변부 문학인 소수집단 문학 연구의 필요성이 있는 것이다. 이에 따라 일본 문학에서 소수집단 문학으로서 그 위치를 차지하고 있는 재일 한국인 문학도 새로운 의미에서 그 연구의 중요성이 요구된다. 재일 한국인 문학은 소수집단 문학이지만 일본의 소수집단 문학 중에서 문학적 위치가 가장 중요시되는 문학이다.

본서에서는 재일 한국인 문학을 소수집단 문학으로 정의하고, 들뢰즈(Deleuze)와 가타리(Guattari)의 소수집단의 문학이론을 통하여 재일 한국인 문학의 특징을 고찰하려고 한다. 여기에서는 재일 3세대 작가인 현월(玄月)의 『그늘의 집(蔭の棲みか)』을 대상으로 하여, 이 작품에 나타나 있는 소수집단 문학의 특징을 고찰한다. 현월의 『그늘의 집』은 1999년 11월 『文学界』에 발표된 작품으로 다음 해 아쿠타가와(芥川) 상을 수상하였다. 이 작품에서 주인공인 '서방'은 75세로 자신의 힘으로는 아무것도 할 수 없는 노인으로 설정되어 있다.

이 책에서는 '서방'이라는 인물을 통하여 이 작품에 나타난 소수집단 문학의 특징을 고찰한다. 그리고 이 작품에 있는 집단촌(集落)이라는 소수집단에 대하여 살펴보고, '서방'이라는 인물이 탈주 과정을 통하여 어떻게 자신의 정체성을 찾아가는가를 살펴보고자 한다.

2. '서방'의 정체성

들뢰즈와 가타리는 1975년『카프카 : 소수집단의 문학을 위하여』라는 저서에서 소수집단 문학이라는 개념이 가지는 중요성을 설파하고 있다.[1] 그는 소수집단 문학을 '소수 언어로 된 문학이라기보다 다수 언어 안에서 소수자가 만들어내는 문학'으로 정의하고, 소수집단 문학의 중요한 특징으로 다음과 같은 세 가지를 제시하고 있다. 즉 그것은 언어의 탈영토화, 소수집단 문학이 가지는 정치적 성격, 발화 행위의 집단적 배치 등이다. 이 이론에 의하여 생각할 때, 재일 한국인 문학은 들뢰즈와 가타리가 말하는 소수집단 문학의 특징이 무엇보다도 잘 드러나고 있는 문학이라고 할 수 있다. 현월의『그늘의 집』도 그 전형적인 작품이다.

우선 언어의 문제에 대하여 살펴본다.

언어에 있어서 재일 한국인 문학자는 모어인 일본어와 조국의 언어인 한국어 사이에서의 갈등을 피할 수 없다. 이것은 본서의 연구 대상인 현월의『그늘의 집』의 주인공이 '서방'이라는 이름으로 통용되고 있다는 사실로서도 간단히 알 수 있다. 일본어로 쓰인 작품이지만 주인공이

1 들뢰즈, 가타리, 조한경 옮김『카프카 : 소수집단의 문학을 위하여』(문학과 지성사, 1992년 3월)

'서방'이라는 한국어로 설정되어 있다. 작품에 일본어의 공간과 한국어의 공간이 뒤섞여 있는 것이다.

여기서 '서방'이라는 용어에 대하여 살펴보자. 우리는 '서방'이라는 용어로써 이 작품이 일본 주류 문학과는 다른 종류의 문학이라는 것을 간단히 알 수 있다. 물론 여기에서 '서방'이라는 용어가 단지 한국어라는 것만을 의미하지 않는다. 우리는 '서방'이라는 용어를 통하여 이 작품에서 펼쳐지는 이야기가 일본의 주류 사회가 아닌 소수집단인 재일 한국인 사회를 묘사하고 있다고 생각할 수 있는 것이다. 『그늘의 집』에서 '서방'은 자신의 정체성을 상실하고 있는 인물로 묘사되어 있다. 이것은 '서방'이 일본어가 아닌 한국어의 이름을 가지고 있는 것으로 설명할 수 있다. 그런데 이 '서방'이라는 용어는 그의 이름이 아니다. '서방'은 한국의 처가에서 통칭하는 용어로, '서방'에겐 자신의 고유한 이름이 없다. 이름은 자신의 정체성을 나타낸다. 이 작품에서는 주인공이 '서방'이라는, 일본어에 없는 통칭으로 불리고 있다는 사실로써 그가 정체성의 혼란을 겪고 있다는 것을 암시하고 있다.

언어는 생각을 담는 그릇이다. 이것은 우리가 어떤 언어를 사용하느냐에 따라 생각의 깊이와 폭이 달라짐을 뜻한다. 언어는 내밀한 방식으로 인간의 사고를 통제한다. 그러므로 우리는 사용하는 언어를 통하여 타인의 사고방식을 알 수 있다. 새 숙소 장으로 조선족 중국인이 왔을 때, 서방은 한국어로 그의 고향을 물어본다. 처음 만난 동포끼리 반드시 주고받는 질문, 즉 선대의 고향이 어디냐는 질문을 한국어로 물어보는 것이다. 서방은 재일 1세대이지만 일본에서 태어나서 일본어를 모어로 가진 사람이다.[2] 그러므로 서방은 당연히 일상적인 언어인 일본어로 이야기하는 것이 더 편할 것이다. 그러나 동포를 처음 만났을 때 서방은 모국어인 한국어로 말을 건다.

서방에게 있어 모어인 일본어는 1차 언어이고, 한국어는 2차 언어이다. 1차 언어는 내면의 생각이 나오는 것으로, 마음속 깊은 곳에 숨겨져 있는 의식이 자연스럽게 표출된다. 생각 이전의 본능적인 감정의 언어이다. 일본어는 서방이 태어날 때부터 가지고 태어난 언어이지만, 한국어는 일본에 살면서 학습된 언어이다. 학습된 언어는 머릿속에 있는 사고로부터 나오는 이성적인 언어이고, 감정적인 언어는 사고하기 전에 나온다. 당연히 사고하기 전에 나오는 감정적인 언어가 인간에게 보다 가까운 거리에 있을 것이다. 그러나 서방에게는 이것이 통용되지 않는다. 왜냐하면 서방은 조선인(한국인)이기 때문이다. 서방에게는 언어 체계보다 민족이라는 감정이 우선이었다. 겉으로 볼 때 서방에게는 일본어가 모어이고 1차 언어이지만, 가슴속 깊은 곳에 있는 마음속의 1차 언어는 한국어였던 것이다.

서방이 처음 만난 동포에게 한국어로 물어보는 것은 서방이 그에게 친밀한 감정을 가지고 있다는 것을 나타낸다. 한국어로 이야기함으로써 서방은 상대방에게 마음을 열고 있다. 서방은 조국과 고향 사람이라는 의미에서 한국을 기억하고, 반가운 마음으로 자연스럽게 한국어로 말을 건다. 이것이 서방의 의식적인 행동인지 아니면 무의식적인 행동인지는

---

2 서방은 일본에서 태어나 사투리가 없는 완벽한 일본어를 구사한다.

알 수 없다. 단지 여기에서는 서방이 늘 쓰고 있는 일본어가 아니고 그다지 사용하지 않는 한국어로 물어본다는 사실이 중요하다. 서방의 가슴속 깊은 곳에는 언제까지나 한국어(한국이라고 할 수 있다)가 자리 잡고 있는 것이다. 그러므로 서방은 평소에는 일본어를 사용하지만, 상대가 자신과 같은 처지라고 느낄 때 마음속의 언어인 한국어를 사용한다. 이것은 서방이 집단촌을 일본 사회라기보다는 한국 사회라고 인식하고 있기 때문이기도 하다.

그러나 나중에 서방을 찾아온 숙소 장은 함께 밥을 먹어도 괜찮겠느냐고 일본어로 물어본다. 숙소 장을 처음 만났을 때 서방은 선대의 고향이 어디냐는 질문을 한국어로 물어 보았고, 숙소 장 역시 한국어로 대답하였다. 그러나 두 번째 만났을 때 숙소 장은 서방에게 일본어로 물어본다. 요컨대 숙소 장은 서방을 같은 조국을 가진 친밀한 관계의 사람이라기보다는 일상적인 사무 관계의 사람으로 대하는 것이다. 이러한 숙소 장의 일본어만을 보더라도 그는 서방에 대하여 특별한 관심이 없음을 알 수 있다. 서방에게 숙소 장이 친밀한 사람이었지만, 숙소 장에게는 서방이 친밀한 존재가 아니었던 것이다. 숙소 장은 조선족이었지만 그는 중국인이었다. 언어는 우리 편과 상대편을 구분하는 방식이기도 하다.

집단촌에 중국인이 많아지자 집단촌은 점차 중국인 사회로 변해간다. 이것은 집단촌에서 사람들이 말다툼을 할 때 중국어로 싸우고 있다는 것에서 상징적으로 알 수 있다. 이십 년 만에 집단촌을 돌아보던 서방은 중국인들이 중국 말로 심하게 말다툼 하는 것을 보고 겁이 난다. 그가 눈앞의 광경에 몸서리치는 것은 당연했다. 같은 집단촌 내에 있지만 이

곳은 그에게 전혀 낯선 곳이었기 때문이다. 집단촌 내에서 중국어를 쓰는 영역, 즉 중국인 사회가 따로 존재했다. 집단촌에서 65년을 산 서방이었고, 집단촌의 '살아있는 화석'으로 불리는 서방이었다. 그러나 현재 이러한 집단촌 내에서 자신과 전혀 관계가 없는 언어가 귀에 들려오고 있는 것이다.

서방은 집단촌에서 중국어가 난무하는 광경을 보고, 비로소 자신이 평생 살아온 집단촌의 현실을 인식한다. 지금 집단촌은 재일 조선인이 아닌 중국인들의 사회인 것이다. 충격을 받은 서방은 한국인인 주방 여자에게 한국 말로 묻는다. 급격한 감정의 변화를 겪을 때에도 서방의 입에서 본능적으로 먼저 나오는 말은 일본어가 아니라 한국어였다. 앞에서 말했듯이 그는 언어 체계보다 한국인이라는 민족 감정이 더 우선이었다. 서방이 평소와는 다르게 한국 말로 묻는 것은 마음속으로 몹시 당황하고 있다는 증거이다. 이 상황에서 서방이 얼마나 당황하고 있는가를 알 수 있다. 이렇게 집단촌에서 사용되는 언어가 한국어, 일본어, 그리고 중국어로 변화해 가는 것은 '서방'의 정체성 형성에 관계한다. 언어는 정체성과 연결되기 때문이다. 『그늘의 집』의 '서방'의 정체성 문제에서 언어의 문제가 '서방'의 정체성 혼란과 밀접한 관련이 있다.

여기에서 '서방'이라는 인물에 대하여 살펴보자.

이케자와 나쓰키(池沢夏樹)는 『그늘의 집』의 아쿠타가와 상의 선평(選評)[3]에서, 주인공 서방은 '겁이 많으면서도 때로 고집을 부린다. 그리

3 『文芸春秋』(文芸春秋社, 2000년 3월)

고 곧 또 그것을 움츠린다. 유연하다고 할까 무책임하다고 할까'라고 하면서도 그 성격에 호감이 간다고 쓰고 있다. 서방이라는 인물의 성격을 날카롭게 지적한 발언이다. 유연하기도 하고 무책임하기도 한 성격의 서방은 오래전부터 자신의 정체성에 혼란을 느끼고 있었다. 서방은 아들인 고이치(光一)와의 대화에서 다음과 같이 말한다.

> 일본에서 태어나고 사투리가 없기에 전우들 중 아무도 내가 조선 사람이라는 걸 모르겠지 싶었는데 잘 생각해 보면 내가 태어났을 때에는 조선도 한국도 없었으니까 그때 나는 순수한 일본인이었던 셈이지.[4]

이렇게 서방은 일본인이기도 하고 조선인이기도 하였던 것이다. 서방의 정체성을 상징적으로 말해주고 있는 대목이다. 그는 속으로는 조선인이었지만 겉으로는 일본인이었다. 서방이 정체성의 혼란을 느끼는 것은 당연하였다. 그는 처음부터 일본인도 아니었고 조선인도 아니었던 것이다. 서방의 정체성 혼란은 그가 75세의 노인이 된 현재까지도 계속된다. 서방은 집단촌 사람들의 모임인 '매드 킬'의 야구 모임에서 자신이 어디 있는지도 모르는 모양이라는 다카모토(高本)의 말에 대하여, '그런데 말이야, 여기 와서 한 가지 중요한 걸 잊어버렸어. 내가 도대체 누구지?'라고 대답한다. 그리고 서방의 이러한 대답에 주위는 웃음소리가 터진다. 주위에서는 서방의 말을 농담으로 여기지만 그의 말은 진심이었

---

4 현월 『그늘의 집』 문예춘추사, 2000년 3월, p. 17.

다. 서방은 자신이 누구인지, 자신이 어디에 있고, 또 앞으로 어떻게 살아가야 하는지 아무것도 모르는 것이다.

한편 서방은 무기력하다. 서방은 75세의 노인으로, '전쟁이 끝난 후로 한 번도 일한 적이 없고 또 일할 의지도 없는' 사람으로 설정된다. 그는 이제까지 '무위도식하며 살아온 몸에 새삼 처음부터 뭔가를 배워 해낼 힘도 없었고, 그렇다고 스스로 목숨을 끊을 용기도 없는' 노인이다. 서방이 언제나 '본 적이 없는 것은 얼마든지 있는 것 같은데 꼭 보고 싶은 것은 하나도 떠오르지 않는다'고 생각하고 있는 것처럼, 그는 세상에 대하여 아무런 미련과 희망이 없다. 불행한 사람들의 공통된 성격, 즉 무서운 체념이 서방에게 자리 잡고 있는 것이다. 서방은 어디서나 자신은 마음을 터놓고 할 수 있는 말이 하나도 없는 이방인이라는 걸 절실히 깨달을 뿐이다.

그리고 그의 정체성을 이야기하는 데 있어서 또 하나의 중요한 요소는 앞에서도 말했듯이 집단촌의 변화이다. 집단촌은 서방의 정체성의 또 다른 모습이었다. 집단촌에서 65년을 산 서방이었고, 집단촌의 '살아있는 화석'으로 불리는 서방이었다. 그동안 서방이 이곳을 벗어난 적은 한 번도 없었다. 그가 모르는 집단촌의 모습이 없을 것이었다. 그러나 서방은 집단촌이 변화되어 가는 것을 전혀 몰랐던 것이다. 정체성에 대해서 혼란을 느끼고 있던 서방은 변화해 가는 집단촌을 보고 더욱더 혼란을 느낀다. 집단촌의 변화와 함께 서방의 정체성은 더욱 혼란스러워져 간다.

이러한 서방이 바깥 사회와 관계를 맺고 있는 것은 집단촌 사람들의 모임인 '매드 킬'과 자원봉사자인 사에키(佐伯) 씨이다. 같은 중학교 출신 친구들끼리 만든 '매드 킬'은 멤버 전원의 부모 혹은 조부모가 집단촌 출신이다. 여기에 서방도 들어가 있는 것이다. 매주 목요일에 열리는 '매드 킬'의 점심식사 모임에 서방은 매번 참석한다.

'매드 킬'의 야구 경기는 서방과 바깥 사회를 이어주는 끈이다. 그러나 앞의 '매드 킬'의 야구 경기에서도 서방이 정체성에 대하여 고민하였듯이, 서방은 '매드 킬'의 모임에 참석해도 소위 손자뻘인 사람들에게 등을 돌리고 '나는 뭘 지키려고 하는 걸까, 난 도대체 어느 쪽 사람이지?' 하며 자조하곤 한다. 서방은 바깥 사회와 소통하는 '매드 킬'의 모임에 참석하면서도 정체성을 찾지 못하고 있다. 그는 극심한 정체성의 혼란을 겪고 있는 것이다.

서방이 바깥 세계와 소통하는 두 번째 인물은 사에키 씨이다. 자원봉사자인 사에키 씨는 서방이 마음을 털어놓을 수 있는 유일한 사람이다. 사에키 씨 역시 서방에게 마음을 털어놓는다. 사에키 씨의 '레이스 뜨기로 짠 카디건 사이로 비치는 하얗고 매끄러운 팔꿈치, 샌들을 신고 평균대 위를 미끄러지듯 걷는 발, 헤어네트로 묶은 긴 머리 아래로 드러난 하얀 목덜미의 잔 머리카락을 보면서 세상에는 아직도 봐두어야 할 것이 많다는 것을 서방은 새삼 깨닫는' 것이다. 사에키 씨를 만나면서 서방은 살아가는 기쁨을 느낀다.

그러나 서방을 바깥 세계와 이어주는 '매드 킬'의 모임과 사에키 씨는 각각 자신들의 입장에서 서방과 소통할 뿐이었다. 이것은 '매드 킬'의 모임에 참석해도 서방의 이야기가 통하지 않는 것에서 알 수 있다. 일본인인 사에키 씨 역시 집단촌에 사는 서방과 동등한 위치에 서 있지 않다.

사에키 씨는 주류 사회의 일본인이고, 서방은 소수집단의 한국인이다. 그녀에게 서방은 단지 자신의 자원봉사 일의 봉사 대상일 뿐이었다. 그녀가 서방에게 해줄 수 있는 일은 없다. 또 이것은 어느 누가 도와준다고 풀어질 수 있는 문제가 아니었다. 자신이 노력을 해야 하는 것이다. 결국 자신의 정체성을 찾을 수 있는 사람은 서방 그 자신밖에 없는 것이다. 하지만 자신이 누구인지, 자신이 어디에 있는지, 또 무엇을 위하여 살아가는가 하는 서방의 정체성의 혼란은 계속된다.

한편 이러한 서방의 삶 앞에 여름이라는 계절이 있다. 『그늘의 집』의 계절적인 배경은 한여름이다. 『그늘의 집』에서 여름이 가지는 상징성은 중요한 의미를 가진다. 이 작품에서 여름이라는 계절은 서방의 정체성과 깊은 관계가 있다. 현월은 이 작품에서 여름이라는 한없는 무더움이 계속되는 막막한 계절과 서방이라는 무기력하고 자신의 정체성을 상실하고 있는 인물을 대비시키고 있다.

『그늘의 집』은 햇빛이 한 아름 수직으로 내리쬐고 있는 광경으로부터 시작된다. 그리고 이러한 강한 햇살 때문에 아스팔트가 허연 가루를 뿜어내며 물결치듯 어른거리고, 엷은 회색빛 개 한 마리가 혀를 내민 채 사지를 쭉 뻗고 엎드려 있다. 서방이 물을 손으로 떠다 길게 내민 개의 혀 위에 떨어뜨렸지만 개는 맥없이 눈을 떴을 뿐으로, 뿌옇게 흐린 눈동자에는 아무것도 비치지 않는다. 권태롭고 무기력한 광경이다. 작품에서는 아무것도 할 수 없는, 그리고 아무것도 하기 싫은 무기력한 서방의 삶이 여름을 통하여 반사된다. 여기에서 무더위는 아무것도 하기 싫고, 또 할 수 없는 서방의 모습을 대변한다. 그리고 이러한 더위는 끝없이 계속된다. 서방의 주위에는 하염없이 내리쬐는 폭염이 있을 뿐이다. 더위는 모든 것을 방해한다.

이것은 이 작품에서 묘사하고 있는 여름 장마의 경우도 마찬가지이다. 장마도 더위와 같이 끝없이 계속된다. 서방의 바라크 지붕을 통하여 들리는 장맛비 소리는 서방의 변하지 않는 모습과 더불어 언제까지나 계속된다. 서방은 바라크 지붕을 두드리는 빗소리를 들으면서 '이런 데서 용케 68년이나 지내왔다'고 생각한다. 빗소리는 68년간 변화가 없는 것이다. 빗소리 너머로 사람들의 외침 소리가 들리지만 그 소리는 점차 멀어져 가고 서방의 주위에는 언제까지나 빗소리만 남는 것이다.

더위도 장마도 끝없이 이어져 자연을 고정된 상태로 만들고 또한 그 자연에 있는 사람들도 고정된 위치로 유지시킨다. 이러한 여름이라는 계절은 서방이 지나온 삶의 행적과 같다. 여름이 계속되는 것 같이 서방의 무기력한 삶도 계속된다. 이러한 변화 없는 계절과 함께 서방은 자신이 어디 있는지, 자신이 누구인지, 자신이 앞으로 어떻게 살아가야 하는지 전혀 모르는 것이다. 서방은 자신이 도대체 누구인지 알 수 없는 상태에서, 자신이 도대체 누구냐고 반문하고 있는 것이다. 이렇게 이 작품에서 여름은 서방의 생각을 방해하는 요소로 작용한다. 여름은 서방의 변화 없음과 무기력한 모습을 나타내는 관점에서 상응한다.

3. '서방' 세대와 다음 세대

『그늘의 집』에는 서방 세대와 다음 세대 간의 갈등과 대립이 표면적으로 나타난다.

나가야마(永山)는 서방과 동시대의 인물이다. 나가야마는 집단촌 내에서 소위 세속적으로 가장 성공한 사람으로, 그는 적어도 집단촌이라는 사회 안에서 무소불위의 권력을 가지고 있다. 앞에서 언급한 '매드 킬'은 나가야마와는 부모 대 혹은 조부모 대부터 현재까지 일로 관계를 맺고 있는 모임이다. 나가야마가 의도적으로 그렇게 하고 있는 것은 아니지만, 결과적으로 집단촌 출신 사람들은 흩어져 있으면서도 나가야마를 통하여 네트워크를 유지하고 있는 셈이다. 주류 세계와는 다른 또 하나의 세계인 집단촌 안에서 누구도 나가야마의 말을 거스르지 못한다.

문 서방을 멋대로 서방으로 줄여서 별명으로 만들어 버린 사람도 나가야마였다. 나가야마가 문 서방을 이름이 아니고 '서방'이라는 한국어로 부르는 이유 중에는 '서방'이라고 부름으로써 인간에 대한 비하와 한국어를 무시하는 감정이 들어 있다. 이 사실만으로도 나가야마라는 인간을 알 수 있다. 나가야마는 재일 조선인이면서도 한국어를 할 수 없을 뿐만 아니라, 조국인 한국을 버리고 일본에 귀화(帰化)해서 선거에 출마하기까지 한다. 그는 철저하게 자신의 근원을 버리고 현실 사회에 적응하려고 했다. 나가야마는 서방과 대립되는 정반대의 인물이다.

그러나 이러한 나가야마도 조국인 한국과 그 언어인 한국어에 대한 열등감을 가지고 있다. 한국에 대한 나가야마의 열등감은 누구도 자신의 앞에서 한국어를 사용하지 못하게 하는 것으로 알 수 있다. 집단촌에서 '나가야마는 부모의 말을 익히지 못한 열등감을 여태껏 아이처럼 달고 다니'는 것이다. 이것은 조국에 대한 나가야마의 최소한의 양심이었다.

나가야마는 한국어를 못할 뿐만 아니라 일본에 귀화하고 선거에까지 출마한다. 집단촌의 권력자로서 그는 이미 자신이 집단촌을 벗어났다고 생각하고 있다. 그러나 이러한 '착각'은 이 세상에 존재하는 모든 마이너리티들의 슬픈 현실이다. 더군다나 그 스스로는 완벽하게 주류에 적응했다고 주장해도 현실적으로 보면 완전한 적응이란 불가능하다. 원숭이가 아무리 인간과 비슷하게 행동해도 그를 인간이라고 부르지 않듯이 비록 같은 인간들끼리라도 중심부와 주변을 가르는 차이의 벽은 언제나 견고하다.

나가야마는 결국 그 차이의 벽을 뛰어넘을 수 없었다. 이것은 나가야마가 20년쯤 전에 귀화까지 해가며 시의원에 출마했다가 지금까지 네 번 연속 낙선한 것에서 극명하게 나타난다. 주류 사회에서는 결코 주변부 사람인 나가야마를 그들의 일원으로 받아들이지 않는다. 나가야마가 귀화를 해서 국적을 일본으로 바꾸었든 어떻든지 간에 그것은 그 자신의 문제이고, 주류 사회에서는 결코 그를 일원으로서 인정하지 않는 것이다. 귀화를 함으로써 주류 사회에 편입되었다고 생각하는 나가야마의 착각은 나중에 집단촌에 대한 경찰의 순찰로 여지없이 깨진다. 주변부에서 주류 사회의 벽을 넘기는 불가능하다.

다음은 서방의 다음 세대로 서방의 아들인 고이치와 다카모토를 보자.

서방에게는 고이치라는 아들이 있었다. 하지만 철이 들면서 고이치는 서방이 일본을 위한 전쟁에 나갔다는 이유로 아버지를 무시한다. 도쿄(東京)대학에 들어간 고이치는 수많은 모임에 참가하면서 여러 가지 활동을 한다. 그는 재일 조선인인 자신의 정체성을 중시하며 일본에서 한국에 대해 관심을 보였다. 그러나 일본의 그 누구도 먼 나라인 한국에 대하여 관심이 없었다. 결국 그는 맞아서 죽은 시체로 발견된다. 고이치의 친구인 다카모토는 '베트남전쟁에서 한국인 병사가 참전하고 있다는 걸 누가 알겠어요. 한국전쟁에서 죽은 한국인을 누가 동정하겠어요'라고 하면서, 고이치가 들어간 집단이 '그림에 그린 떡을 먹는 방식이 다르다는 이유만으로 얼마든지 반동분자로 몰아붙여 린치를 가하는 놈들의 소굴이었다'고 말한다. 그렇게 우리는 언제나 '다름'에 익숙하지 않기에 자신과 다른 사람들을 차별한다. 일본에서 가장 의식이 높다고 하는 도쿄대학에서도 이러한 차별은 똑같았던 것이다. 고이치는 자신이 그들과 같다고 생각했으나 그들은 자신과 다른 집단이었다. 고이치의 비극도 나가야마와 마찬가지로 중심과 주변을 구분하지 못한 것에 있었다.

그러나 고이치는 이상을 추구한 극히 예외적인 경우이고 서방 세대와 그 다음 세대는 무엇보다 역사 문제에 대한 관점이 다르다. 이러한 문제는 재일 한국인 세대 간의 현실 인식 차이로 나타난다. 재일 한국인 2세인 다카모토는 재일 한국인 1세인 서방에게 다음과 같이 말한다.

이 나라 하고 역사 문제를 마무리 짓는 건 우리 세대 이후에는 불가능해요. 그걸 영감 세대 사람들 자신의 손으로 죽기 전에 마무리 지어달라는 거예요. 우리들은 아니 나는 너무 무력해요. 적당한 돈과 사회적 지위를 유지하는 것만으로 만족해하며 마음도 몸도 풀릴 대로 풀려 버렸어요. 이 나라 하는 꼴에 이러쿵저러쿵 불만을 토로할 자격이 없는 게 아닌가 하는 생각에 빠질 때마다 어찌할 바를 모르고 술이나 퍼마시고 그리고 나서 깨끗이

잊어버리고 다시 아무렇지도 않게 하루하루를 살아가지요. 그런 식으로 되풀이 하는 거예요.[5]

다카모토는 재일 2세대의 역사 인식을 대표한다. 그는 자신들의 세대는 이미 일본과의 역사 문제에 대해서 관심이 없고, 또 그것을 해결할 어떠한 의지도 없다고 말한다. 그리고 1세대인 서방에게 그들 세대에서 역사 문제를 마무리 지어 달라고 말하는 것이다. 2세대는 일본에서 태어나, 일본어를 모어로 하고, 일본 문화 속에서 자라온 세대이다. 사실상 그들이 일본인과 다를 것은 없다. 그들이 양국간의 역사 문제에 관심이 멀어져 있는 것은 당연하다. 재일 2세대들에게는 민족적, 정치적 정체성과 관련된 일본과의 관계보다 자신들이 일본이라는 나라에서 무엇을 하면서 어떻게 먹고 살아가야 하는가라는 현실적인 문제가 중요한 것이다. 다카모토는 서방에게 일본 정부가 전후 보상금 문제는 거론하지 않고, 단지 일시금으로 얼마를 줄 것이라고 하면서 이 나라에서는 그 정도가 고작이라고 말한다. 그는 일본 정부에 대하여 이미 어떠한 기대도 하고 있지 않다. 자신들은 이미 일본 정부의 전후 보상금 문제를 주장할 의지가 없으며 위로금이라도 타면 그것으로 역사 문제가 모두 해결된다고 생각하고 있는 것이다. 다카모토의 생각은 현실에 안주하는 대부분의 재일 2세대의 공통된 생각이라고 할 수 있다.

전쟁으로 한쪽 팔을 잃은 서방과 전쟁을 모르는 재일 2세대인 다카모

5 같은 책, p. 89.

토의 일본과의 역사 인식에 있어서 세대간의 벽이 있다. 그리고 재일 1세대와 재일 2세대는 모든 면에 있어서 세대 간의 차이가 있을 것이다. 단지 같은 1세대라고 해도 현실에 안주하는 나가야마는 분명히 2세대와 같은 생각을 하고 있을 것이다. 이에 대하여 2세대여도 이상을 가진 고이치는 1세대와 같은 생각을 할 것이다. 현월은, '고이치는 금색의 눈을 가진 청년이었고, 다카모토는 짙은 남색의 눈을 가졌다'고 쓰고 있다. 금색의 눈과 짙은 남색의 눈은 대비된다. 고이치의 금색의 눈은 마무리되지 않는 한국과 일본의 역사 인식 문제를 제기하여 그 해결을 촉구할 수 있는 눈이다. 그러나 금빛으로 빛나는 눈을 가진 고이치가 죽음으로써 재일 한국인의 부당한 현실은 계속된다.

『그늘의 집』의 배경인 집단촌은 갇힌 사회이고 고립된 사회이다. 그리고 이 작품에서 재일 한국인은 서방 세대인 재일 1세대와 그 다음 세대인 재일 2세대로 나누어진다. 집단촌에 사는 재일 한국인은 지역적 범위에 갇히고, 다시 그 안에서 계층과 세대 차이에 의해 고립된다. 그런데 여기에서 재일 1세대와 2세대를 연결해 주는 역할을 하는 것이 '매드 킬'이라는 모임이다. 『그늘의 집』에서 '매드 킬'이 하는 역할은 중요하다. 앞에서 '매드 킬'이 서방을 바깥 세계와 이어주는 창구 역할을 한다고 말했다. 또한 '매드 킬'은 재일 1세대와 2세대를 소통시켜 준다. '매드 킬'은 계층과 세대의 차이를 뛰어넘는 공간이다. '매드 킬'은 서방을 현실 사회와 연결시켜줌과 동시에 집단촌에서 세대와 관계를 뛰어넘어 하나의 의식으로 이어주는 고리이다.

한편 시간의 흐름에 따라 집단촌의 환경은 변화한다. 집단촌에는 재일 한국인 1세대와 2세대만 살고 있는 것이 아니었다. 현재 집단촌에 살고 있는 대부분의 사람들은 재일 한국인이 아니라 중국인 노동자였다. 집단촌에서 재일 한국인과 중국인 노동자들은 식당 운반차로 연결되어 있다. 서방은 '여러 개 실린 이 운반차가 광장에 있던 녀석들과 자신을 연결시킨다고 생각하자 공연히 부아가 치밀었다'고 한다. 서방은 자신과 중국인이 동일하게 취급되고 있는 것을 참을 수 없었다. 그것은 서방에 있어서의 집단촌의 의미와 그들의 집단촌의 의미가 다르기 때문이다. 서방에게 집단촌은 자기의 전 인생이었던 것에 비해 중국인 노동자에게는 단지 돈을 벌기 위한 수단에 불과한 것이다. 서방이 화를 내는 것은 당연하다.

그러나 서방이 자신과 그들이 다르다고 생각해도 집단촌이라는 사회에 있는 한 그들의 운명은 하나였다. 서방과 중국인 노동자가 다른 것은 집단촌에 누가 먼저 살았는가라는 단순 비교 우위의 문제이고, 문제는 현재 그들이 같은 집단촌에 살고 있다는 것이다. 집단촌에서 재일 한국인과 중국인 노동자들은 식당 운반차로 연결되어 있지만 그들이 연결되어 있는 것은 단지 그러한 것만은 아니었다. 그들은 집단촌이라는 같은 구역에 사는 같은 처지의 사람들이었던 것이다. 집단촌에서 재일 한국인과 중국인 노동자는 각각 자신들의 삶을 영위한다. 하지만 만약 집단촌이 없어지게 되면 그들은 함께 사라져야 할 존재였던 것이다. 집단촌에 사는 사람들이 재일 한국인 1세이든, 2세이든 아니면 중국인 노동자이든 그들에게 있어서 집단촌이라는 사회는 같은 운명으로 묶여 있는 공동체 사회라고 생각할 수 있다.

4. '서방'의 탈주

서방은 무엇도 할 힘이 없고 또 그럴 의지도 없는 사람이었다. 자신의 아들이 죽었을 때 단지 '그냥 무서웠다'라는 이유로 가지 않았던 서방이었다. 자신의 아내가 죽었을 때에도 서방은 아무 말도 못하고 나가야마의 말대로 따를 뿐이었다. 처음부터 서방은 어떠한 행동도 하지 못하는 무기력한 사람이었다. 25년 전 이미 혼자가 된 서방은 가까운 장래에 집단촌이 사라질 것을 각오하고, '그렇게 되면 구걸이라도 하며 살아갈' 생각을 하고 있었을 정도로 무기력한 사람이었다.

나가야마가 작은 신발 공장을 시작했을 때부터 집단촌은 그의 소유물이었다. 집단촌에 있는 사람들 또한 나가야마의 '소유물'이었다. 집단촌에 있는 남자들은 나가야마의 '소유'로부터 벗어나지 못하는 데 대해 때로는 화를 내고 때로는 체념하고 있다. 서방도 집단촌의 사람들과 같이 나가야마의 '소유물'에 다름 아니었다. '소유'라는 의미는 사람보다 사물을 가리키는 용어이다. 집단촌 내에서 사람들은 나가야마에게 사람으로 인정되지 못하고 사물처럼 취급받고 있었다.

서방이 자신의 정체성에 혼란을 느끼는 것은 65년 동안 이러한 현실에 대해 체념하고 있었던 사실과 무관하지 않다. 서방은 나가야마의 말 한 마디, 시선 하나에도 온 신경을 쏟는 형편이었다. 자신이 좋아하는 사에키 씨 옆에 있지만 '나가야마가 사에키 씨 옆자리를 비키라고 할까 봐 잔뜩 긴장하고 있'던 서방이었다. '사에키 씨가 겨우 웃는 얼굴을 보였지만 나가야마의 시선에 등판이 지글지글 타는 것 같'던 서방이었다. 나가야마가 '역시 저 여자는 눈에 거슬려' 하고 분명하게 말했기 때문이다.

그러나 서방은 달라진다. 서방은 나가야마의 사에키 씨 사건을 계기로 하여 이전의 그와는 전혀 다른 사람으로 변하게 된다. 아무것도 할 수 없었던 서방이 이 사건을 통하여 새로운 사람으로 변하게 된다. 서방은 사에키 씨를 만나면서 무기력하기만 했던 자신의 삶에 활력을 얻는다. 사에키 씨의 '하얀 목덜미의 잔 머리카락을 보면서 세상에는 아직도 봐두어야 할 것이 많다는 것을 서방은 새삼 깨닫게 되는' 것이다. 서방에게 사에키 씨는 살아갈 목표이자 희망이었다.

서방의 탈주(脫走), 이것은 단지 그가 사에키 씨를 좋아했기 때문만이 아니었다. 이 사건은 그 계기가 되었을 뿐이다. 사에키 씨 사건을 통해 나가야마에게 65년 동안 육체적, 정신적으로 지배받아 왔던 감정의 둑이 그의 무의식 속에서 터지고 있는 것이었다. 무의식에서 시작된 서방의 탈주는 점차 의식적인 행동으로 발전한다.

이제까지 나가야마에게 복종할 줄밖에 몰랐던 서방은 나가야마로부터 사에키 씨를 보호하기 위하여 자신의 몸으로 그녀를 감싼다. 그리고 사에키 씨를 데리고 가는 나가야마에게 손에 쥔 돌을 던지고, 엉덩이의 통증을 참고 발끝에 힘을 주어가며 종종걸음으로 사에키 씨의 뒤를 쫓아간다. 그런데 65년 평생 한 번도 해본 적이 없는 행동을 하면서도 서방은 전혀 긴장하지 않고 또 두려워하지 않는다. 서방은 '이상하게 냉정했다' 현월은 이러한 서방을 다음과 같이 그리고 있다.

혹시 찾는다고 해도 자신에게는 나가야마를 말릴 만한 힘이 없다는 걸 잘 알고 있었다. 어쩌면 보지 않게 해달라고 마음속 어디선가 바라고 있는지도 몰랐다. 그러나 이렇게 찾아다니는 수밖에 달리 아무런 선택이 없었다. 이 너무나도 분명한 현실이 서방을 헛되이 헤매 다니게 만드는 것이었다.[6]

서방은 자신에게 나가야마를 말릴 만한 힘이 없다는 것을 잘 알면서도 그를 찾아다닌다. 그리고 찾아다니는 수밖에 달리 선택이 없다고 한다. 이러한 서방의 행동은 이전의 무기력하고 정체성을 찾지 못하고 있던 모습과는 전혀 다른 모습이다. 서방을 헛되이 헤매 다니게 만드는 '이 너무나도 분명한 현실'은 집단촌의 현실이었다. 그것은 사에키 씨의 사건과 숙자의 모습, 그리고 집단촌 중국인들의 싸움으로 나타난다. 그리고 이러한 사건들을 계기로 서방은 자신의 정체성을 찾기 위한 탈주를 시작한다. 이러한 일련의 사건에 대하여 서방은 '이 집단촌에서 일어나는 모든 일에 자신은 어떤 식으로든 책임을 지지 않으면 안 되기 때문'이라고 생각하는 것이다.

나가야마가 다가오고 있을 때 서방은 나이프를 가지고 있었더라면 정확하게 가슴을 찔렀을 것이라고 생각하며 자신의 몸을 나가야마의 허리에 힘껏 부딪힌다. 그리고 서방은 나가야마를 노려보며 '너만은 용서 못해'라고, 증오심을 긁어모아 부르짖는 것이다. 집단촌에서 무슨 짓을 해도 용서되는 이 남자를 서방은 용서 못한다고 말하는 것이다. 이것은

6 같은 책, p. 80.

집단촌에서 65년간을 살아온 서방만이 할 수 있는 행동이었다. 집단촌에서 다른 사람은 아무도 나가야마에 대항할 수 없다는 것을 서방은 잘 알고 있다. 그가 나가야마에게 용감하게 대들 수 있는 이유는 집단촌에 대한 '책임감'이었다. 서방의 탈주는 자신이 평생 살아온 집단촌에 대한 책임감으로 나타난다. 서방은 집단촌에서 자신 때문에 일어난 사에키 씨 사건과 자신도 관계된 숙자의 사건을 자신의 손으로 해결하고 싶은 것이다. 이것은 나가야마와 부딪힌 후, 서방의 '책임을 져야 한다. 도망치면 결코 용서받지 못할 것이다. 내가 나이기 위해서, 라고 자신을 다그치'는 모습에서 알 수 있다. 자신의 정체성을 찾기 위해서는 나가야마와 맞서야 하는 것이다. 그리고 아무런 잘못도 없는 사에키 씨를 구해야 하는 것이다. 서방은 이러한 탈주를 통하여 비로소 자신의 정체성을 회복한다.

그러나 이러한 서방의 노력에도 불구하고 이미 사에키 씨와 서방의 거리는 멀어져 있었다. 사에키 씨는 '여기서 어떻게 빠져나가야 할지 모르겠어요'라고, 아무런 감정도 넣지 않고 연극 대사를 외우듯이 소리를 지르고, 서방과 10미터 이상 거리를 유지하고 뒤따라온다. 사에키 씨가 만드는 서방과의 거리는 서방에 대한 그녀의 감정을 나타낸다. 이미 사에키 씨와 서방과는 메울 수 없는 간격이 생겨버린 것이다. 사에키 씨는 말결 틈도 없을 정도로 멀어져 가고, 서방은 그 거리가 자신의 입에서 새어나오는 어떠한 말도 거절하고 있다는 것을 깨닫자, 갑자기 눈물이 솟구쳐 시야가 흐려지면서 그 자리에 멈춰서고 마는 것이었다.

자신의 아들인 고이치가 맞아 죽었을 때도 눈물을 보이지 않던 서방이었다. 자신의 아내가 죽었을 때도 그랬다. 하지만 사에키 씨를 떠나보내는 지금 서방은 눈물을 흘린다. 그리고 '그런 게 있는 줄 전혀 짐작도 못했던 작은 울화가 가슴속에서 서서히 커지기 시작했을 때, 멈춰 서서 바로 옆에 있는 바라크 문에 있는 힘껏 발길질을 하는' 것이다. 그러자 엉덩이의 통증은 더 심해졌지만, 울화는 안개가 가시듯 사라져버린다. 서방의 슬픔은 '바라크 문에 있는 힘껏 발길질'이라는 적극적인 행동에 의하여 해소되어 버린다.

이렇게 나가야마에게 대항을 함으로써 자신의 모습을 찾은 서방은 평생 짊어지고 있던 정체성의 혼란에서 벗어난다. 다음 날 '세상에 태어나서 이렇게 상쾌하게 잠에서 깬 기억이 없을 정도라고 느끼며 천장에서 쏟아지는 아침 햇살 아래 눈을 뜬 서방은 거의 10년 만에 자신의 속옷을 빨았던' 것이다. 나가야마의 소유로부터 벗어나 자유로운 몸이 된 서방은 세상에서 가장 상쾌하게 잠을 깨고, 자신의 속옷을 빨면서 새로운 미래를 준비하는 것이다. 그동안 서방이 짊어지고 있던 무거운 짐은 어제의 – '사에키 씨를 보호하기 위하여 자신의 몸으로 그녀를 감싸고', '사에키 씨를 데리고 가는 나가야마에게 손에 쥔 돌을 던지고', '엉덩이의 통증을 참고 발끝에 힘을 주어가며 종종걸음으로 사에키 씨의 뒤를 쫓아가고', '나이프를 가지고 있었더라면 정확하게 가슴을 찔렀을 거라고 생각하며 자신의 몸을 나가야마의 허리에 힘껏 부딪히고', '바로 옆에 있는 바라크 문에 있는 힘껏 발길질을 하는' – 적극적인 행동으로 내려놓고, 서방은 이제 새로운 인간으로 다시 태어나게 되는 것이다.

한편 나가야마에게서 벗어난 서방의 탈주는 국가권력의 개입으로 더욱 가속화된다. 집단촌에 인근 파출소에서 경찰이 온 것이다. 경찰은 '우리 파출소에서는 이 부근 순찰은 안하는 것이 관습처럼 되어 있다'면서 형식적인 절차라는 것을 강조한다. 이러한 경찰에 대하여 서방은 귀찮은 듯이 대답하는데, '서방은 자신의 입에서 나온 말에 가시가 박혀 있는데 스스로 놀라'는 것이다. 나가야마로부터 벗어난 서방의 탈주는 경찰이라는 국가권력 앞에서도 멈출 줄 모르는 것이다. 집단촌의 순찰에 대하여 경찰로 대변되는 국가권력의 명분은 간단했다. 경관이 서방의 어깨를 잡고 힘껏 끌어당기며 말한다.

> 영감, 영감이 여기, 일본에 사는 건 역사적으로도 이해할 수 있어. 하지만 내가 보는 앞에서 백 명이나 되는 불법 체류자들이 자기들끼리 커뮤니티를 만드는 것은 절대 용서할 수 없다구. 이 지역은 신주쿠도 미나미도 아닌 그저 재일 조선인이 조금 많이 사는 정도의 보통 동네란 말이야. 이제 외국인들은 필요가 없어. 이건 이 지역에 사는 사람 모두가 다 바라는 일이야. 알겠어. 오늘이라도 여기를 부숴버리겠어. 서장은 적당히 넘어갈 생각으로 우선 둘러보고 오라고 했지만, 백 명 정도가 당장이라도 도망칠 위험이 있다고 보고하면 그 길로 오사카후 경찰 본부에 지원 요청을 하지 않고는 못 배길 걸. 영감도 지금 당장 짐을 꾸리는 것이 좋을 거야.[7]

경찰은 일본에 재일 조선인이 사는 것은 역사적으로 이해할 수 있다고 하면서도 백 명이나 되는 불법 체류자들이 자기들끼리 커뮤니티를 만

7 같은 책, p. 94~95.

드는 것은 절대 용서할 수 없다고 말한다. 그리고 이제 외국인들은 필요가 없어졌으며 그것은 이 지역에 사는 사람들 모두가 바라는 일이라고 하면서 당장 집단촌을 부숴버리겠다고 협박하는 것이다. 요컨대 경찰은 일본에 재일 조선인이 사는 것은 역사적으로 자신들이 잘못했기 때문에 어쩔 수 없이 용인해도, 그들이 자신들만의 집단촌을 이루어 사는 것은 용인할 수 없다는 것이다. 다시 말하면 재일 조선인 개개인은 상관없지만, 그것이 집단으로 형성되면 인정할 수 없다는 것이다. 집단은 정치가 개입되고 그것은 반드시 힘으로 나타나기 때문이다.

여기에서 경찰은 지역 주민을 대표하고 또한 국가권력을 대표한다. 이러한 경찰의 생각은 일본 주류 사회 사람들의 공통된 생각에 다름 아니다. 경찰은 이제 외국인이 필요 없다고 말한다. 소수인 집단촌 사람들은 주류 사회 자신들만의 필요에 의하여 존재하거나 또는 없어지거나 해야 하는 것이다. 그들은 집단촌 사람들과 살면서 함께 사회를 만들어 간다는 생각이 없다. 그런데 왜 힘을 가진 자들은 약한 사람들을 끌어안고 함께 살아가지 못하고 자신들만의 사회를 만들려고 하는가. 그것은 그들이 크지 못하기 때문이다.

서방은 경관이 밀치는 바람에 휘청거렸다. 그러나 '다리에 힘을 주고 얼굴을 앞으로 내밀 듯 고개를 드니 까짓것 별거 아니라는 생각이 들면서 큰 소리로 웃고 싶어졌다'고 한다. 경찰에 대하여 서방의 '큰 소리로 웃고 싶어지는 것'은 서방이 경찰이라는 국가권력을 무시하고 있다는 것을 나타낸다. 서방의 웃음은 국가권력인 경찰의 제도에서 용인된 폭력을 인정하지 않겠다는 의지로부터 나오는 것이다.

그리고 공장에서 사람이 나오는 것을 본 순간, 서방은 자기도 모르게 몇 발짝 앞에 있는 경찰의 다리에 달려드는 것이다. 그때 나가야마가 거구의 젊은 경찰에게 미친 듯이 소리치며 매달린다. 또 빠져나가려고 하는 젊은 경찰에게 가네무라(金村)가 달려드는 것을 보고, 손싸개가 경찰의 몸에 깔려 있는 것을 보고 화가 치솟은 서방은 털이 무성한 장딴지를 힘껏 무는 것이다. 그리고 서방은 곤봉으로 어깨와 등을 연타당하면서도 물고 있던 살점을 물어뜯은 다음 순간 얼굴이 발길에 채여 나가떨어지는 것이다.

그런데 극심한 고통에도 불구하고 서방은 '자신도 생각할 수 없는 엄청난 힘이 나온 데 감사'한다. 그의 양손은 모두 조금도 움직이지 않았지만, 감은 눈꺼풀에 강한 햇살을 느끼는 것이다. 서방이 눈꺼풀에 강한 햇살을 느끼는 것은 비로소 자신의 책임감을 다했다는 마음에서부터 나오는 것이라고 할 수 있다. 자신이 생각하는 '오직 하나의 사실'에 대한 책임감이 아무런 힘도 없는 서방에게 자신도 생각할 수 없는 엄청난 힘을 발휘하게 했던 것이다. 서방이 깨달은 '오직 하나의 사실'은 지난번 사에키 씨 사건 때의 '너무나도 분명한 현실'과 같은 의미이다. 서방이 나가야마와 부딪힌 후, '책임을 져야 한다. 도망치면 결코 용서받지 못할 것이다. 내가 나이기 위해서, 라고 자신을 다그치며 골목길을 마구 걸어'갈 때와 똑같은 행동을 이번에는 경찰에게 하고 있는 것이다.

나가야마와의 갈등에서 시작된 서방의 탈주는 죽음을 각오하고 경찰에게 달려들어 얼굴이 발길에 채여 나가떨어지면서도 물고 있던 살점을 물어뜯은 것으로 완성된다. 그것은 이곳에서 65년 동안 살아온 서방의 집단촌에 대한 책임감이기도 했다. 물론 서방의 이러한 행동으로 해결되는 것은 아무것도 없다. 그리고 집단촌 문제는 이러한 방법으로 해결될 성질의 것도 아니다. 국가권력에 대항하였기 때문에 집단촌은 오히려 더 빨리 없어질지도 모른다. 그러나 이러한 서방의 행동은 최소한 그 자신에게 인간으로서의 자존심을 확인하는 계기가 되었음에 틀림없다. 서방은 이러한 탈주의 과정을 거쳐 비로소 자기의 정체성을 완전하게 찾게 되는 것이다.

서방은 자신의 '이 오른팔이 부당한 대접을 받기 때문에 자기는 지금까지 이 집단촌과 함께 존재해왔고 또 더불어 살아갈 수 있는 것이다'라고 생각하고 있었다. 그러나 이제 자신의 오른팔이 부당한 대접을 받아도 집단촌에서 살아갈 수 없다. 집단촌이 없어지기 때문이다. 앞으로도 자신의 오른팔이 부당한 대접을 받는 것은 변함이 없겠지만, 서방이 살아가야 할 집단촌은 존재하지 않을 것이다. 집단촌이 없어지면 '구걸이라고 하며 살아갈' 생각을 하고 있던 서방이었다. 그러나 자신의 정체성을 회복한 서방은 이제 설령 집단촌이 없어진다고 해도 구걸하며 살아가지는 않을 것이다. 지금의 서방은 이전의 그가 아니다. 집단촌이 없어지더라도 서방은 자신의 의지를 가지고 어떠한 일을 할 것임에 틀림없다. 그리고 이제 사에키 씨가 없어도 되는 것이다. 경찰의 발길에 쓰러진 서방이 눈꺼풀에 강한 햇살을 느끼는 것은 자신의 책임감을 다했다는 마음에서부터 나오는 것이기도 하지만, 또한 이것은 그가 비로소 자신의 정체성을 확인할 수 있었던 것에서 나온 것이다.

서방은 나가야마에게 반항함으로써 그의 소유로부터 벗어났다. 이제 서방과 나가야마는 대등한 관계가 되었다. 그런데 집단촌에 대한 경찰의 순찰에 대하여 나가야마도, 가네무라도, 그리고 서방까지 세대와 관계를 넘어서 함께 대항하는 것이다. 여기에서 서방과 나가야마의 갈등은 국가권력인 경찰이라는 공동의 적을 상대하면서 해소된다. 또 세대 간의 차이도 극복된다. 여기에서 재일 1세대와 2세대가 함께 집단촌을 지키면서 일찍이 단절되었던 재일 각 세대가 연결되는 것이다. 생각은 각각 다르지만 모두 집단촌을 지키기 위하여 경찰에 대항하는 것이다.

5. 나오며

이상 『그늘의 집』의 주인공인 서방이라는 인물에 대하여 살펴보았다. 살펴본 것과 같이 『그늘의 집』은 '서방'이라는 언어의 문제, 국가권력인 경찰과 관계된 주류 집단을 향한 정치적 자세, 그리고 집단촌이라는 집단성의 문제 등으로 볼 때, 소수집단 문학의 전형적인 작품이라고 생각할 수 있다. 요컨대 이 작품에서 서방은 무기력하고 자신의 정체성도 알 수 없는 노인에서 탈주의 과정을 통하여 책임감을 가지는 사람으로 거듭나게 된다. 서방은 스스로의 힘으로 나가야마의 소유로부터 벗어나며, 그것은 마지막에 경찰에 대한 과격한 행동으로 완성된다. 서방과 나가야마는 이제 대등한 관계이다. 그리고 서방은 나가야마와 경찰에 대항함으로써 자신의 정체성을 찾게 된다.

경찰의 발길에 쓰러진 서방이 마지막까지 찾으려고 했던 것은 '매드 킬'의 모자였다. '매드 킬'의 모자는 재일 세대들을 연결해 주는 고리이다. 서방은 '매드 킬'의 모자에서 재일 세대의 연결을 보고 있는 것이다. 집단촌에 대한 경찰의 순찰에 대해 나가야마도, 가네무라도, 그리고 서방까지 세대와 관계를 넘어서 함께 대항한다. 그들은 세대를 뛰어넘어 하나의 의식으로 이어진다. 그런데 이러한 그들의 행동은 단지 자신들만을 위한 것이 아니었다. 여기에는 재일 조선인만이 아닌 집단촌에 사는 중국인과의 관계도 포함된다. 서방 등은 자신들만이 아니라 집단촌의 중국인을 보호하기 위하여 경찰에 대항하는 것이다.

『그늘의 집』에서 집단촌이라는 사회는 지역적 범위에 갇히고 다시 그 안에서 계층과 세대, 그리고 민족의 차이에 의해 고립되어 있었다. 그러나 그들의 행동으로 집단촌은 고립에서 벗어나 열린사회로 나아가는 것이다. 비록 집단촌 문제가 그들의 행동으로 해결될 수는 없겠지만, 현월이 『그늘의 집』의 주인공인 서방을 통하여 이야기하고 싶었던 것은 단절이 아닌 바로 이러한 서로간의 연결 관계라고 생각한다. 현월의 『그늘의 집』은 집단촌에 대한 이야기이다. 이 작품에는 바다의 섬과 같은 집단촌을 둘러싼 다수 집단과 소수집단의 관계, 재일 한국인과 중국인의 관계, 그리고 그들의 욕망과 폭력 관계 등이 존재한다. 이러한 관계에 대해서는 다음 장에서 살펴볼 것이다.

02. 현월(玄月)

『그늘의 집(蔭の棲みか)』

—욕망과 폭력—

1. 들어가며

재일 3세대 작가 현월(玄月)의 『그늘의 집(蔭の棲みか)』은 재일 조선인이 살고 있는 집단촌(集落)에 대한 이야기이다. 본 장에서는 현월의 『그늘의 집』을 대상으로 하여 이 작품 속에 나오는 집단촌에 대하여 고찰한다. 이 작품에는 바다의 섬과 같은 집단촌을 둘러싼 다수 집단과 소수집단의 관계, 재일 조선인과 중국인 노동자들의 관계, 그리고 그들의 욕망과 폭력 관계 등이 존재한다. 여기에서는 이러한 관계에 대해서 살펴볼 것이다.

2. 『그늘의 집』의 집단촌

어느 나라도 예외 없이 현실 사회는 주류의 다수 집단과 주변부의 소수집단으로 나뉘어 있다. 명백하게 다수는 강한 자이고, 소수는 약한 자이다. 그런데 다수는 단지 숫자의 범위가 아니다. 다수는 숫자의 많고 적음이 아니라 누가 권력을 가지고 있는가 하는 문제이다. 또한 다수 자체가 권력이다. 다수와 소수는 별도로 존재하는 것이 아니다. 사람들은 자기가 속한 위치에 따라 다수가 되기도 하고 소수가 되기도 한다. 즉 대부분의 사람들은 다수이자 소수이다. 다수와 소수와의 분류는 그때그때 자기에게 주어진 환경에 따라 지배된다. 예를 들어 집단촌의 소유자인 나가야마(永山)는 집단촌에서는 다수의 위치에 있다. 하지만 그는 일본 사회에서 보면 소수의 위치에 있다. 그는 다수의 권력과 소수의 차별을 동시에 가지고 있다. 또 일본인 자원봉사자인 사에키(佐伯) 씨는 일본 사회에서는 다수이지만, 집단촌에서는 소수자가 된다.

『그늘의 집』에 나오는 집단촌은 일본 사회와 떨어져 사는 재일 조선인 그들만의 사회이다. 집단촌은 일본 사회와는 다른 이질적인 사회로, 일본 사회에서 타자인 재일 조선인은 주류로부터 격리되어 집단촌을 만들어 산다. 이 집단촌에 거주하는 사람들은 다수인 일본의 주류 사회에 속하지 못한 소수집단의 사람들이다. 집단촌이 하나의 소수집단이라고 할 수 있다. 집단촌의 소유자로 일본에 귀화해 선거에까지 출마한 나가야마를 제외한 집단촌 사람들은 예외 없이 아무것도 가진 것이 없는 자들이다. 그들은 주류 사회에 속하지 않기도 하지만, 무엇보다 물질적으로 소외되어 있다.

집단촌 사람들은 집단촌 내에서 자신들만의 규칙을 정하여 그들만의 사회를 가진다. 이러한 규칙을 정해 놓은 것은 다수 집단이 소수집단인 그들을 받아들여 주지 않는 한, 소수집단 구성원들은 자신들만을 의지하며 살아갈 수밖에 없기 때문이다. 이러한 규칙은 소수집단인 자신들의 사회를 지키기 위한 최소한의 방어 장치로 볼 수 있다. 집단촌은 외부 세계와 단절되어 있는 또 하나의 세계였다.

현월은 『그늘의 집』에서 서방의 눈을 통하여 집단촌의 모습을 다음과 같이 그리고 있다.

여기서 보면 동굴 속에 이천오백 평의 대지가 펼쳐지고, 혈관과 같이 이어진 골목길이, 튼튼하게 세운 기둥에 판자를 붙여 만든 이백여 개의 바라크에 통하고 있다고는 상상조차 할 수 없다. 서방의 아버지 세대 사람들이 습지대였던 이곳에 처음 오두막집을 지은 것은 약 칠십 년 전, 거의 지금의 규모가 되고도 오십 년, 그 후로부터 거의 모습을 바꾸지 않고, 민가가 빽빽이 들어선 오사카(大阪) 시 동부 지역 한 자락에 폭 감싸 안기듯 조용히 존재하고 있다.[1]

현월은 『그늘의 집』에서 집단촌을 동굴, 바라크, 골목길, 혈관, 습지대, 오두막집 등의 단어로 묘사한다. 이러한 문장을 통하여 집단촌이 어둡고, 좁고, 오래되고, 습한 냄새가 나는 '그늘과 같은 곳'이란 것을 알 수 있다. 재일 조선인이 사는 집단촌은 일본 사회에서 하나의 섬과 같이 떠있는 소외된 집단이다. 2,500평의 대지에 200여 채의 바라크가 있는 집단촌은 오사카 시 동부 지역에 70년 동안이나 아무도 모르게 조용히 자리 잡고 있는 것이다. 밖에서 보면 집단촌의 규모를 상상할 수 없을 정도이지만, 일본 사회는 집단촌이 있다는 사실 자체도 모른다. 집단촌은 일본 사회와 동떨어져 존재한다.

멜빈 투민(Melvin Tumin)에 의하면 현실 사회는 '개방 상황'의 사회와 '닫힌 상황'의 사회로 나뉜다.[2] '개방 상황'의 사회는 다원적인 구조의 사

1 현월 『그늘의 집』 문예춘추사, 2000년 3월, pp.8~9.
2 멜빈 투민(Melvin Tumin)저, 김채윤 옮김 『사회 계층론』 삼영사, 1986년 2월, p.188.

회로서 밖으로 열린 사회이다. 이 사회에서는 사회 이동이 자유롭다. 이것에 비하여 '닫힌 상황'의 사회는 흑백 구조의 사회로서, 양극화된 사회이다. 즉 이 사회에서는 사회 이동이 불가능하고, 지배자와 피지배자, 억압자와 피해자, 가진 자와 못 가진 자, 혜택 받은 자와 그렇지 않은 자로 양분되어 있으며 단일한 이념만이 존재하는 사회이다. 이러한 관점에서 보았을 때, 소수집단의 거주지인 집단촌을 가지는 일본 사회는 '닫힌 상황'의 사회이고, 그중에서 집단촌은 '닫힌 상황' 사회의 대표적인 집단이라고 할 수 있다.

집단촌은 주류 사회의 구석진 한 곳에 조그만 섬처럼 존재한다. 이것은 폐쇄된 사회인 일본 사회가 소수집단인 재일 조선인을 그들만의 닫힌 공간으로 몰아갔기 때문이다. 일본 사회는 소수집단인 재일 조선인이 자신들과 같은 공간에서 생활하는 것을 인정하지 않는다. 재일 조선인은 집단촌을 만들어 그들만의 공간으로 숨어들어 갈 수밖에 없는 것이다. '닫힌 상황'의 사회는 기존의 사회 체계를 고정불변으로 여기는 사회이다. '닫힌 상황'의 사회에서 소수집단인 재일 조선인이 자신들의 상황을 개선하기 위해 어떠한 정치적인 활동을 하는 것은 금기된 일이다. 『그늘의 집』에서 집단촌은 '닫힌 상황'이라는 지역적 범위에 갇히고, 다시 그 안에서 세대와 민족의 차이에 의해 고립되어 있다.

3. 욕망과 폭력

1) 숙자와 중국인 노동자의 욕망

욕망(欲望)은 자신에게 필요한 무엇인가를 구하는 행동과 의지이다. 문학에서 권력과 욕망은 상대화된 상태로 존재한다. 여기에서 욕망이라는 것은 사회 속의 교육을 통하여 익히고 모방된 욕망이며, 이는 권력이 존재하는 한 그것과 긴밀하게 관계하면서 존재한다.

욕망은 대치된다. 공장을 경영하는 나가야마에게 집단촌은 값싼 노동력을 공급받는 '희망'의 공간이지만, 그곳에 살고 있는 사람들에게 집단촌은 '절망'의 공간이다. 나가야마가 자신의 지배지인 집단촌을 지키려는 욕망을 가진 것에 대하여, 집단촌에 사는 사람들은 하루빨리 그곳으로부터 벗어나려고 하는 욕망을 가진다. 누구나 폐쇄된 사회에 갇힌 사람들은 그곳으로부터 탈출하려는 욕망을 갖는다. '갇힌 상황'의 사회인 집단촌에 사는 사람들은 모두 집단촌으로부터 벗어나 '열린 상황'의 사회에 나가려는 욕망을 가지고 있다. 집단촌을 벗어나 좀더 나은 생활을 하려는 것은 인간의 근본적인 욕망이다.

집단촌을 벗어나는 방법은 크게 두 가지이다. 하나는 정상적인 방법으로 집단촌에서 성실히 돈을 모아 그곳으로부터 벗어나는 방법이다. 두 번째는 남의 돈을 가로채서 벗어나는 방법이다. 대부분의 경우 그들은 모두가 인정하는 정상적인 방법을 통하여 그곳으로부터 벗어난다. 그런데 숙자는 정상적이지 않은 방법으로 그곳으로부터 벗어나려는 욕망을 가졌던 것이다. 집단촌을 탈출하려는 숙자의 욕망은 집단촌에 사는 재일 조선인의 욕망을 대변하고 있다. 그리고 이러한 욕망 뒤에는 이 집단촌을 실질적으로 지배하는 나가야마가 있다. 집단촌은 욕망의 공간이었다. 요컨대 집단촌에는 나가야마가 만들어 놓은 자본주의의 물질사회가 있고, 그 물질을 차지하고자 하는 욕망이 꿈틀대는 것이다.

숙자의 경우는 내용이 악질이었다. 자기가 계주를 하고 있는 300만 엔뿐만 아니라, 집단촌 사람들이 관계하고 있는 여러 개의 계에 끼어들어 800만 엔을 끌어 모아 도망치려고 했다. 무엇보다도 붙잡혔을 때 숙자는 그 돈의 상당액을 이미 다 써버린 상태였다. 또 하나 사람들이 용서할 수 없었던 것은 숙자가 열다섯 살 난 외동딸을 버리려 한 것이었다. 집단촌 사람들은 자신의 욕망만을 추구하며 집단촌을 벗어나려고 했던 숙자에게 린치를 가한다.

> 그때 집단촌 광장에는 아이들을 제외한 대부분의 주민들이 모여 있었다. (중략) 남자들은 숙자가 쓰러지려고 할 때마다 찬 우물물을 머리 위로 뒤집어씌우고, 여자들은 순서대로 돌아오는 죽도로 등이나 어깨를 쿡쿡 찌르거나 때렸다. 사람들은 담담하게 마치 떡을 찧는 리듬으로 되풀이했다. 그곳에 광기가 개입할 여지는 없었고, 사람들은 해야 할 일을 묵묵히 해내고 있을 뿐이었다. 모두가 무표정했으며 눈가나 일어서는 모습에서 피곤함을 엿볼 수는 있었지만 자기 차례가 왔을 때 빠지는 사람은 한 사람도 없었다.
>
> 수십 분 후 빈사 상태에 빠진 숙자가 갑자기 얼굴을 들고 아무도 알아듣

지 못하는 말을 퍼붓기 시작했다.[3]

욕망은 결핍된 무엇인가를 갈망하는 것이고 모든 인간은 욕망을 가진다. 올바른 욕망은 개인과 사회를 발전시키는 추동력이 된다. 그러나 개인의 욕망이 사회적인 합의로 만든 틀에서 벗어날 때 사회는 그것을 제어한다. 욕망에 대한 제어기제는 여러 가지가 있는데, 사회규범, 도덕, 관습, 제도적인 법률 등이 그것이다. 여기에서 가장 손쉬운 제어기제는 폭력(暴力)이다. 폭력은 물리적인 힘으로 상대를 복종시키고 억압하는 행동이다. 또 폭력이 집단적인 행동으로 표출될 때 그것은 강력하고 광기적인 모습으로 나타난다.

숙자의 그릇된 욕망에 대한 집단촌 사람들의 제어기제는 집단 폭력으로 나타난다. 집단촌 사람들은 돈을 가지고 달아나다가 잡힌 숙자에게 집단으로 폭력을 가한다. 돈을 모아 집단촌을 벗어나려는 자신들의 정당한 욕망이 숙자의 그릇된 욕망에 짓밟혔기 때문이다. 집단촌 사람들은 '고드름 위에 무릎을 꿇고 앉은 숙자의 배 위에 20킬로그램의 고드름을 밧줄로 동여매고', 한 사람도 빠짐없이 집단으로 폭력을 가한다. 집단촌 사람들의 억압된 광기가 표출되는 장면이다.

현월은 '광기가 개입할 여지는 없었다'고 쓰고 있지만, 모두가 아무런 감정 없이 무표정한 얼굴로 리듬을 살리며 되풀이하는 숙자에 대한 집단 폭력은 광기 그 자체다. 단지 그것이 밖으로 표출되지 않을 뿐 집단

3 현월 『그늘의 집』 문예춘추사, 2000년 3월, p. 68.

촌 사람들의 내면에 억눌려 꿈틀대고 있는 욕망과 같은 것이다. 이것은 일찍이 주류 사회에서 소외된 '집단촌 사람들 모두가 공유하는 앙금으로부터 부글부글 끓어오르는 슬픔, 그 슬픔을 억누르기 위한 분노'로부터 나오는 것이다. 집단 폭력은 집단적 광기를 통해 이루어진다.

재일 조선인 모두가 집단촌에서 탈출하려는 욕망을 가지고 있지만, 단지 숙자와 다른 점은 그들은 집단촌 사람들이 인정하는 방법으로 이곳을 벗어나고 있다는 것이다. 이것은 집단촌 사람들의 신용의 문제이기도 하지만, 집단촌의 집단 폭력이 그릇된 욕망을 제어하고 있기 때문이기도 하다. 집단 폭력은 집단촌을 지키기 위하여 그들이 정해 놓은 암묵적인 규율이었다. 그러므로 이러한 규율을 어긴 숙자에게 집단촌 사람들은 당연히 해야 하는 하나의 의식처럼 폭력을 행사한다. 집단 폭력은 집단촌 사람들을 하나로 묶어 놓는 제어 장치였다.

한편, 세월의 흐름에 따라 집단촌은 변화한다. 집단촌은 재일 조선인 사회에서 점차 중국인 노동자의 사회가 되어 간다. 집단촌은 한꺼번에 어린이를 씻기던 정겨운 광경에서 중국어 욕설이 난무하는 곳으로 바뀌어 간다. 집단촌의 중국인 노동자, 그들은 40년 전 집단촌의 나가야마의 공장에서 일을 시작했던 재일 조선인들과 똑같은 모습이었다. 그리고 그 때의 재일 조선인들이 그러하였듯이 중국인 노동자들도 집단촌이라는 사회에서 벗어나려는 욕망을 가진다.

물론 대부분의 경우 그들이 집단촌을 나가는 방법은 모두가 인정하는 정상적인 방법에 의한 것이었다. 그러나 재일 조선인 숙자와 마찬가지로 그들 중에서도 그릇된 욕망의 탈출 경로를 보이는 사람들이 있었다. 또 그것을 제어하는 방법도 역시 집단 폭력이었다. 재일 조선인과 마찬가지로 그들의 인정받지 못한 욕망도 집단적 폭력이라는 장치를 통하여 제어된다.

> 십여 명의 남자들이 빙 둘러 모여 있다. 그것을 멀리 에워싸고 꽤 많은 사람들이 광장 주위에 줄지어 있다. 서방은 남자들이 빙 둘러싸인 원으로 들어갔다 나갔다 하는 것을 말없이 바라보았다. 그러는 동안에 사람 벽 사이로 손발이 묶여 땅바닥에 엎어져 쓰러져 있는 세 남자의, 그 부분만 바지가 찢겨져 드러난 엉덩이와 허벅지가 보였다. 입을 꾹 다문 남자들이 번갈아가며 펜치로 살점을 비틀어 뜯어내고 있다.[4]

중국인 지하 은행의 돈을 훔친 사람들에 대한 린치 장면이다. 집단촌 사람들은 자신의 돈을 훔친 그들에게 집단적 흥분 상태에서 폭력을 가한다. 펜치로 뜯어낸 살점은 땅바닥에서 '작고 빨간 꽃잎'으로 흩어진다. 그들은 '제멋대로 하게 내버려 두면 흥분해서 죽여 버릴지도 몰라, 룰을 정해 일절 소리를 못 내게' 한다. 그래서 모두가 증오심으로 얼굴이 일그러져 있지만 질서정연하게 행동하고 있다. 이것은 '모두가 무표정한 얼굴로 리듬을 살리며 되풀이하는 숙자에 대한 집단 폭력'의 광경에 다름 아니다. 집단촌 사람들의 광기가 소리 없이 내면에 숨겨져 있는 것도 숙자 사건 그대로였다.

---

4 같은 책, p. 80~81.

중국인들의 '지하 은행'은 일찍이 재일 조선인 숙자가 했던 계모임과 같은 것이었다. 그리고 27년 전 숙자를 집단으로 폭행하던 집단촌 사람들이 거기에 있었다. 이렇게 집단촌을 벗어나려는 욕망에서 숙자와 세 명의 중국인 노동자가 연결된다. 그리고 이러한 욕망을 제어하는 집단 폭력으로 재일 조선인과 중국인 노동자가 연결되는 것이다. 숙자의 그릇된 욕망을 제어했던 것이 집단촌 사람들의 집단 폭력이었듯이, 중국인 노동자의 욕망을 제어하는 것이 집단촌에 사는 중국인 노동자들의 집단 폭력이었다. 세월의 흐름과 민족의 차이에 관계없이 자신들의 욕망을 짓밟은 그릇된 욕망에 대하여 집단촌 사람들은 집단 폭력으로 대응하는 것이다.

집단 폭력은 집단성을 특징으로 한다. 개인의 폭력은 어느 정도 자비를 수반한다. 개인의 측은지심이 발휘되어 관용을 베풀기 때문이다. 그런데 그것이 집단이라는 개념으로 넘어오게 되면 개인의 존재는 없어진다. 이때의 개인은 감정을 지니지 않는 집단적 개체에 불과하기 때문이다. 그렇기 때문에 집단적 흥분 상태에서 집단촌 사람들은 평소에 하지 못했던 행위를 서슴없이 행하는 것이다. 집단성은 폭력성을 내재한다.

집단촌 사람들의 집단 폭력은 그들의 욕망의 또 다른 이름이다. 집단 폭력에는 돈에 대한 신용의 문제와 함께, 자신들이 감히 표출하지 못하고 내면에 억누르고 담아두었던 그릇된 욕망을 실행에 옮긴 사람들에 대한 미묘한 감정도 포함되어 있었다. 그러므로 이러한 욕망을 표출한 사람들에게 그렇게 하지 못하는 자들의 분출되지 못한 욕망만큼의 집단 폭력이 가해지는 것이다. 또 집단 폭력은 유혈이 낭자한 잔혹극을 관람하는 가학적 욕망도 충족시켜 준다.

한편, 두 사건에서 연결되는 것은 욕망과 집단 폭력만이 아니었다. 인간의 기억이 연결된다.

기억(記憶)은 재생된다. 기억은 잊혀 있을 뿐 사라지지 않는다. 폭력은 가해자와 피해자 모두에게 커다란 상처를 주어 그 기억은 평생을 걸쳐 따라 다닌다. 숙자 사건은 그곳에 있었던 사람들 모두에게 함부로 발설할 수 없는 기억으로 남아 있다. 사람들의 마음속에 숨겨져 있던 숙자 사건의 기억은 중국인 노동자의 린치 사건으로 재생된다. 27년이나 지난 사건이 집단촌 사람들의 기억 장치에서 재생되는 것이다. 기억은 숙자 사건 당시 집단 폭력에 참가했던 사람들은 물론이고, 아무런 관계도 없었던 서방과 당시에 어린이였던 가네무라(金村)에게까지도 그 사건의 아픔을 확실하게 재생한다. 가네무라는 중국인 노동자의 린치 사건을 보고 눈물을 글썽이며 '그것은 숙자의 저주'라고 말하는 것이다. 사건의 충격은 어린이였던 가네무라에게까지도 기억의 장치를 작동시키는 것이다. 폭력의 기억이 얼마나 무서운지 알 수 있다.

폭력의 기억이 재생되는 가장 큰 이유는 그 대상이 자신들 주위에 남아 있기 때문이다. 숙자는 집단촌을 떠나지 않고 집단 폭력으로 무릎 아래로는 전혀 움직이지 않는 다리를 질질 끌며 골판지를 모으며 산다. 숙자는 '앞으로 내가 이런 꼴로 몇 년을 더 살지 않으면 납득하지 못할 놈들이 많이 있어'라는 말로써, 자신만이 폭력의 희생자가 아니라는 것을 말하고 있다. 숙자는 폭력의 기억이 그 가해자에게도 상처로 남아 있을 것이라는 것을 분명히 알고 있다. 숙자가 조금이라도 오래 살면 그만큼 괴로워하는 자가 있는 것이다. 집단촌을 떠나지 않고 있는 숙자의 존재만으로도 집단촌 사람들은 폭력의 기억을 강요받고 있는 것이다. 중국인 노동자의 린치 사건은 그 기억을 끌어내는 작용을 했을 뿐이다. 폭력의 대상이 남아 있는 한 그 기억은 재생된다.

2) 고이치(光一)와 나가야마의 경우

고이치는 서방의 아들이다. 그는 어릴 때부터 남다른 아이였다. 현월은 고이치에 대하여 다음과 같이 묘사하고 있다.

> 남이 발을 밟고 그냥 지나가기만 해도 분해서 피가 맺힐 정도로 손톱을 물어뜯는 아이였다. 늘 먹이를 주던 도둑고양이가 차에 치여 빈사 상태가 되었을 때, 빙 둘러선 채 보고만 있던 어른들을 제치고 나가 고양이 머리를 움켜쥐고는 목을 비틀었다. 중학교에 들어간 후로 갑자기 말이 없어지더니 얼굴에서 표정이 사라졌다. 그러나 가끔 눈매를 이상하게 빛내는 눈은, 고양이의 목을 비튼 열 살 때와 변함없이 금색을 띤 채 순진한 질문으로 충만해 있었다.[5]

이렇게 고이치는 누구보다도 자존심이 강하며 또 그것을 행동으로 실천하는 아이였다. 금색을 띤 눈으로 순진한 질문에 충만해 있던 고이치는 서방이 일본군에 갔다 온 것을 안 후 집을 나간다. 그리고 그는 아버

5 같은 책, p. 16~17.

지인 서방과 연락을 끊는다. 순수한 열정을 가진 고이치는 재일 조선인인 자신의 아버지가 일본군에 갔다는 것을 용서하지 못했다. 그는 올바른 것에 대한 혈기로 가득 차 있던 청년이었다.

고이치는 제도 권력의 최고봉인 도쿄(東京)대학에 진학하여, 여기에서 각종 집회에 참석한다. 고이치는 '여기서는 나 같은 사람도 의견을 말할 수 있다'고 생각했으나 그것은 고이치만의 생각이었다. 고이치가 참가한 '여기'라는 데는 '그림에 그린 떡을 먹는 방식이 다르다는 이유만으로 얼마든지 반동분자로 몰아붙여 린치를 가하는 그런 놈들의 소굴'이었다. 친구인 다카모토(高本)의 말대로 그는 아무것도 몰랐다. 그리고 반년 후 고이치는 낡은 아파트가 늘어선 나카노(中野)의 노상에서 '온몸이 타박상으로 뒤덮여 발가락 관절까지 보라색으로 부어오른 시체로' 발견되는 것이다.

고이치의 욕망은 재일 조선인의 모국에 대한 모국애와 재일 조선인의 인간다운 삶에 대한 욕망이었다. 어쩌면 고이치의 욕망은 욕망이랄 것도 없는, 재일 조선인으로서는 자연스러운 행동이었다고 할 수 있다. 그러나 그가 '베트남에서 한국군을 철수시켜라. 미국을 위해 더 이상 한국인을 죽이지 마라'라고 외치는 것은 베트남 전쟁에 한국군이 참전하고 있다는 사실조차도 모르는 일본의 대학생들에게는 아무런 의미도 없는 외침이었던 것이다. 고이치의 비극은 여기에 있었다. 주류 사회는 소수집단의 문제에 관심이 없다. 이것은 주류 사회의 최고제도기관인 도쿄대학에서도 마찬가지였던 것이다.

주류 사회의 욕망과 소수집단의 욕망은 대치된다. 사회의 모순을 지적하고 이러한 사회를 바꾸어보겠다는 개혁적인 학생들의 목소리가 넘쳐나는 장에서조차 고이치의 목소리는 받아들여지지 않았다. 즉 도쿄대학에서는 학생들이 자신의 목소리를 말할 수 있는 장이 있다는 단지 그뿐이었다. 그들은 자신의 목소리를 제도 개혁이라는 행동으로까지 옮길 수 없었다. 도쿄대학 학생들의 개혁은 주류 사회 안에서의 개혁이었다. 그것이 제도 권력의 최고봉인 도쿄대학의 넘을 수 없는 범위이고 한계였던 것이다.

도쿄대학 학생들의 집회와 모임은 주류 사회 속에서의 권력 다툼이었다. 요컨대 이러한 집회와 모임은 주류 사회에서 자신들의 권력을 차지하려고 하는 도쿄대학 학생들의 욕망의 표출이었던 것이다. 여기에 소수집단인 재일 조선인이 들어갈 자리는 없다. 그러므로 고이치가 이러한 모임에서 쫓겨나는 것은 당연했다. 도쿄대학 학생들로서는 재일 조선인의 현실을 외치는 고이치의 행동이 주류 사회인 자신들의 권력에 대한 도전이라고 받아들여지는 것이다. 주류 사회는 그것을 결코 인정하지 않는다. 그들은 자신들의 욕망을 침해하지 않는 범위 안에서만 소수집단을 이해한다. 소위 제도 집단의 최고봉에 있다는 사람들이 이 정도인데 주류 사회의 보통 사람들의 재일 조선인에 대한 인식이 어떠한가는 말할 필요도 없을 것이다.

그런데 고이치의 욕망에 대한 제어도 역시 집단 폭력에 의한 것이었다. 고이치는 숙자와 달리 올바른 욕망을 가지고 있었음에도 불구하고 그의 욕망은 최고의 지성집단이라는 도쿄대학 학생들의 집단 폭력에 의하여 제지된다. 그것도 숙자와 중국인 노동자의 경우처럼 린치를 가할지라도 살려두는 것이 아니라, 그들의 집단 폭력에 의하여 죽임을 당한다. 주류 사회이든 소수집단 사회이든 폭력은 욕망을 제어하는 가장 손쉬운 수단이다. 그러나 고이치의 경우는 주류 사회에 대한 도전으로 받아들여져 죽임까지 당한다. 여기에서 자신들의 사회체제에 도전하는 욕망에 대한 주류 사회의 폭력이 소수집단의 그것보다 더 철저하고 무섭다는 것을 알 수 있다. 주류 사회는 자신들의 권력에 도전하는 사람들을 근본적으로 제거함으로써 더 견고해진다.

폐쇄된 사회인 집단촌의 실질적 지배자는 나가야마이다. 집단촌 내에서 누구도 나가야마의 말을 거스르지 못한다. 『그늘의 집』에서 나가야마는 소위 물질적이고 세속적인 욕망에 충실한 사람으로 그려진다. 나가야마는 자신과 같은 민족인 재일 조선인을 착취하면서 돈을 벌고, 서방을 이용해 주인을 협박하여 집단촌을 헐값에 매입하였으며, 전철역이 들어서는 땅을 매입하기 위하여 의원들을 매수하고, 조국을 버리고 일본에 귀화하여 선거에까지 나가는 등 욕망에 가득 찬 사람이다. 그러나 이렇게 세속적인 출세에 집착하는 나가야마가 귀화까지 하며 주류 사회에 동화되려고 노력하지만, 재일 조선인 출신인 나가야마를 주류 사회는 받아들여 주지 않는다. 주류 사회는 그들만의 세계를 만들어 놓고 있다. 결국 4번에 걸친 선거에 패하며, 주류 사회에서 거부당한 나가야마가 있을 곳은 집단촌밖에 없었다.

현실 속에서 한 번 탈영토화를 시도한 사람들은 그 과정에서 이미 일부분이 과거와는 다르게 변해 있을 것이므로 과거의 사회에 적응하기 힘들뿐더러 그 사회에서도 그들을 받아들여 주지 않는다. 만일 다시 돌아간다고 해도 아마 그들은 본래 자신들이 속했던 그곳에서도 또 한 번 배척을 당하게 될 터였다. 그러나 집단촌의 나가야마는 그렇지 않았다. 나가야마는 서방이 말하듯이, 이 남자는 '이 집단촌에서 무슨 짓을 해도 용서되는' 것이다. 그가 비록 주류 사회를 동경하여 그들의 사회에 편입하기 위해 귀화까지 하며 자신과 같은 민족인 집단촌 사람들을 버렸으나, 그는 아무런 배척도 받지 않고 계속 집단촌을 지배하고 있는 것이다. 집단촌은 나가야마의 소유물이었다.

나가야마가 귀화를 하고 주류 사회의 선거에까지 나간 이유는 금력을 이용해 정치권력을 가지려는 욕망을 보여주고 있다고 생각할 수 있다. 그는 자신이 가지고 싶은 모든 것을 욕망하는 사람이었다. 정치권력을 가짐으로써 자신이 지배하는 집단촌을 보다 안전하게 지키려고 하는 욕망도 있었을 것이다. 그러나 이러한 그의 의도는 주류 사회의 높은 벽에 부딪쳐 실패로 돌아간다. 4번의 선거 패배가 그것을 말해준다. 주류 사회는 결코 나가야마에게 정치권력을 주지 않는다. 이제 그는 자신이 지배자인 집단촌을 유지하는 것에 모든 힘을 기울여야 할 것이었다. 주류 사회에서 거부된 이상, 그가 지배하는 집단촌의 존재도 위험할 것이었다.

이제까지 집단촌은 별다른 문제없이 잘 지켜지고 있었다. 집단촌에 자신과 같은 민족인 재일 조선인이 많이 살고 있을 때는 그것이 가능했다. 숙자의 린치 사건이 일어났을 때, 그가 관계되지 않았어도 숙자 사건은 같은 민족 사람들의 도움으로 겉으로는 아무런 문제없이 처리되었다. 그가 모른 체했어도 숙자의 딸은 고등학교를 나올 때까지 집단촌 사람들이 뒤를 봐주었다. 그들은 숙자가 죽을 경우 뒤탈이 날까 두려워 최소한의 치료를 해주기도 하였다. 나가야마가 한 일은 별로 없었다. 그는 단지 집단촌 사람들이 뒤처리를 하는 모양을 지켜보기만 하면 되었다.

그러나 중국인(中國人) 노동자들이 집단촌에 많이 살게 되면서 집단촌은 바뀌게 된다. 그들은 나가야마와 다른 민족 사람들이었다. 중국인 노동자들은 일단 그와 언어부터 달랐다. 언어의 본질은 문화이다. 언어가 다르다는 것은 그 배경이 되는 문화의 세계를 이해하지 못한다는 것이다. 나가야마는 중국인 노동자와 공유할 수 있는 문화가 달랐다. 그와 중국인 노동자들은 직접적인 소통이 불가능했다.

중국인의 지하 은행 사건이 일어났을 때, 나가야마는 돈을 훔친 중국인 노동자를 폭력으로 다루면서도, 자신이 대신 그 돈을 갚아주겠다면서 집단에 의한 폭력을 절대 반대한다. 그것은 집단촌이 집단 폭력으로 말미암아 문제되는 것이 두려웠기 때문이다. 물론 집단촌에서는 이전의 숙자 사건 때에 집단 폭력이라는 행위가 있었다. 그러나 나가야마는 이 두 사건이 같은 상황이어도, 그 주위 환경이 다르다는 것을 직감적으로 알고 있었다. 주류 사회에의 편입에 실패하여 위기 위식을 느낀 나가야마는 중국인의 집단 폭력이 문제가 될 수 있으리라는 것을 알고 있었다. 그러므로 그는 자신이 대신 그 돈을 갚아준다고까지 말하며, 집단 폭력을 막으려 한다. 이것은 일찍이 숙자 사건 때에 나가야마가 집단 폭력에 대해 아무런 개입을 하지 않았던 것과 전혀 다른 모습이었다.

하지만 집단촌의 중국인 노동자들은 '이 일은 돈만으로 해결될 문제가 아니니까요. 신의의 문제죠. 이국땅에서 신의를 잃어버리면 어떻게 되겠어요. 아무리 사장님이라고 해도 이 일만은 못 말려요'라고 말하며, 그의 말을 듣지 않는다. 집단촌에서 폭력 사건을 일으키지 않으려는 나가야마의 의지가 거부된다. 요컨대 집단촌을 지키려는 나가야마의 욕망이 위협받는 것이다. 결국 중국인의 집단 폭력 사건은 집단촌에 대한 경찰의 순찰로 이어진다. 그리고 제도 권력의 합법적 폭력인 경찰의 집단촌에 대한 조사가 시작되는 것이다. 이 조사에서 나가야마와 가네무라와 서방은 집단촌을 지키기 위하여, 또 집단촌의 중국인을 보호하기 위하여 경찰에게 달려드는 것이다. 경찰에게 달려듦으로써 서방이 정체성에 대한 자신의 탈주를 완성하는 과정은 이미 살펴본바 있다.[6]

이렇게 집단촌을 지키려는 나가야마의 욕망은 국가권력의 합법적인 폭력인 경찰에 의하여 무너지게 된다. 이미 주류 사회의 선거에서 패배하여 한풀 꺾인 나가야마의 욕망은 경찰의 제도적인 폭력에 의하여 완전히 무너지게 되는 것이다. 주류 사회에서는 자신들의 선거에 출마하는 나가야마가 자신들의 권력에 대해 도전하는 것으로 받아들인다. 주류 사회인 자신들과 재일 조선인 출신인 나가야마와의 경계가 없어지기 때문이다. 경계가 없어질 때 가장 커다란 탄압이 발생한다.

고자카이 도시아키(小坂井敏晶)는 『민족은 없다』[7]에서 '경계가 애매해지면 질수록 경계를 지키기 위한 차이화 벡터(vector)[8]는 더 강하게 작

6 본서 1장「현월『그늘의 집』- 서방이라는 인물 -」참조.

7 고자카이 도시아키(小坂井敏晶)저, 방광석 옮김『민족은 없다』뿌리와 이파리, 2003년 8월, pp. 44~46.

8 크기와 방향을 가지는 양. 변위, 힘, 속도 전기장, 자기장 등.

용한다'고 하면서, 차별은 이질성의 문제가 아닌 동질성의 문제라고 단정한다. 그는, 유대인들이 집단으로 학살당한 이유는 그들이 동화하려고 노력했음에도 불구하고 학살 정책을 피할 수 없었기 때문이 아니고, 유대인들이 동화하려고 한 노력에 대한 반작용으로 학살이 이루어졌다고 하는 알랭 핀켈크라우트(A, Finkielkraut)의 문장[9]을 인용하면서, 이질성보다는 동질성이 오히려 차별을 유발하기 쉽다고 설명한다. 주체와 타자 간의 경계가 불분명해지기 때문이다.

경계의 문제는 나가야마뿐만이 아니고, 고이치의 경우에도 해당하는 이야기이다. 요컨대 고이치가 제도 권력의 최고봉인 도쿄대학에 들어가서 각종 집회에 참석하며 재일 조선인의 현실을 주장하는 것과, 나가야마가 자신들의 선거에까지 출마한 것은 주류 사회에서 보면 그들이 자신들과의 경계를 넘어서는 것으로, 주류 사회는 그 경계를 유지하기 위하여 차별화에 들어가는 것이다. 주류 사회는 주류 사회를 동경하는 나가야마에 대하여 자신들의 사회에 동화시키기 위하여 귀화까지는 이해한다. 그러나 자신들의 선거에까지 출마하여 자신들의 자리를 넘보는 나가야마를 그들은 결코 가만두지 않는 것이다. 나가야마의 주류 사회 권력을 향한 욕망과 주류 사회의 욕망이 충돌할 때 그 결과는 쉽게 알 수 있다. 주류 사회는 경찰이라는 합법적으로 위장된 폭력을 동원하여 나가야마의 욕망의 공간인 집단촌을 없애버리는 것이다. 거리가 가까워지면 질

9 알랭 핀켈크라우트(A, Finkielkraut) 『가공의 유대인(Le Juif imaginaire)』 Paris, seuil, 1980년, p. 88.

수록 경계를 유지하기 위한 차별화의 힘이 더 강하게 작용한다.

앞에서 소수집단의 폭력의 기억은 재생된다고 말했다. 숙자 사건에서 알 수 있듯이, 소수집단의 폭력은 비록 가혹한 체벌일지라도 당사자인 그들을 벌주는 것으로 끝난다. 그리고 이러한 집단 폭력에 대한 집단촌 사람들의 기억이 상처로 언제까지나 남아 있다. 폭력의 대상이 살아있기 때문이다. 그러므로 폭력의 기억은 언제나 재생될 수 있다. 이것은 중국인 노동자의 경우도 마찬가지일 것이다.

그러나 주류 사회는 다르다. 4번에 걸친 선거에 떨어지며 주류 사회로의 편입을 거절당한 나가야마는 일본인인 사에키 씨를 범함으로써 주류 사회에 대하여 복수를 했다고 생각할지 모르지만, 그것은 그의 착각이었다. 중국인 린치 사건을 접한 주류 사회는 이내 경찰이라는 국가권력을 동원하여 그의 욕망의 근거인 집단촌을 부숴버리는 것이다. 그리고 무엇보다 사에키 씨는 나가야마가 생각한 것만큼의 상처를 입지 않는다. 사에키 씨는 이 사건을 기억하지 않는다. 서방이 '사에키 씨는 친구들과 수다를 떨며 미친개에게 물린 상처를 치유하려고 노력하고 있을 것이고 한 달도 안 되어 완전히 성공하지 않을까' 하고 상상하는 것처럼, 사에키 씨의 상처는 일시적인 것으로 이 사건은 오래 기억되지 않는다. 주류 사회 사람들은 폭력에 대하여 기억 장치를 두지 않는다.

주류 사회가 소수집단에 가한 폭력도 그렇다. 주류 사회의 폭력은 무차별적이고, 재생의 장치를 두지 않는다. 집단 폭력에 대한 기억조차 없애기 위함이다. 주류 사회는 고이치를 죽이고 나가야마의 집단촌을 없애버린다. 그러므로 주류 사회의 폭력의 흔적은 어느 곳에도 존재하지 않는다. 고이치는 죽었고, 집단촌은 폐쇄되었다. 그들이 폭력을 기억할 대상이 없는 것이다. 주류 사회의 폭력이 제도적인 합법성을 가장하기도 하지만, 기억의 장치를 두지 않는다는 것에서 우리는 주류 사회 폭력의 심각성을 알 수 있다. 그들은 당사자에게 회생의 기회를 주지 않을 뿐만 아니라, 자신들에게도 그 폭력의 기억을 상실시켜 그것을 재생시키지 않는다. 그들은 집단 폭력에 대한 기억이 없다. 폭력의 흔적이 없기 때문이다. 말할 것도 없이 주류 사회의 폭력이 더 무서운 것이다.

이러한 무차별적인 폭력은 주류 사회 자신들만의 사회를 지키기 위한 또 다른 욕망이다. 이것은 경찰이 서방의 어깨를 잡고 힘껏 끌어당기면서, '내가 보는 앞에서 백 명이나 되는 불법 체류자들이 자기들끼리 커뮤니티를 만드는 것은 절대 용서할 수 없다'고 말하는 것에서 알 수 있다. 주류 사회는 타자의 존재와 그와의 소통을 이해하지 않는다. 이러한 주류 사회의 폭력은 그들의 욕망과 무관하지 않다. 여기에서 욕망과 폭력은 다른 이름이 아니다.

다수에 대한 소수의 힘의 행사는 대부분의 경우 불법이라는 혹은 폭력이라는 식으로 단정된다. 이들이 지배 규범에서 벗어나는 다른 목소리라도 내려고 하면 그 작은 소리마저 폭력이라며 흥분한다. 소수자의 욕망을 폭력으로 인식하는 것이다. 자신들의 욕망을 침해하기 때문이다. 그러나 다수의 폭력은 법이라는 제도적 장치 안에서 용인되고 있다. 소수에 대한 다수의 폭력은 다수가 정한 제도라는 법을 통하여 정당화된다. 그들은 자신들이 만든 그 법이라는 것을 사회적인 합의라고 말한다.

그러나 일반적으로 그 법이라는 것은 소수로부터 다수의 권력을 보호하기 위하여 다수가 만들어낸 하나의 욕망 장치에 불과하다. 이것은 그들의 사회를 유지하고자 하는 주류 사회의 또 다른 욕망에 다름 아닌 것이다. 다수의 폭력이 정당화되는 반면에 소수의 폭력은 착취와 억압, 경제적 빈곤, 그리고 사회적 불평등 등의 폭력적 가치가 난무하는 사회 조직 앞에서 도피의 효용이 상실된다. 주류 사회라는 거대한 조직 앞에서 소수집단 사람들은 무력해질 수밖에 없는 존재이기 때문이다. 소수집단에 대한 주류 사회의 제도화된 폭력은 그들의 욕망과 무관하지 않다. 『그늘의 집』에서 나타난 욕망과 폭력은 그 근원이 같은 것이다.

4. 나오며

이상, 『그늘의 집』에서 나오는 욕망과 폭력 관계에 대하여 살펴보았다. 『그늘의 집』에서는 숙자와 중국인 노동자, 그리고 고이치와 나가야마의 욕망이 존재한다. 또한 그들의 욕망은 정당하거나 그렇지 않느냐를 불문하고 모두 집단 폭력에 의해 제어된다. 욕망에 대한 가장 손쉬운 제어 방법이 폭력이다. 숙자와 중국인 노동자의 욕망은 돈에 대한 그릇된 욕망으로 그들의 욕망은 집단촌 사람들의 집단 폭력에 의하여 제어된다. 숙자 살점의 붉은 꽃은 중국인 노동자의 살점과 피를 거쳐 서방이 물어뜯은 일본 경찰의 살점과 연결된다.

한편 고이치와 나가야마의 욕망에 대한 주류 사회의 집단적 폭력은 같은 의미로 취급할 수 있다. 고이치의 순수한 욕망과 나가야마의 개인적인 출세를 향한 욕망은 주류 사회에 대한 도전으로 받아들여져, 그들의 집단 폭력에 의해 무너지게 된다. 요컨대 고이치가 제도 권력의 최고봉인 도쿄대학에 들어가서 각종 집회에 참석하여 재일 조선인의 현실을 주장하는 것과, 나가야마가 그들의 선거에까지 출마한 것은 주류 사회에서 보면 자신들의 권력에 대한 심각한 도전이었다. 그러므로 고이치와 나가야마의 욕망은 주류 사회 사람들에 의하여 제어되는 것이다. 단지 두 사람이 다른 것은 고이치가 비합법적인 폭력으로, 그리고 나가야마가 제도라는 합법적인 폭력에 의하여 제어된다는 방법상의 차이가 있을 뿐이다.

주류 사회는 고이치를 죽이고 나가야마의 집단촌을 없앰으로써, 고이치라는 존재와 나가야마의 집단촌에 대한 기억을 없앤다. 그들은 자신들의 영역에 도전한 사람들의 기억을 없앰으로써 그것이 재생되는 미래(未来)를 만들지 않는다. 주류 사회에서 소수집단의 과거 기억은 철저히 망각된다. 과거의 숙자 사건이 중국인 노동자의 린치 사건을 통하여 집단촌 사람들의 기억에서 재생되는 것에 대하여, 고이치의 죽음과 나가야마의 집단촌은 그 존재가 없어짐으로써 그들의 기억에서 망각되는 것이다. 주류 사회의 폭력은 기억의 장치를 두지 않는다.

03. 현월(玄月)

『나쁜 소문(悪い噂)』

—료이치(涼一)의 변화 과정 추적을 통한 읽기—

1. 서론

소위 재일 한국인 문학의 1세대라 불리는 작가들의 주요 특징 중 하나가, '민족주의적인 관점에서 재일 한국인들의 입장을 대변해야 한다는 목적의식'이다. 이러한 목적의식은 차별이 만연하는 불합리한 사회에 몸담고 있던 당시 작가들에게는 매우 절실하고 중요하였을 것이다. 문제는 이러한 목적의식이 한편으로, 재일 한국인 사회를 있는 그대로 그려내고 나아가 인간 사회의 모습을 보편적으로 투영하는 데 있어서 장애물로 작용할 가능성이 높다는 점이다. '해야 한다'식의 주제를 표방하는 수많은 작품들이 현실과 동떨어졌거나 이를 미화하여 독자와 유리된 경우는 사례를 들자면 끝이 없을 정도이다. 재일 한국인 문학 장르에서는 이러한 문제가 후대 작가 세대들에 의해 끊임없이 제기되었는데 그중 대표적인 이로 현월(玄月)을 꼽을 수 있다.

비교적 늦은 나이에 작가 세계에 뛰어든 현월은 재일 한국인 문학 1세대에서 확인되는 구습(舊習)에서 벗어나, 새로운 시각으로 세상을 바라보고자 하는 신세대 재일 문학가들 중 단연 두드러진 예라고 할 수 있다. 그는 자신의 작품에서 재일 한국인과 재일 한국인 사회를 더 이상 '감싸고 보듬어 주어야 할 가련한 희생자들과 그들의 집단'이라는 식으로 그리지 않는다. 현월은 재일 한국인에게서 보편적 인간을 보고, 재일 한국인 사회에서 인간이라면 누구나 겪게 되는 부조리(不條理)를 본다. 그리고 자신이 본 바를 축소 내지 과장하지 않고 있는 그대로 담담하

게 이야기한다. 그의 『나쁜 소문(悪い噂)』(1999년 5월, 『文学界』) 역시 그러하다.

본서에서는 현월의 『나쁜 소문』에 나오는 료이치(涼一)의 심적 변화 과정을 추적하였다. 또 이 과정에서 작품의 주요 인물들이 료이치의 심적 변화에 어떠한 영향을 미치는가를 고찰하였다. 본서는 『나쁜 소문』에 나오는 등장인물들과의 관계를 통하여 이 작품의 내레이터인 료이치의 심적 변화 과정을 밝히고자 하는 작은 시도이다.

2. 본론-료이치의 변화 과정 추적

1) 뼈다귀와의 만남

료이치는 이 소설의 두 가지 서술 시점 중 하나이기도 한 인물이다. 작품 속의 사건 전반에 있어서 료이치의 역할이 갖는 비중을 어떻게 보아야 할 것인가 하는 문제는 관점에 따라서 조금씩 달라질 수 있다. 분명 그는 마지막의 끔찍한 사건으로 이어지는 일련의 계기를 형성하는 등 이야기에 깊숙하게 관여하고 있는 것도 사실이다.

그러나 그 역할은 어디까지나 일종의 도화선(導火線)이나 기폭제(起爆劑)라는 형태에 지나지 않는다. 갈등이 깊어지면서 폭발하는 과정의 총체적인 원동력이 되는 것은 마을 사람들과 뼈다귀(骨)가 장시간에 걸쳐서 쌓아온 분노와 증오이며, 그러한 본질적인 부분에 있어서 료이치의 영향은 미약하다. 비록 뼈다귀의 조카라는 입장 때문에 마을 사람들로부터 빼다귀의 동류(同類)로 취급당하며 배척(排斥)의 대상이 되는 경향이 있기는 하나, 미성년자에 지나지 않는 입장이기에 이는 일시적인 상황에 지나지 않는다. 이러한 점을 인식하고 작품 초반에 료이치가 했던 독백을 되짚어볼 때, 그가 작품 내에서 갖는 성격을 이해할 수 있다. 료이치는 다리 밑에서 혼자서 중얼거린다.

> 나는 왜 여기에 있을까. 어두운 개천가 길바닥에 쭈그리고 앉아 다리를 건너는 사람들을 응시하고 있다. 추워서 목까지 닫은 점퍼 속에 두 무릎을 쑥 집어넣고, 눈을 치뜨고 있는 오뚝이처럼 앞을 노려보고 있다.[1]

고조되던 갈등이 일거에 최고조로 치솟는 참극(慘劇)의 현장에서, 이 작품의 내레이터인 료이치는 타자가 되어 있다. 그러나 정확히 말하자면 이것은 자신의 의지에 따른 행동이다. 그는 빼다귀와 운명을 함께 하지도, 양씨 형제와 같은 적대자의 위치에 서지도, 중재자로서 개입하지도 않는다. 칼을 들고 양씨 형제에게 달려들었던 행위는 강한 적대감과 분노 때문이라기보다는 반사적 자기방어라고 보는 것이 옳을 것이다. 작품의 결말에 이르기까지 양씨 형제에 대한 료이치의 감정은 이중적이다. 그가 행하는 역할의 핵심은 지금까지와 같이 일련의 사건에 대한 '관찰'이며, 비록 직접 목격하지는 않더라도 전후사정(前後事情)을 이해하고 상상하는 것으로 역할은 충분히 하고 있다. 일련의 흐름에 관여하면서

1 현월 지음, 신은주·홍순애 옮김 『나쁜 소문』 문학동네, 2002년 11월, p. 16.

이를 관찰하고 독자에게 전달하는 '관찰자'. 이것이 료이치가 사건 속에서 차지하는 역할일 것이다.

그러므로 료이치의 경우는, 사건 내에서의 역할보다는 전체 작품 구도라는 측면에 중점을 두고 바라볼 필요가 있다. 그는 이사하여 마을에 편입(編入)되어 온 순간부터 뼈다귀에게 깊이 감화되며 이후 이루어지는 교육, 이탈 과정을 통해 일찍이 뼈다귀가 거쳐 왔을 것이라고 생각되는 '분노를 긍정하는 과정'을 체험한다. 즉 료이치는 뼈다귀의 수제자이자 모조품(模造品)이며, 나아가 또 한 명의 새로운 뼈다귀로 태어나게 된다는 점에 주목해야 하는 것이다.

작품 내 발생하는 사건들은 세상사(世上事)가 그러하듯, 작품의 각 인물의 성격과 그들이 처한 상황이 이러저러한 계기로 조우(遭遇)하며 빚어내는 양상이라 할 수 있다. 그러나 이것을 구조적·결정적 시각에서만 바라보게 되면 각 사건의 개별성과 특수성을 지나치게 되어 모든 사건의 결과가 인물들의 특성에 의해서만 좌우된 것으로 해석하여, 자칫 실제 사건 전개의 메커니즘을 왜곡하거나 부풀려서 해석할 가능성이 있다. 각 사건은 그 자체로서의 독립성을 지니며 또 그렇기 때문에 당사자들이 의도하지 않은 방향으로 나가는 경우가 자주 발생한다.

가나코(加奈子)의 경우를 보면 이를 잘 알 수 있다. 가나코가 고모와 대화하고자 했던 이유가 두 집안 사이에 분란을 일으키기 위한 것은 결코 아니었을 것이다. 그러나 결과적으로 그렇게 되었고 그로 인해 그 자리에 있던 모든 이들이 수십 년이 지나도록 그 사건의 영향 하에 놓이게 되었다. 이와 같이 인물과 사건의 상호작용을 살펴볼 때에는 인물이 사건에 끼친 영향뿐만 아니라 반대의 경우, 사건 자체의 성질과 연속성 등도 마찬가지로 같은 비중으로 살펴보아야 한다.

『나쁜 소문』에서 료이치는 자기 내면의 분노를 깨닫고 이후 의식적·육체적으로 독립해 가는 과정을 겪는다. 이러한 과정은 시간(時間) 순으로 나누어지며 료이치의 내면 변화와 맞물려 단계별로 하나 또는 복수 사건을 담고 있다. 료이치가 겪는 사건과 내면 변화의 첫 단계는 뼈다귀와의 만남이었다. 아버지라는 존재가 무너진 자리를 뼈다귀가 차지한다.

> 나는 아버지가 이럴 때마다 항상 울었다. 아버지가 이 세상 모든 것을, 온 세계를 완전히 파괴해 버리는 게 아닐까 하는 공포에 시달렸다. 이윽고 아버지는 어머니에게 한 것처럼 누군가를 때리기 시작하겠지. 나는 꼼짝도 못하고 얻어맞을 것이다. 내가 할 수 있는 일이라곤, 나만 참으면 온 세계가 파괴되기 전에 아버지의 마음이 가라앉게 될 거라고 자신을 타이르는 것뿐이었다.[2]

마을로 이사 오기 전까지 료이치에게 아버지는 '폭군'과 같은 존재였다. 료이치는 술에 취해 가족을 대상으로 폭력을 일삼는 아버지를 대항 불가능한 절대적 힘으로 인식하였고, 자연히 반항은 생각조차 할 수 없었다. 삼촌네 집에 몸을 의탁(依託)하러 온 날 역시 별반 다를 바 없어서, 그날 저녁 가족이 둘러앉은 술자리에서 옛날 버릇을 드러내는 아버지를

2 같은 책, p. 21.

보고 료이치는 또 다시 두려움에 사로잡힌다. 그러나 삼촌은 이러한 아버지를 쉽게 제압해 버리는데 이 사건은 료이치의 정신세계에 깊이 각인(刻印)되어 향후 그의 성격 변화에 강력한 영향력을 발휘한다. 특히 뻐다귀가 아버지를 잠재울 때 사용했던 프라이팬은 료이치 머릿속에 원형적(原型的) 이미지로 남아 '강력한 힘 = 프라이팬'이라는 공식(公式)으로 자리하게 된다. 또한 이날 이후로 뻐다귀는 강력한 힘인 프라이팬을 손에 쥔 존재로, 료이치의 의식 세계에서 아버지가 차지하던 자리를 이어받아 그에게 막대한 영향을 끼친다. 료이치에게 강력한 힘을 가진 새로운 아버지가 생긴 것이다.

> 절대적인 존재로서 우뚝 솟아 있던 아버지를, 프라이팬을 내리치는 것만으로 꼴사납게 끌려가는 고깃덩어리로 바꾸어 버린 삼촌의 행동은 주술에 묶인 나를 간단히 풀어주었다. 그리고 이 역전극은 그 후 내 인생관을 결정했다. 나는 이제부터 어떤 경우에도 내 생각대로 행동할 수 있는 나만의 프라이팬을 가지고, 아버지로부터도 아버지의 공포로부터도 벗어나, 내일부터 전혀 새로운 인생을 살기 시작할 것이다![3]

삼촌의 도움으로 절대적이라고 생각했던 아버지의 주술에서 풀려난 료이치는 '어떤 경우에도 자신의 생각대로 행동할 수 있는' 자신만의 프라이팬을 가지게 된다. 프라이팬 사건을 목격함으로써 료이치의 인생은

3 같은 책, p. 22.

새롭게 전개되는 것이다. 그날 있었던 사건과 료이치에게 일어난 내면의 변화를 도식화하면 다음과 같다.

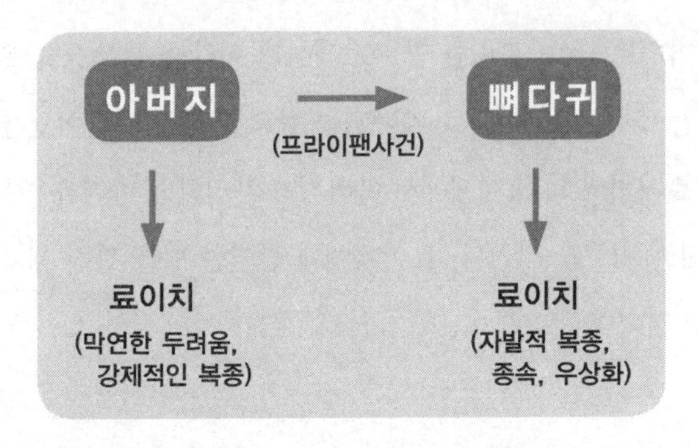

【 프라이팬 사건과 료이치에게 일어난 변화 과정 】

참고로 아버지와 뼈다귀로부터 료이치로 향하는 화살표는 지배(支配)관계를 나타낸다. 료이치는 폭군이었던 아버지로부터 벗어나 뼈다귀의 영향 하에 놓인다. 이후 뼈다귀는 건어물상에 대한 복수극에 료이치를 참가시키고, 료이치는 뼈다귀의 손에 이끌려 최초로 내면의 분노를 강렬하게 표출한다. 건어물상에 대한 뼈다귀의 복수에 참여함으로써 료이치는 내면의 분노에 한발 다가서게 되는 것이다.

> 나는 이미 이 일에 발을 들여 놓은 것이라는 자각과 함께, 그러자 터질 것 같이 가만히 있을 수 없는 무엇인가에 온몸이 순식간에 메워져, 삼촌을

그 자리에 남겨둔 채 전속력으로 뛰기 시작했던 것이다. 다리를 건너 왼쪽으로 돌아갈 때, 다리를 높이 쳐들고 가슴을 뒤로 젖힌 채 뛰어오는 삼촌의 모습이 눈에 들어왔다. 나는 있는 힘을 다해 달리면서, 가슴을 쥐어뜯고 싶을 정도로 웃음이 목젖까지 치밀어 오르는 것을 느꼈다. 그런데 참지 않고 토해내니까 헉, 헉 하는 숨찬 신음소리밖에 되지 않았다…….[4]

뼈다귀는 처음부터 료이치 속에 자신의 모습이 투영(投影)되어 있다는 점을 인식하고 있었다. 첫 계기는 물론 시장에서 넘어진 날 벌어진 일련의 사건이다. 사실 여부를 묻는 그의 질문에 료이치가 자신도 모르게 격렬한 반응을 하는 것을 본 순간, 뼈다귀는 자신과 동일한 유(類)의 분노가 맹아(盲兒) 형태로 료이치 내면에 자리하고 있음을 즉시 알아본다. 그리고 곧바로 자신의 분노와 동화(同化)시키고 이를 계기 삼아 료이치와 함께, 일전에 자신이 원한을 품었던 건어물상의 집을 습격한다. 료이치는 그 현장에서, 닭의 목을 치자 피가 사방으로 튀는 장면, 배를 가르고 내장을 집어내는 장면, 그리고 뼈다귀가 고양이를 짓밟는 장면 등을 선명한 이미지로 받아들이며 분노가 지닌 폭력적 측면을 무의식적으로 깊이 인식한다. 뼈다귀의 프라이팬 사건을 통해서 자아를 억누르는 외적인 요소로부터 해방된 료이치는, 이제 그를 통하여 가슴속에 품고 있던 분노를 실제적으로 형상화하는 행위에 참가하게 되는 것이다. 이것은 뼈다귀가 료이치에게 베푸는 일종의 가르침이라 할 수 있으며, 또 이후에 료

4 같은 책, p. 37.

이치가 다른 누군가의 도움 없이도 자발적으로 자신의 분노를 인식하고 행동하게 되는 관문(關門)으로서의 의미를 지닌다.

2) 가나코와 고모

뼈다귀에게 받은 료이치의 분노의 싹은 가나코와의 만남을 통하여 본격적으로 확장된다. 가나코에게 점차 관심을 기울이게 된 료이치는, 배구 연습 중 그녀에게 거칠게 공을 던지는 공격수를 보고는 순간적으로 강렬한 분노를 느낀다. 그리고 료이치는 일순 그러한 자신을 인지하고 놀라는 것이다. 료이치가 공격수에 대하여 분노를 느끼고, 그 감정을 긍정하며 이를 자연스럽게 받아들이는 대목에서 두 가지 사실을 확인할 수 있다. 하나는 료이치가 강한 소유욕의 소유자라는 점이고, 또 하나는 그 소유욕으로 말미암아 강한 분노의 감정을 느낀다는 점이다.

이전까지 료이치의 내면에 잠재해 있던 거대한 분노는 아버지의 '퇴출'을 기점(起點)으로 싹을 틔운다. 그리고 이것은 스스로 흠칫 놀랄 만큼 강렬하게 솟구친다. 그리고 료이치는 이러한 '분노의 용솟음'과 마주하는 횟수가 잦아지면서 이것을 있는 그대로(그것도 긍정적으로) 받아들이는 것이다. 가슴속에서 북받쳐 올라오는 기운의 정체를 몰라 알 수 없는 울음을 내뱉었던 그였지만, 시간이 흘러갈수록 그것은 다름 아닌 자기 내면에 자리한 분노였음을 급속히 깨달아 간다.

> 나는 그때, 건드린다면 저놈이다 하고 마음속으로 중얼거렸다.
>
> 나는 자신의 중얼거림에 놀라, 곧 저 여자를 건드리는 일은 절대 없을 거

라고 마음속으로 다짐했다. 그러나 이 중얼거림이 내 머리에서 분명히 솟아나온 말이라는 것을 깨닫자, 이것은 다른 누구의 생각도 아닌 나만의 것이다, 라는 생각이 힘껏 악물은 어금니 사이로 새어나왔다.[5]

이렇게 료이치는 뼈다귀의 조카라는 이유로 주위에서 손가락질 받는 생활을 아무렇지도 않게 받아들이는 반면, 가나코와의 관계에 있어서는 사소한 일에도 분노를 표출(表出)하며 점차 스스로 조절할 수 없는 단계로 나아간다. 그에게 있어서 가나코에 대한 소유와 분노는 검의 양날처럼 작용한다. 그런데 가나코라는 존재는 그녀가 전혀 의도하지 않은, 오히려 역방향(逆方向)의 영향을 료이치에게 끼친다. 즉 가나코는 자신의 희생을 통해 화해와 속죄를 추구하지만, 료이치는 이러한 그녀로 인하여 한층 분노와 가까워지는 것이다.

여기에서 양씨 형제의 동생인 가나코와 료이치의 고모에 대하여 살펴보자.

가나코는 료이치의 고모와 함께 마을 사람들의 공동체에서 상당히 유사한 역할을 하는 인물이다. 가나코와 고모는 당시 사회에서 절대적 약자에 속하는 여성으로서 일방적으로 육체적 희생을 당하는 위치에 있다. 자신의 가족을 제외한 남성들에게 그녀들은 성적 소유욕의 대상에 불과하다. 두 사람은 작품 내에서 유사한 역할을 하지만, 세부적인 면에서는 상당한 차이를 가진다.

5 같은 책, p. 56.

우선 두 사람의 공통점을 살펴보자. 첫 번째로, 가나코와 고모는 자신의 몸을 수단화한다. 자발성 여부를 떠나 두 사람은 마을 내 갈등을 해소하고 화해를 도모하는 역할을 수행하는데 이 과정에서 그녀들의 몸이 주요 수단이 된다. 두 사람은 자신의 몸을 통하여 물리적 충돌과 달리, 앞서 지적한 성적 소유욕을 만족시키는 보상 시스템으로 마을 공동체의 갈등을 해소한다. 물론 이로써 갈등이 궁극적으로 해소되는 것은 아니다.

두 번째로, 이들은 뼈다귀와 양씨 형제의 싸움에 휘말려 결과적으로 참혹한 육체적 고통을 입게 된다. 사건에 개입하는 정도를 떠나 두 사람은 자신들만의 회합을 가졌다는 이유로 제재와 협박을 당하고 마침내는 물리적 폭력의 피해자가 된다. 중요한 사실은 이들이 폭력을 당하는 부위가 여성 성기에 집중되어 있다는 점이다. 작가는 뼈다귀의 성기 절단과 더불어 이 사건을 대비시켜 독자의 본능적인 수치심을 자극하는 동시에 여성의 위치를 일관되게 남성 아래에 놓고 이를 고수(固守)함으로써, '폭력이란 결국 강자가 약자를 억압하는 수단'이며 '이 구도의 최하부에는 여성이 놓여 있다는 사실'을 적나라하게 고발하고 있다.

한편, 두 사람의 차이점으로는 자신의 행동이 자의적인가 타의적인가의 여부를 들 수 있다. 작품에서 알 수 있듯이 가나코는 상당히 동적(動的)이고 능동적인 인물로, 자신의 의지로 문화주택의 건달 무리와 성관계(금전이 아닌 용서를 구하는 정화 의식으로서의 매춘)를 가지며, 이를 통해 오빠들의 '과오(過誤)'를 씻어내고자 한다. 양씨 형제가 뼈다귀에게 결정적으로 육체적 고통을 안기기 전에 당하는 과정 또한 자세히 들여다보면 그녀 스스로 선택했다고 볼 수 있다. 가나코는 오빠들의 죄를 자신이 대신 씻어 주어야 한다고 생각하여 오빠들의 폭력에 대하여 자신의 몸으로 보상한다. 그녀는 오빠들의 잘못에 대하여 자신이 책임을 느끼고 속죄하는 것이다.

이러한 가나코는 이번에는 료이치가 그녀를 위하여 문화주택에 불을 질러 건달 무리들의 보금자리를 없앴다는 죄책감으로, 그 죄를 보속(補贖)하기 위하여 그들을 찾아다녔다고 말한다.

> 들어줄래? 나는 말이야, 그 문화주택의 사람들을 찾아다녔어. 이번에는 네가 저지른 일에 책임을 지고. 그렇게 분명히 자각하면서. 난 왜 그럴까. 그런데 그 사람들이 동네를 떠난 후였어. 그걸 알았을 때 난 울었어. 조금이었지만. 그래도 왜 울었을까. 슬퍼서가 아니야. 하지 못하고 남은 숙제 교과서를 잃은 기분이라고나 할까.[6]

가나코는 속죄하려고 찾아다니는 자신의 행동을 숙제를 하는 것이라고 설명한다. 이처럼 가나코는 자신을 희생양으로 삼아 세상의 부조리를 정화하고자 하며 마을의 분쟁을 화해시키려고 적극적으로 행동하는 인물이다. 그러나 그러한 시도는 결국 실패로 돌아가고 그녀의 적극적인 보속 행동은 자신의 의도와 달리 참혹한 결과를 불러오는 계기가 된다.

한편 가나코와 반대로 고모는 작품 내내 한결같이 수동적이다.

료이치의 고모는 정(靜)적, 수동적인 인물이다. 가나코가 어린 나이에

6 같은 책, p. 137.

도 불구하고 자신의 희생을 스스로 결정하고 주체적으로 움직이는 데 반해, 고모는 처음에는 양씨 형제의 손에 이끌리며 이후에는 친오빠인 뼈다귀에게 이끌려 매춘에 몸담는다. 이러한 두 사람의 성향은 료이치를 대하는 모습에서도 잘 나타난다. 요컨대 가나코는 료이치와 만나기 위하여 일부러 그의 집 앞을 지날 정도로 적극적인 성격이지만, 료이치와 같은 집에서 사는 고모는 조카인 그에게 제대로 말도 붙이지 못할 정도로 소극적이다. 물론 이와 같은 수동성 때문에 작품 내에서 그녀가 차지하는 비중이 줄어든다고 생각할 수는 없다. 가나코와 고모는 능동적인가 수동적인가의 차이가 있지만 기본적으로 두 사람의 역할은 같다. 그런데 일찍이 료이치의 고모를 이러한 역할에 끌어들인 사람은 아이러니하게도 가나코의 오빠인 양씨 형제였다.

> 고무줄이 늘어난 셔츠가 홀렁 벗겨진 순간부터 몸은 긴장하고 있으면서도 전혀 저항하지 않는 뼈다귀의 여동생에게 형제는 신문배달이 끝나면 매일 여기 와, 안 오면 이 아파트에는 배달 못하게 할 테니까, 라고 협박했다. 그녀는 명령을 충실하게 따랐다.[7]

고모는 가나코와 대비되는 수동성(受動性)을 주요 특성으로 하여 매우 중요한 역할을 수행한다. 그녀는 매춘이라는 형태로, 원시적 형태의 사회에서 찾아볼 수 있는 '성적 소통을 통해 죄를 씻어내는 일종의 통음

7 같은 책, p. 83.

(痛飮)하는 여제사장'과 같은 역할을 마을 내에서 수행하였으며 이를 통해 '마을 내 갈등을 표면적으로 해소하는 일종의 완충제(緩衝劑)' 구실을 한다. 즉 고모라는 인물은 뼈다귀가 짊어진 '나쁜 소문의 대상'이라는 운명과 유사한 성격을 띠고 있다는 해석이 가능하다. 뼈다귀 역시 자신이 공공연히 마을 사람들의 '나쁜 소문의 대상'이 됨으로써, 공동체의 질서를 유지하고 있다고 생각할 수 있기 때문이다.

그러나 중요한 사실은 그녀가 수동적인 입장을 고수(固守)하였고, 마지막 사건의 전개 과정에 개입하지 않았음에도 불구하고 뼈다귀와 양씨 형제 간의 분쟁에 휘말려 '뼈다귀의 일족(一族)'으로서 고통을 당하게 된다는 점이다. 이와 같이 세상에 대처하는 방법에 있어 성향이 정반대인 두 여성이 감내해야 했던 잔혹한 운명과 극적 몰락(沒落)을 보여주면서, 작가는 구조적으로 약자일 수밖에 없었던 여성들이 공통적으로 겪었던 고통을 사실적으로 그리는 동시에 작품의 비극적 측면을 한층 부각시키고 있다.

이렇게 료이치의 고모와 가나코는 마을 사람들의 공동체의 평화를 위한 희생양이었다고 볼 수 있다. 그녀들은 마을 사람들의 성적(性的) 소유욕의 대상에 불과한 약자였다. 우연하게도 가나코의 오빠들인 양씨 형제가 이러한 역할을 맡는 것도 두 사람의 운명을 말해준다. 양씨 형제의 형은 고모의 매춘을 주저하는 아우에게 '바보, 잘 생각해봐라. 뼈다귀의 여동생은 돈이 필요하다. 우리들도 돈이 필요하다. 젊은 여자를 좋아하는 아저씨들은 얼마든지 있다. 잘되지 않을 리가 없다. 모두 행복하게 된다'고 설명한다. 이것은 마을 사람들의 공동체가 자신들의 결속을 위하여 고모라는 성적 대상을 필요로 하고 있다는 사실을 이야기한다. 그러므로 그는 도덕에 어긋나는 자신들의 행동으로 오히려 마을 사람들이 '모두 행복하게 된다'고 생각하고 있는 것이다. 그는 자신의 아버지까지 료이치의 고모를 찾아가는 것을 알고 놀라지만, 결국은 '이제껏 일만 해 온 아버지를 비난할 수는 없다. 우리가 씨를 뿌리고 가꿔서 열린 열매를 아버지가 몰래 먹은들 어떻단 말인가. 애당초 우리의 응어리진 감정이 도리에 어긋나는 게 아닐까. 지금 이대로 모두가 행복한 게 아닐까'라고, 역시 자신들 마음대로 생각하며 간단하게 납득해 버리는 것이다.

이렇게 양씨 형제가 생각하는 요인으로는 공동체적 속성을 들 수 있다. 공동체라는 것은 서로 다른 생각을 가지고 있는 개인들의 집합이기에, 크건 작건 간에 충돌과 대립이 발생하는 과정에서 공동체 내부에 스트레스가 쌓이게 된다. 굳이 역사가 짧고 체제가 안정되지 않았다고 하더라도 일반적으로 공동체는 이를 축제나 공동노역(公同勞役), 종교 등의 형태로 승화시키는 나름의 제도(制度)를 보유하는데, 때때로 그것만으로는 충분히 해소되지 않는 경우가 있다. 그러한 경우 공동체는 내부의 이질적인, 또는 외부로부터 유입된 특정한 존재를 희생양으로 삼고 적으로 규정하여 공격하는 행위를 통하여 축적된 응어리를 해소하고 구성원의 단결을 꾀한다. 과거의 마녀 사냥, 신분 차별, 인종 차별뿐만 아니라 현대의 이지메(왕따) 현상 등도 그 좋은 예가 될 것이다. 그리고 이는 궁핍한 생활이 사람들의 심성을 거칠게 하고, 공동체를 아우르는 제대로 된 규범이나 질서도 확립되지 않았던 당시 상황 속에서, 극단적인 형태로 나타나게 된다.[8] 요컨대 집단 내부에 응어리진 부정적 감정을 분출하기 위한 대상 찾기라고 할 수 있다.

료이치와 가나코의 관계 또한 이러한 해석을 크게 벗어나지 않는데, 이는 료이치가 일 년에 한 번 장터에서 가나코의 모습을 훔쳐보고 다음 일 년 간 만날 상상 속 섹스 파트너를 구하는 과정에서 명료하게 드러난다. 요컨대 두 여성은 폭력을 긍정(肯定)하고 확대하는 남성들과는 대조적으로, 자의·타의 여부를 떠나서 갈등을 해소하고 화해를 도모하는 역할을 하고 있다. 그러나 이 과정에서 육체라는 수단을 택하게 된다는 부조리함, 그리고 마지막에 맞이하게 되는 참혹한 결말은 공동체를 뿌리 깊게 지배하는 폭력이 가지는 무자비한 속성을 적나라하게 드러내는 또 하나의 예라고 할 수 있다.

료이치에게 가나코는 굴욕이라고 느끼는 분노를 형상화하는 촉매제 역할을 수행한다. 이와 더불어 또 하나 눈여겨 볼 점은 료이치가 취하는 행동 양식이다. 모든 자극에 대하여 무조건적으로 반응하지는 않지만, 분노를 느끼게 될 경우 이를 억누르지 않는 모습에서 뼈다귀의 행동 양식과 상당한 유사성을 띠고 있다. 가나코를 좋아하게 됨으로써 그녀를 독점하기위한 소유욕을 가지고, 자신의 분노의 감정을 인정하는 료이치의 분노의 범위는 점점 커져간다.

8 이러한 현상은 현월의 『그늘의 집』의 숙자와 중국인 노동자에 대한 집단촌 사람들의 폭력 사건에서도 극명하게 나타난다. 이것에 대해서는 본서의 2장 「현월 『그늘의 집』 -욕망과 폭력-」을 참조할 것.

3) 분노의 형상화

가나코와 며칠 간 관계를 갖지 못한 료이치는 그녀의 뒤를 밟아, 가나코가 문화주택 사람들에게 얽매여 있다는 사실을 알게 된다. 료이치는 이러한 사실에 분노하고, 그의 분노는 곧바로 문화주택으로 향한다. 그는 망설이면서도 자신이 느끼는 분노가 다른 누구도 아닌 자신을 위한 것임을 재인식하고, '그러한 감정이 이끄는 대로 행동하지 않으면 지금까지의 변화가 모두 물거품이 될 것'이라고 다짐하며 각오를 되새긴다. 이어서 약간의 시행착오를 거치지만, 결국 료이치는 문화주택에 불을 지르는 데 성공한다. 뼈다귀가 닭의 피를 뿌려대던 것과 마찬가지로, 료이치는 문화주택에 시너를 뿌리며 불을 지른다. 료이치 또한 스스로의 의지와 행동력(行動力)으로 내면의 분노를 형상화(形象化)하기에 이른 것이다.

자신이 좋아하는 가나코가 문화주택에 들어가는 모습을 보고, 료이치는 '해치워야 할 놈들은 이놈들이다'라고 생각한다. 그리고 그는 자신을 위하여 '무슨 일이든 할 수 있다'고 다짐한다. 료이치의 머릿속에는 가나코가 아무렇지도 않게 '그뿐이야'라고 자신에게 이야기하던 일을 기억하고, '온몸에서 훽 하고 핏기가 가시면서 머릿속에서 해치워야 할 놈들은 이놈들이라는 목소리가 한꺼번에 북받쳐 올라 피 대신 온몸에 퍼지'게 되는 것이다.

> 그것은 나 자신을 위해서다! 내 마음속의 그 외침이 나를 몰아댔다. 가나코가 계단을 올라가서 방에 들어가는 것을 보았을 때 들은 그 소리, 해치워

야만 할 놈들은 이놈들이다, 라는 소리에 따라야 한다. 그렇게 하지 않으면 또 도로아미타불이다…….[9]

료이치는 가나코를 위하여 문화주택에 불을 질러, 가나코를 문화주택 건달들로부터 해방시킨다. 그는 자신을 위하여 불을 지른다고 하지만 사실 불을 지른 행동은 가나코를 위한 것이었다. 궁극적으로는 가나코와 자신을 위해서였다. 그녀가 문화주택 건달들에게 얽매여 있어서 자신과 자유롭게 만날 수 없었기 때문이다. 이렇게 료이치는 자신과 가나코와의 만남을 방해하는 것에 대한 분노를 방화(放火)라는 직접적이고 폭력적인 방법으로 표출한다. 이러한 료이치의 분노 표출은 가나코의 배구 사건 이후 이미 예견되어 온 행동이라고 할 수 있다.

문화주택의 방화 이후, 자신이 이해되지 않는 사건에 대한 료이치의 분노의 범위는 점점 높아져 간다. 여기에 가나코 아버지 사건이 발생한다. 가나코의 아버지가 뼈다귀의 집에서 고모와 성관계 중 쓰러지고 만 것이다. 그런데 뼈다귀를 도와 가나코 아버지를 양씨 형제에게 데려간 료이치는 충격적인 장면을 접한다. 갈 데 없는 분노의 표적이 된 뼈다귀가 양씨 형제로부터 무차별로 구타당하면서도 아무런 반항도 하지 않고 순순하게 물러난 것이다. 돌아오는 길에 궁색(窮色)하게 변명을 하는 뼈다귀의 모습을 목격한 후, 료이치 내부에서 절대적인 존재로 자리하고 있던 뼈다귀의 위상은 처음으로 흔들리기 시작한다.

9 현월 지음, 신은주·홍순애 옮김 『나쁜 소문』 문학동네, 2002년 11월, p. 68.

왜 삼촌은 계속 얻어맞는 것인가, 당장이라도 주머니에서 칼을 꺼내지 않는 것인가, 삼촌은 세계최강이란 말이다! … 커다란 프라이팬을 갖고 싶다! 눈앞에 있는 모든 것을 한꺼번에 뒤집을 수 있을 만큼 큰 프라이팬만 있다면, 나는 무슨 일이든지……[10]

사춘기의 소년들이 통과의례(通過儀禮)로 겪게 되는 부성(父性)에 대한 부정(否定)을 료이치는 자신의 아버지가 아닌 뼈다귀를 대상으로 경험하게 된다. 료이치의 내부에서는 새로운 자아가 발현되기 시작한다. 그것은 다른 누구도 아닌 바로 자신이 분노의 주체이며, 그것을 분출하기 위해서는 스스로 강해져야 한다는 의지이다. 이 사건을 통하여 료이치에게 뼈다귀의 위상이 변화하기 시작한다. 자신의 우상으로 세계 최강이라고 생각하고 있던 삼촌이 아무런 이유도 없이 양씨 형제에게 맞고 있는 것이었다. 료이치는 가나코 아버지의 사건을 대하는 뼈다귀의 행동을 보며 이해할 수 없는 상태를 경험하면서 비로소 뼈다귀를 객관적인 위치에서 바라보게 된다.

아무런 잘못도 없는 뼈다귀를 때린 양씨 형제에게 료이치는 분노의 감정을 느낀다. 그런데 당연히 자신보다 더 엄청난 분노를 느껴야 할 뼈다귀는 오히려 양씨 형제를 두둔하고 감싸면서 이 사건에 대하여 변명만을 늘어놓는다. 료이치는 이러한 뼈다귀에게서 실망감을 느끼고, 가나코 아버지 사건을 통하여 삼촌인 뼈다귀에 대한 절대적인 믿음이 사라지게 되는

10 같은 책, p. 130.

것이다. 자신의 아버지를 커다란 프라이팬으로 때려눕힌 뼈다귀가 이제 그 커다란 프라이팬을 잃어버리게 되는 것이다. 여기에서 료이치에게 뼈다귀는 '신에서 인간으로' 위상의 변화가 일어난다고 생각할 수 있다.

가나코 아버지 사건 이후로 뼈다귀를 바라보는 료이치의 시선은 계속 변화를 겪는다. 일종의 절대신(絶對神)과 같은 존재였던 뼈다귀의 위상은 차츰 하락해 가고, 료이치는 그런 삼촌에게 공공연히 반항하기에 이른다. 그리고 절대적인 존재를 부정하는 인식의 확대는 필연적으로 스스로 강해지겠다는 의식의 팽배(彭排)를 수반한다. 이렇게 가나코 아버지 사건은 료이치에게 뼈다귀로부터의 독립된 길을 걸을 수 있는 계기를 만들어 주었다. 마침내 료이치는 자신을 지배하던 삼촌의 영향으로부터 벗어나 '이제 내가 해치운다! …… 세계를 한 번 더 뒤집어 줄 것이다'라고 결심한다. 그리고 이러한 감정은 결국 '처음으로 삼촌이 우스꽝스럽게 보이'게 되기까지 발전하는 것이다.

4) 료이치의 독립

양씨 형제의 '아우님'이 집에 찾아와 말다툼이 일어나고, 뼈다귀는 가나코를 분노의 대상으로 삼는 데에 동참할 것을 료이치에게 종용한다. 료이치는 가나코와 삼촌 사이에서 갈등하나 결국 가나코를 삼촌에게 데려간 뒤 자신은 사라져 버리고 만다. 가나코에 대한 애정과 내면의 분노를 사이에 두고 심한 갈등을 겪던 료이치는 결국 분노를 선택하고, 그 결과 파국(破局)이 찾아온다. 뼈다귀와 양씨 형제가 주고받는 처참한 폭력, 그리고 뼈다귀 집안의 참극(慘劇)을 목격한 료이치는 의식적·육체적으로 완전히 독립하기에 이른다. 억누르지 못하고 터져 나오는 절규는 료이치가 분노의 화신으로 등극하는 과정으로 보이며, 이제 그는 홀로 자신의 길을 찾아 나서는 것이다.

> 강해지고 싶다.
>
> 그러자 어디에서 솟아오르는 것일까. 가슴 가득히 말이 차 억누르지 못하고 뱉어냈더니, 의미 없는 우렁찬 외침이 되어 밤하늘에 퍼져 갔다.[11]

이렇게 마지막 사건이 일어난 후, 료이치는 마을을 떠난다. 이 모든 사건이 종료된 이후 료이치가 어떠한 행적(行績)을 밟았는지에 대한 직접적인 서술을 작품 내에서 찾아볼 수 없다. 하지만 그 시점으로부터 얼마 지나지 않아 상당한 금액의 돈이 입금되기 시작했다는 사실과 당시 시대 상황, 그의 사회적 신분 등으로 미루어 볼 때 료이치가 무언가 위험한 일에 종사하게 되었으리라는 점은 어렵지 않게 짐작할 수 있다. 작품 내에서 벌어진 일련의 사건은 한 십대 소년의 가치관을 송두리째 바꿔 놓을 정도로 강렬했기에, 분노와 폭력은 이후 이어질 료이치의 인생 전체를 지배하는 키워드로 작용했을 것이다. 바꾸어 말하면, 이것은 또 한 명의 뼈다귀가 탄생했음을 의미한다.

한편, 분노에 대한 폭력의 행사라는 점에 있어서 사건 이후 끝까지 마을에 남아 있는 뼈다귀와 비교하여, 마을을 떠난 료이치는 전연 다른 의

---

11 같은 책, p. 159.

미를 가진다.

우선 뻬다귀는 마을 사람들의 자신에 대한 소문이라는 폭력을 더 강한 폭력으로써 대응한다. 그런데 뻬다귀는 굴욕이라고 생각되어 분노를 느끼면서 행하는 자신의 폭력에 대하여 항상 어떠한 명분을 가지려고 노력한다. 파친코의 사건을 제외하면, 그의 복수를 위한 행동에는 반드시 어떠한 계기와 명분이 필요했다. 그리고 분노의 감정을 축적할 수 있는 상당한 시간이 필요했다.

이것은 여러 사건을 통해 나타난다. 예를 들어 건어물상에 대한 복수 사건을 봐도 알 수 있다. 뻬다귀는 현금이 없다고 자신에게 참기름을 팔지 않은 건어물상에게 굴욕을 느끼면서도 아무 말도 안 하고 조용히 나온다. 그리고 그는 '참기름은 미리 주문해 놓은 게 아니니까' 하며 변명하듯 중얼거리는 것이다. 그러나 료이치가 시장에서 넘어진 것을 계기로 하여, 그것을 명분으로 삼아 건어물상에 대한 복수를 행한다. 뻬다귀에게는 반드시 어떠한 계기가 필요한 것이다. 또한 언제나 복수의 시간은 인적이 없는 밤을 선택한다. 그리고 그 복수라는 행동도 대단한 것이 아니고 닭의 머리를 건어물상의 우편물 투입구에 처넣은 정도이다. 뻬다귀의 이러한 복수는 건어물상을 직접적인 대상으로 한 것도 아니고, 사실 그다지 피해를 주는 것도 아니다. 그의 이러한 행동은 보복이라기보다는 못된 장난에 가깝다고도 할 수 있을 것이다.

그러나 이러한 행동을 하기 위하여 평소에 술을 안 먹는 뻬다귀는 술을 먹는다. 만일 료이치가 넘어졌다는 계기가 일어나지 않았으면 뻬다귀의 분노는 자신의 가슴속에 남아 있었을 것이다. 그러므로 그는 굴욕을 느끼는데도 불구하고 복수의 명분이 성립하지 않으면, 체육 선생의 사건과 같이 자신을 자해하기도 하는 것이다. 요컨대 뼈다귀의 폭력에는 명분이 있어야 하고 분노의 축적 시간을 필요로 한다. 소극적인 폭력이다.

이러한 뼈다귀의 행동 양식은 가나코 아버지 사건에서 극명하게 나타난다.

가나코의 아버지를 집으로 운반한 뼈다귀는 아무런 잘못을 하지 않았음에도 양씨 형제에게 뭇매를 맞는다. 뼈다귀는 뭇매를 맞으면서도 주머니 속에 들어 있는 칼을 꺼내지 않는다. 료이치는 이러한 뼈다귀를 이해하지 못하지만, 그는 '어쩔 수 없지. 우리 집에는 전화도 없고, 주위 사람들까지 끌어들여 소동을 일으킬 수도 없고 말이야. 제 아버지가 강에서 끌어올린 익사체의 모습으로 돌아왔다면 누구든지 그렇게 되지. 어쩔 수 없어' 하고 연약한 어조로, 맞아죽은 사람 같은 얼굴로 변명을 늘어놓으며 자신을 납득시키고 있는 것이다. 요컨대 뼈다귀로서는 자신의 아버지가 죽은 양씨 형제의 무차별적인 폭력에 대하여 대응할 명분을 발견할 수 없었던 것이다.

이것은 양씨 형제에 대한 복수 사건에서도 확실하다. 뼈다귀는 그 지역에 일어난 방화 사건을 복수의 계기로 삼고 료이치를 미끼로 삼아 자신을 폭행한 양씨 형제에 대한 분노를 지속한다. 또 분노를 최대화하기 위하여 분노의 감정을 축적할 시간을 가진다. 이러한 그는 '삼촌, 언제까지 그러한 꼴로 있을 거야'라는 료이치의 채근에 비로소 행동을 시작한다. 그러나 뼈다귀의 행동은 한계를 지니는 것이었다. 무엇보다 뼈다귀는 복수 대상으로서 자신이 얻어맞은 양씨 형제가 아니고, 아무런 힘이 없는 양씨 형제의 동생인 가나코를 선택하는 것이다. 뼈다귀는 양씨 형제 대신에 가나코에게 복수를 하지만, 그것은 진정한 복수가 아니라 비겁한 행위에 불과했다.

그러나 료이치는 이러한 뼈다귀와 다르다.

료이치에게는 뼈다귀가 필요로 하는 분노를 축적하는 명분과 계기가 필요 없다. 또 그에게는 분노의 축적 시간이 필요하지 않다. 단지 자신에게 분노의 감정이 일어나면 즉시 행동한다. 그는 자신이 굴욕이라고 느끼면 분노가 일고, 그 자리에서 복수를 결행한다. 무엇보다 그는 직접적이고 대담하게 행동한다. 뼈다귀가 사람들이 없는 밤이라는 시간을 택하여 행동하는 것에 대하여, 료이치는 한낮이라는 공간을 선택하여 자신의 행동의 정당함을 주장한다. 뼈다귀가 사람들이 없는 밤에 닭의 피를 뿌려대는 것과 달리, 료이치는 한낮에 시너를 뿌리며 문화주택에 불을 지른다. 그리고 뼈다귀의 복수는 단지 상징적인 행동으로 실질적으로 건어물상에게 어떠한 피해도 입히지 않지만, 료이치의 복수는 가나코를 범한 문화주택 건달들의 보금자리를 근본적으로 파괴해 버리는 것이었다. 요컨대 뼈다귀의 폭력은 소극적인 폭력이고, 료이치의 폭력은 직접적이고 구체적인 행동이다. 법의 견해에서 보아도 뼈다귀의 복수는 법의 대상이 아니지만, 료이치의 행동은 건물 방화죄라는 것이 성립한다.

이것은 가나코 아버지 사건에서도 분명하다.

앞에서 언급했듯이 가나코의 아버지를 집으로 운반한 뼈다귀는 아무런 잘못을 하지 않았음에도 양씨 형제에게 뭇매를 맞는다. 뼈다귀는 이러한 양씨 형제의 폭력을 이해하지만, 그러나 료이치는 맞기만 하는 뼈다귀를 이해하지 못한다. 오히려 이곳에서 그는 '이제 내가 해치울 거야!'라며 뼈다귀로부터의 독립을 결심하게 된다. 그리고 료이치는 '세계를 다시 뒤집고 말 거야, 라는 말을 한 것만으로 심호흡을 한 가슴에 반석 같은 근육이 붙은 느낌이 드는' 것이다. 그는 뼈다귀가 맞고만 있는 충격적인 장면을 보면서 '강해지고 싶다!'라고 소리 내어 말하며 눈물을 흘린다. 료이치의 분노의 감정이 얼마나 강렬한 것이었는가를 알 수 있다.

가나코의 복수를 위하여 양씨 형제들이 다시 다리를 건널 때, 료이치는 뼈다귀의 칼을 꺼내 양씨 형제에게 뛰어나간다. 그리고 양씨 형제에게 부딪쳐 튕겨 나오자, 그것으로 그는 미련 없이 마을을 떠난다. 료이치는 칼을 들고 양씨 형제에게 맞섬으로써, 이제 일찍이 그가 그렇게 원하던 어떠한 경우라도 자신의 의지대로 행동할 수 있는 사람이 되었던 것이다.

3. 결론

『나쁜 소문』의 이야기 속에서 묘사되는 폭력은 결코 일방통행이 아니다. 동네 사람들이 소문이라는 보이지 않는 폭력을 통해 뼈다귀를 얽어매고, 뼈다귀 또한 분노라는 감정이 이끄는 대로 대응하면서 폭력은 차츰 순환하는 형태를 띠어 간다. 어디서부터 어떤 경로로 시작되었는지의 여부는 이미 의미를 잃었고, 남은 것은 점점 덩치를 키워 가는 소문뿐이다. 이처럼 혼탁한 상황 속에서 멈출 줄 모르고 계속 확산되어 가는 소문이라는 폭력은 형태와 정도를 불문하고 마을 사람들 모두에게 영향을 끼친다. 여기에서 소문과 분노는 서로 폭력의 대응이 된다.

료이치는 이러한 영향 아래 놓이는 이들이 보여줄 수 있는 것 가운데 가장 극단적인 예라고 할 수 있다. 이 사실은 다른 관점에서 보자면, 료이치를 해부하면 인간과 부조리가 상호작용(相互作用)하는 메커니즘에 대한 통찰을 얻을 수 있으리라는 분석과 일맥상통한다. 본서에서 료이치와 주요 인물과의 관계를 분석하고, 료이치의 변화 과정을 세밀히 짚어본 것은 바로 이러한 판단에서였다. 무엇보다 료이치는 해당 사회에 새로이 편입된 인물이어서 이러한 추적을 시도하기가 더욱 용이(容易)했다.

시야를 료이치에게서 마을로 돌려 보면, 비록 한 차례의 참극이 지나간 이후로 표면적인 평화가 찾아오고 뇌리에 남아 있는 기억도 세대가 바뀌면서 희석된다지만, 마을을 지배하던 폭력이 사라진 것은 결코 아니다. 어디선가 또 한 명의 뼈다귀로 화(化)한 또 한 명의 료이치가 나타날 것이고 그가 엮어낼 새로운 폭력의 순환은, '소문'이라는 형태로 다시 모습을 드러낼 것임을 현월은 『나쁜 소문』에서 암시하고 있다. 그리고 바로 이것이 작가가 보여주고 싶었던 인간 사회의 모습이라고 할 수 있다. 그렇다면 과연 희망은 없는 것일까? 아마도 이것은 현월 자신이 이후 작품 세계를 구축하면서 짊어지고 나아가야 할 최대의 과제일 것이다.

『나쁜 소문』은 뼈다귀라는 남자를 둘러싼 여러 가지 소문에 대한 이야기이다. 마을 사람들이라는 공동체 속에서 뼈다귀는 모든 소문의 근원으로서 악의 상징이 되어 있다. 현월은 이 작품에서 소문이라는 불확실한 매체를 통하여 마을 사람들의 집단적 악의가 공동체라는 이름으로 교묘히 은폐되고 면죄되는 사실을 그리고 있다. 이 작품에 나오는 소문과 뼈다귀의 관계에 대해서는 다음을 기약한다.

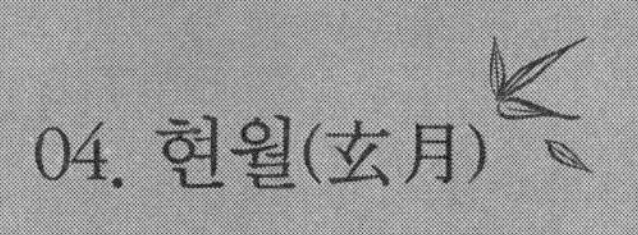

04. 현월(玄月)

『나쁜 소문(悪い噂)』

—'소문'이라는 폭력—

1. 서론

현월(玄月)은 재일 한국인에게서 보편적 인간을 보고, 재일 한국인 사회에서 인간이라면 누구나 겪게 되는 부조리를 본다. 그리고 자신이 본 바를 축소 내지 과장하지 않고 있는 그대로 담담하게 이야기한다. 현월은 공동체 내부에서 분노와 폭력이 악순환 되어 가는 과정을 묘사하면서, 그는 굳이 어떠한 가치 판단을 내리려고 하지 않는다. 오히려 극히 담담하게, 때로는 차갑게 느껴질 정도로 가라앉은 태도로 이야기를 차분히 그려 나간다. 이러한 관점을 유지하면서 동시에 현미경과 메스를 들이대듯 예리하게 인간이라는 존재를 포착하였기에, 재일 한국인의 경험을 바탕으로 구성된 공간을 배경으로 하는 현월의 작품은 특정한 환경에 얽매이지 않는 보편성을 획득하고 있다.

현월의 『나쁜 소문(悪い噂)』(1999년 5월, 『文学界』) 역시 그러한 작품이다. 『나쁜 소문』은 한 마디로 말하면, 뼈다귀를 둘러싼 마을 사람들의 여러 가지 소문에 대한 이야기이다. 마을 사람들의 공동체 속에서 뼈다귀는 모든 소문의 근원으로서 악(惡)의 상징이다. 현월은 이 작품에서 소문이라는 불확실한 매체를 통한 마을 사람들의 집단적 악의가 소문의 대상이 되는 한 인간에게 어떠한 영향을 미치고 있는지를 그리고 있다.

여기서는 현월의 『나쁜 소문』에 나타난 소문과 뼈다귀와의 관계에 대하여 분석하였다. 본서에서는 『나쁜 소문』에서 뼈다귀가 마을 사람들에 의하여 소문의 대상이 된 이유는 무엇이며, 또한 뼈다귀는 이러한 소문에 대하여 어떻게 대응하였는가를 살펴볼 것이다. 그리고 확인되지 않은 마을 사람들의 소문이 한 인간의 삶에 어떠한 영향을 미쳤는지를 구체적으로 살펴보고자 한다.

2. 뼈다귀(骨)라는 인물

현월은 『나쁜 소문』을 '그 남자는 마을 사람들에게 "뼈다귀(骨)"라고 불리고 있고, 나쁜 소문이 많은 사람으로 알려져 있었다'[1]라는 문장으로 시작한다. 이 문장은 『나쁜 소문』에서 진행될 이야기를 단적으로 표현한다. 요컨대 이 작품은 '뼈다귀'라는 인물이 주인공이고, 그는 마을 사람들로부터 소문의 대상이라는 것을 암시하고 있다.

우선 '뼈다귀'라는 인물에 대하여 살펴보자.

뼈다귀는 마을 사람들의 소문의 대상이다. 그는 어릴 적에 늘 닭 뼈를 씹어 먹어서 '뼈다귀'라는 별명을 얻는다. 마을에 살다 6년간 산인(山陰) 지방의 친척 집에 다녀온 뒤, 그는 마을 뒤 개천가 집에서 할머니와 여동생, 그리고 조카인 료이치(涼一)와 함께 산다. 뼈다귀는 온순한 남자였다. 뼈다귀는 '어른이 되어서도 못된 짓을 일삼고, 눈앞의 욕망을 만족시키기에 급급한 놈들과 전혀 차원이 다른' 남자였다. 현월은 『나쁜 소문』에서 뼈다귀에 대하여 다음과 같이 묘사하고 있다.

1 현월 지음, 신은주·홍순애 옮김 『나쁜 소문』 문학동네, 2002년 11월, p. 9.

있는지 없는지 모를 정도로 작은 눈과 솜털 같은 눈썹이 간신히 붙어 있는 매끈하고 하얀 얼굴, 시장 바닥 인파 속에 들어가면 여자들 사이에 완전히 숨어버릴 정도로 작달만한 키가 그의 나이를 알 수 없게 만들었다. 또 이상할 정도로 발달한 상반신과 개구리처럼 휘어진 짧은 다리가 먼 데서 볼수록 우스꽝스러워, 그를 모르는 사람은 우선 생김새를 보고 웃다가 거리가 가까워지면 온순해 보이는 얼굴 때문에 더욱 그를 깔보았다. 사실 그는 평소에는 아주 온순했다.[2]

이렇게 온순해 보이는 얼굴을 하고 있고, 또 사실 평소에는 아주 온순한 뼈다귀가 마을 사람들에게 나쁜 소문이 많은 이유는 무엇일까.

그 이유는 뼈다귀가 지닌 폭력성 때문이다.

마을 사람들과 뼈다귀 관계의 첫 번째 요인으로 마을 복귀 시점에서 이미 완성되어 있었으리라고 판단되는 '뼈다귀의 폭력성'을 들 수 있다. 뼈다귀는 어릴 적 '상상이 안 갈 정도로 천진난만하고 곧은 성격'으로 친구들 모두에게 인정을 받고 있었지만, 산인지방에서 돌아온 후 그는 전혀 다른 인간이 되어 있었다. 마을에 돌아온 뼈다귀는 친구조차 만나지 않는다.

뼈다귀가 산인지방에서 돌아온 후 어릴 적 친구들은 그에게 몇 번이나 같이 놀자고 하였으나, 뼈다귀는 그들을 무시한다. 친구들이 '길가에서 갑자기 불렀을 때는 노려보면서 때릴 것 같은 표정이었다. 어이없고

2 같은 책, p. 9.

화가 나기도 하여 누구도 상대하지 않게 되었'던 것이다. 어릴 적에 절친하였던 친구조차 만나지 않을 정도로 변한 뻐다귀는 곧 그가 가진 폭력성을 드러낸다. 그는 자신에게 친절하게 대해준 행동을 오히려 모욕으로 느끼고 폭력적인 행동을 하는 것이다. 뻐다귀는 파친코에서 자신에게 친절히 대해준 젊은 남자에게 칼을 휘두른다.

> 다음 순간 뻐다귀는 거꾸로 잡고 머리 위로 쳐든 칼을 그의 사타구니를 향하여 내리쳤다. 그는 어떻게 피했는지 기억도 못하지만, 뻐다귀가 사타구니만을 노리고 있다는 것이 너무나도 명백했기 때문에, 칼이 내려치는 동안에 '잘못해서' 배에 꽂혔을 때에는 마음속으로 살았다고 안도했다. 그러자 갑자기 오랫동안 잊고 있었던 과거, 뻐다귀의 성기가 반밖에 없다는 것이 생각나 몸서리가 쳐지면서, 칼에 맞아 뻣뻣해진 복부 이외의 몸이 갑자기 이완되면서 눈물과 콧물과 오줌이 한꺼번에 나왔다. [3]

뻐다귀가 뿌려 놓은 한줌의 구슬에 미끄러져 젊은 남자는 타고 있던 자전거에서 거꾸러진다. 그리고 뻐다귀는 넘어진 그에게 칼을 휘둘렀던 것이다. 젊은 남자는 그저 친절을 베푸는 마음에서 구슬 한줌을 집어 뻐다귀의 상자에 넣어 주었던 것이지만, 이러한 친절을 뻐다귀는 모욕으로 받아들이고 그에게 폭력을 휘두른다. 자신에 대한 친절을 고마워하지 않고 오히려 폭력으로 갚는 것으로 볼 때, 뻐다귀의 성격이 얼마나 삐뚤어

3 같은 책, p. 49.

져 있었는지 알 수 있다. 여기에서 주의해서 볼 것은 뼈다귀가 젊은 남자의 사타구니만을 겨냥해 칼을 내리친다는 사실이다. 이것은 일찍이 뼈다귀가 어릴 적에 입은 상흔이 깊이 각인되어 자신도 모르는 사이에 트라우마[4]가 되어 나타난 것이다.

결국 뼈다귀는 이 폭행 사건으로 실형을 선고받아 소년원에서 복역한다. 그리고 이 사건은 뼈다귀가 마을 사람들에게 소문의 대상이 되는 결정적인 계기를 제공한다. 이 사건 이후 마을 사람들은 마을에 일어난 모든 이상한 사건에 뼈다귀를 관계시키게 되는 것이다. 그러나 그가 행한 구체적인 폭력 행위는 이 사건뿐이었다. 이것 외에 뼈다귀를 둘러싼 마을 사람들의 소문은 사실과 거리가 먼 단지 소문에 불과할 뿐이었다. 그러나 이 사건으로 말미암아 뼈다귀는 이미 마을 사람들에게 소문의 대상이 되어버렸던 것이다.

그런데 어릴 적 '상상이 안 갈 정도로 천진난만하고 곧은 성격'이었던 뼈다귀가 이렇게 폭력적인 성격으로 변해버린 이유는 무엇일까.

이것을 제대로 이해하려면 그의 성격이 변화하게 된 이유를 먼저 논할 필요가 있다. 유년 시절 마을을 떠나기 이전과 이후의 뼈다귀의 모습이 판이(判異)하여 자칫 혼란을 불러올 수 있기 때문이다. 뼈다귀가 마을을 떠나 있던 6년간 어떠한 삶의 과정을 겪어 왔는지 알기란 쉽지 않지만, 제한된 정보에 입각(立脚)해 판단하건데 친척집 더부살이가 상당히

4 트라우마는 원래 정신적 외상이라는 뜻이다. 어렸을 때 받았던 충격이나 외상이 현재까지 영향을 미치는 것을 말한다.

고단하여 피해 의식을 자극했을 가능성이 있다고 추측해볼 수 있다. 뼈다귀의 키가 전혀 자라지 않았고 상체만 유난히 발달했다는 사실로 미루어 보건대 그는 아마 이사 직후부터 막노동과 다름없는 힘든 노동을 통해 생계에 일정 부분 기여해야 했을 것이다.

그리고 이와 더불어 '가족을 버린 아버지에 대한 원망'도 그에게 악영향을 끼쳤으리라고 판단된다. 아버지가 자신들을 버렸다는 사실은 예민한 시기의 뼈다귀에게 상당한 정신적 충격을 안겨주는 동시에 그가 브레이크 없이 폭주하는 상황을 가져왔다고 볼 수 있다. 또 이러한 맥락에서 동생을 매춘 대상으로 내어 놓는 식의 그의 도덕적 무감각이 이를 설명할 수 있을 것이다. 원래 삶의 터전 자체가 도덕적 인식과는 관계가 먼 환경이기도 했거니와 그들 가족이 겪은 가난이 그로 하여금 도덕의식 따위는 집어던지게 만든 것이라고 생각할 수 있다. 뼈다귀는 선과 악의 기준인 도덕의식을 가지고 있지 못했기에 더욱 폭력적인 인간으로 성장하여 갔음에 틀림없다.

한편, 뼈다귀가 폭력적이 된 또 다른 이유로서 그가 어릴 적에 성기(性器)를 손상당했다는 사실을 들 수 있다.

뼈다귀의 폭력적인 성격은 그가 어릴 적에 입은 성기 손상 사건과 깊은 관계를 가지고 있다. 어릴 적 성기를 손상당했다는 사실이 뼈다귀의 성격 형성에 있어서 깊은 영향을 미쳤다는 것은 분명하다. 그는 유년기의 상처로 인하여 성적(性的)으로 거의 불구자(不具者)에 가까운 상태가 된다. 뼈다귀는 어릴 때 막대기의 못으로 자신의 부은 성기를 긁는 장난을 하다가 파상풍에 걸려 성기를 반이나 잘라내는 큰 상처를 입었던 것이다.

그날 밤 뻐다귀는 고열이 났고 다음 날 아침 진료소로 실려 갔다. 그런데 그곳 의사는 도저히 손을 쓸 방도가 없다면서 일본적십자사병원에 소개장을 써주었다. (중략) 의사에게서 아들의 성기를 반 정도 절단해야 한다는 소리를 들었을 때도 얼굴색 하나 변하지 않은 어머니였지만, 수술 후에도 청결하게 해야 한다는 이야기를 듣고 돌아가게 되었을 때에는 불안해져서, 균을 죽이는 주사가 있으면 한 대 놓아달라고 신신부탁했다.[5]

성기 수술 후 뻐다귀는 이전과 다름없이 친구들과 어울리지만 그것은 표면적인 행동이었고, 어릴 적에 성기에 입은 상처가 그를 지배하는 주요한 성격을 이루었으리라는 사실을 추측하기는 그다지 어렵지 않다. 뻐다귀는 자신의 성기가 완전하지 못하다는 사실로부터 자신이 결코 평범한 인생을 보내지 못하리라는 것을 이해하고 있었다고 생각할 수 있다.

일반적으로 남자들이 청소년기, 청년기를 지나면서 증대하는 성적 욕구를 어떤 형태로든 해소(解消)하는 과정은 그의 인격 형성 과정에서 중요한 부분을 차지한다. 그러나 뻐다귀는 이러한 과정에 접근할 기회 자체를 원천적으로 차단당했으며, 이런 점이 그의 성격을 왜곡된 방향으로 나아가게 하는 데 중요한 요인으로 작용했을 것이다. 뻐다귀가 파친

5 현월 지음, 신은주·홍순애 옮김 『나쁜 소문』 2002년 11월, p. 41～42.

코 앞 사건에서 남자의 사타구니만을 노렸던 것도, 그리고 나중에 가나코(加奈子)에게서도 그녀의 성기를 노렸던 사실도 모두 어릴 적 뼈다귀가 입은 성기 사건의 정신적 상흔으로부터 벗어나지 못한 것에서 온 행동이라고 할 수 있다.

뼈다귀는 이렇게 어릴 적의 정신적 상흔을 극복하지 못했기 때문에, 남과 여의 세계로부터도 멀어져 있었다. 그는 남과 여의 세계에 무관심하다. 뼈다귀가 남과 여의 행위로부터 멀어진 현상은 묘하게도 그의 조카인 료이치에게도 전해진다. 집밖에서는 가나코와 성행위를 하고 있는 료이치도 집 안에서는 뼈다귀와 마찬가지로 남과 여의 행위에 전혀 반응하지 않게 되는 것이다.

> 삼촌의 성기에 대해 알기 전에도 삼촌은 남과 여의 행위로부터는 저 멀리 떨어진 장소에 있다고 직감하고 있었다. 매일 밤 남자가 올라갔지만, 삼촌은 들여다보지도 않고 옆방에서 뒹굴고 있었음에 틀림없다. 그리고 나는 천장으로부터 쏟아져 내리는 남과 여의 모습을 나중에는 지금 어떤 체위로 하고 있는지 알 정도로 명확하게 느끼고 있었다. 그러나 결코 발기하지 않았다. 나도 이 집에서는 그런 것으로부터 멀리 떨어져 있었다.[6]

뼈다귀는 남자와 여자의 섹스라는 행위에 대하여 반응하지 않는다. 그는 성행위 자체는 물론 그것에 대한 호기심조차 없다. 그리고 이러한

---

6 같은 책, p. 54

삼촌 집에서는 료이치조차 전혀 반응이 없어져 버리는 것이었다. 전이 현상이다. 뻐다귀에 있어서 남자와 여자의 섹스라는 행위는 남자와 여자와의 몸에 관한 관계가 아니고, 단지 돈을 위한 형식적인 행위에 불과한 것이었다. 뻐다귀에게 남과 여의 성행위는 이미 도덕적인 기준을 넘어서 있었다.

이러한 뻐다귀의 행동은 어릴 적에 입은 성기 손상 사건의 후유증으로부터 온 것이라고 할 수 있다. 어릴 적에 입은 성기 손상으로 말미암아 뻐다귀는 남자와 여자의 성행위 자체를 무시하기도 하는 한편, 남자와 여자의 성기에 집착하는 이중의 행동을 보이는 것으로 나타난다. 이것은 자기 여동생의 매춘 행위를 묵인하고, 또 조장한다는 행동으로 이어진다.

마지막으로, 뻐다귀의 또 하나의 주요한 특성은 다름 아닌 '그의 행동이 지닌 의외성(意外性)'이다.

우선 이러한 특성을 보여주는 가장 좋은 예는 뻐다귀가 자신의 친여동생을 희생양으로 삼은 매춘이다. 양씨 형제를 통해 뻐다귀의 여동생과 매춘관계를 맺었던 이들은 하나같이 뻐다귀가 출소(出所)한 후 그가 어떤 행동(복수)을 할지 두려워했다. 파친코에서 얼마간의 구슬을 주었다는 것만으로 뻐다귀의 모욕을 산 젊은 남자가 단지 그 행동만으로 배에 칼을 맞았기 때문이다. 그러므로 마을 사람들은 뻐다귀가 자신의 친여동생과 매춘 행위를 한 자들을 그냥 가만히 놔둔다고 생각할 수는 없었던 것이다. 뻐다귀가 출소하자 마을 사람들은 그의 행동을 기다리며 전전긍긍할 뿐이었다.

그러나 이러한 마을 사람들의 예상은 빗나간다. 결과는 장소와 중계자만 달라졌을 뿐, 뼈다귀의 여동생에 대한 매춘 행위 자체는 끝나지 않았다. 매춘 행위는 계속되었다. 뼈다귀는 마을 사람들에게 이전과 같은 조건으로 매춘을 허용한 것이다. 마을 사람들은 이러한 뼈다귀의 행동을 대단히 의외라고 받아들이고 한동안 그의 저의(底意)에 대해 염려했지만, 결국 마을 사람들에게는 아무런 일도 일어나지 않았다. 마을 사람들은 자신의 친여동생에 대한 매춘 사건에 대하여 뼈다귀가 당연히 모욕을 느꼈을 것이라고 생각하였지만, 그는 이 사건으로 모욕을 느끼지 않는다. 요컨대 이러한 뼈다귀의 행동은 전혀 의외의 것으로, 스스로 그와 일종의 심정적(心情的) 공감을 맺고 있다고 믿었던 양씨 형제마저 커다란 충격을 받았을 정도로 종잡을 수 없는 종류의 것이었다.

양씨 형제는 뼈다귀 또래의 쌍둥이 형제로 상당한 불량배이지만, 여동생인 가나코의 일이라면 아주 필사적인 사람들이었다. 가나코의 선배가 장난으로 가나코의 엉덩이를 껴안는 것을 보고, 그들은 순간적인 살의를 느끼고 그에게 차로 돌진할 정도로 과민하게 자신들의 여동생을 보살핀다. 이 작품의 마지막 사건에서도 그들은 여동생의 복수를 하러 뼈다귀에게 달려갔던 것이다.[7] 그러므로 이러한 뼈다귀의 행동에 대하여 양씨 형제는 '자기 친여동생이야' '가령 지옥에 떨어진다고 해도 우리들은 할 수 없다'라고 무언의 대화를 하며 충격을 받는다. 친여동생인 가나

7 그러나 뼈다귀의 여동생과 자신의 여동생인 가나코를 대하는 양씨 형제의 이중성에 대해서는 의문의 여지가 있다.

코를 과보호하는 양씨 형제들과 자신의 친여동생을 매춘에 내모는 뼈다귀의 이러한 행동은 정반대의 위치에 있다.

돌발성과 더불어 이러한 의외성은 마을 사람들이 그를 맹목(盲目)적으로 두려워하는 주요한 이유였다. 이와 더불어 그의 외모 역시 두려움을 증대시키는 원인으로 작용했다. 한없이 사람 좋아 보이는 얼굴을 한, 체구마저 왜소한 그의 이면에 잔혹하기 이를 데 없는 행동이 도사리고 있을 것이라는 상상은 분명 그를 더더욱 다가가기 두려운 존재로 만들었던 것이다.

그런데 한 가지 주의할 것은, 앞서 서술한 내용에서 뼈다귀가 지닌 폭력성의 정체를 살피는 데 주력(注力)하다 보니 그의 성격 내지 인격을 구성하는 다른 요소가 담기지 않았다는 점이다. 출감 후 가게를 돌보는 양씨 형제처럼 그 역시 상당히 사회화(社會化)되었고, 이동이 잦은 막노동 품팔이를 하며 쓸데없는 충돌을 피하려고 한다.

그러나 뼈다귀의 이러한 측면은 마을 사람들 눈에는 비치지 않는다. 이러한 그의 모습은 료이치의 눈에만 비친다. 료이치는, 뼈다귀가 천성은 참 얌전한 사람으로, 그가 '작업 현장에서 가장 허드레 일을 쭉 해오고, 날품팔이를 고집해 한 곳에 오래 머물지 않은 것은 말썽을 피하기 위해서였을 것'이라는 사실을 안다. 하지만 선입견으로 이미 결정되어진 마을 사람들의 뼈다귀에 대한 평판은 바뀌지 않는다. 뼈다귀에 관한 소문을 이야기하는 마을 사람들에게 그는 여전히 한없이 포악한 악마 같은 존재로만 인식되는 것이다.

3. 마을 사람과 소문

한스 J. 노이바우어는 『소문의 역사』에서 소문이라는 단어의 역사에 대하여 다음과 같이 설명한다.

> '소문' 이라는 개념 자체는 메타포처럼 원래의 법학적인 맥락에서 여전히 무엇인가를 담고 있다. 왜냐하면 소문이라는 이 단어의 어원을 따져보면 소식, 비명, 외침, 평판이라는 의미뿐만 아니라 카오스, 대참사, 범죄 등의 의미와도 관련을 맺고 있다. (중략) 이것은 '강간, 도둑질, 강도, 살인, 타살' 등과도 유사한 뜻이다. 소문이라는 단어의 어휘사는 이미 비상사태에 대하여 암시하고 있다.[8]

한스 J. 노이바우어가 명확히 갈파하고 있듯이, 소문은 이미 그 자체로서 상당히 무거운 주제를 내포하고 있다. 소문이라는 이야기는 살아서 움직인다. 그리고 멋대로 생성되고 성장해간다. 가정이 추측으로 변하고 추측이 단정으로 변하며, 이 단정으로부터 다시 새로운 가정이 생기고 그것이 추측이 되고 단정이 되어가는 것이다.

예를 들어 '갑'이 어떤 이야기를 비밀 형식으로 '을'에게 전한다. 물론 거기에는 '갑'의 추측이 가미되어 있다. 이것을 '을'은 '병'에게 그대로 전한다. '병'은 이것을 단정적으로 '정'에게 말한다. '정'은 우연한 기

8 한스 J. 노이바우어 지음, 박동자, 황승환 옮김 『소문의 역사』 세종서적, 2001년 6월, pp. 278~280.

회에 이것을 '을'에게 역시 비밀 형식으로 말한다. 이렇게 되면 '을'은 이것을 새삼 확신하게 될 것임에 틀림없다.[9]

『나쁜 소문』에서 소문은 집단 내부에 응어리진 부정적 감정을 분출하기 위한 대상 찾기로 나타나고 있다. 그 대상이 뼈다귀 집안이었다.

뼈다귀의 아버지는 마을에 돌아오자마자 마을 사람들의 질투를 받는다. 몇 년 만에 마을에 돌아온 뼈다귀의 아버지가 샀던 집이 '보수적이고 오래된 변두리에 어울리지 않게 멋을 부린 양옥집이어서' 마을 사람들에게 거부감을 주었기 때문이다. 그가 현금으로 그 집을 사자 마을 사람들은 '크게 놀랐고, 시기하고 질투하였던' 것이다. 마을 사람들의 뼈다귀 집안에 대한 소문의 원천은 여기에서부터 시작되었다.

그러나 뼈다귀의 아버지는 곧 재산을 다 까먹고 사라진다. 뼈다귀의 친구들은 뼈다귀의 아버지가 사라졌을 때, 그 사정을 듣고 '뼈다귀를 동정하는 한편 다소 안심도 했다'는 문장에서 나타나듯이, 마을 사람들은 말할 것도 없고 친구들조차 뼈다귀를 시기하고 질투하고 있었다는 것을 알 수 있다. 또 뼈다귀가 상대하지를 않자, 친구들은 당황하기도 하고 화를 내기도 하다가 '뼈다귀의 키가 자라지 않는 건 성기가 반밖에 없기 때문이라며 수군거리고 소리 죽여 비웃어대'기도 한다. 자기보다 나은 사람, 또 자기보다 못한 사람에 대한 인간의 시기와 질투, 그리고 모멸에는 친구라는 존재조차 무의미하다는 사실을 여실히 보여준다.

9 시미즈 이구타로(清水幾太郎)지음, 이효성 옮김 『유언비어의 사회학』 청람문화사, 1977년 6월, p. 36.

이러한 뼈다귀의 집을 보는 마을 사람들의 인식은 중국집 주인이 대표하여 보여준다. 즉 중국집 주인의 '아버지라는 놈은 증발, 오빠는 소년원, 그런 별난 구석에 모녀가 살며, 시장에 채소찌꺼기를 주우러 다니는 지경이니 불쌍하다'라는 생각이 뼈다귀 집안에 대한 마을 사람들의 공통된 인식이라고 할 수 있다. 마을 사람들은 그곳에서 가장 소외되어 있는 집을 자신들의 소문의 대상으로 삼는다. 마을에서 뼈다귀 집이 소문의 대상이 될 수밖에 없었던 이유이다.

마을에는 아직 이렇다 할 사건이 일어난 적이 없다. 그러나 마을 사람들의 귀에는 이런저런 소문이 들려온다. 경찰이 '이 마을에 그런 종류의 이야기는 얼마든지 있지만 그 남자의 짓이라는 증거도 없고 피해 신고도 들어오지 않은 걸 보면 실제로 있었는지 없었는지도 확실하지 않아요. 다 소문에 불과합니다'라고 말하듯이, 뼈다귀에 관하여 마을 사람들에게 돌아다니는 이야기는 파친코 사건을 제외하고는 증거도 없고 모두 소문에 불과하다. 하지만 마을 사람들은 그렇게 생각하지 않는다. 단지 증거가 없을 뿐이고, 사건의 용의자는 그 남자일 것이라고 굳게 믿고 있다.

소문은 순식간에 퍼진다.

소문은 '조용히 그러나 확실하게' 퍼져나간다. 뼈다귀와 양씨 형제 사이의 사건도 현장에 있었던 십여 명에 의해, 그날 밤 사이 소문은 온 동네에 퍼진다. 마을 사람들은 비굴하게 웃다가 그 사건을 떠올린다. 그리고 살아남은 뼈다귀의 여동생을 볼 때마다 마을 여자들은 무관심한 체하고 남자들은 복잡한 생각에 얼굴을 찌푸리기도 한다. 사람들의 영상에 자신들이 한 일과 사건이 가져다준 처참한 기억이 남아 있기 때문이다.

그때 사건 현장에 있었던 사람들은 그렇게 많지 않았는데도 어느 정도 나이를 먹은 마을 사람들은 누구나 비슷한 장면을 머릿속에 담고 있다. 그러나 사건에 대한 기억의 영상은 모두가 다르다. 요컨대 사건 현장에 있었던 사람들은 각각 다른 기억을 가진다. 즉 같은 사건에 대하여 '이것은 처참한 영상과는 별도로 사람들에게 기억되'어, 어느 사람은 '노파는 사건 이전에 이미 죽어 있었다'라고, 또 다른 사람은 '아니 수라장을 바로 눈앞에서 지켜보다가 충격사한 것이고, 살아서 텔레비전 앞에 버티고 앉아 있을 때부터 몸이 경직되기 시작했을 거라'는 둥, 사람마다 제각각의 기억을 가지는 것이다.

요컨대 사건 현장을 직접 본 사람들의 기억조차 모두 제각각으로 불분명한 것이다. 또 기억은 변형된다. 그러므로 사건을 직접 보지도 않고 다른 사람의 말에만 의지하는 소문이라는 매체가 가지는 신빙성의 문제는 말할 것도 없다. 마을 사람들이 직접 본 사건 현장의 기억이 불확실한데 그것을 보지 않고 말하는 사람들의 이야기가 어떻게 변형되어 갈지는 상상하기에 그다지 어렵지 않은 것이다.

기억의 불확실성과 함께 또 하나의 중요한 요소는 소문에 대한 마을 사람들의 진정성이다.

무엇보다 마을 사람들은 뼈다귀와 양씨 형제 사건의 진실에 어떠한 관심도 없다. 마을 사람들은 뼈다귀와 양씨 형제의 싸움을 염려하는 진정성을 가지지 않는다. 단지 그들은 사건이라는 것이 일어나는 사실 자체를 즐기고 있을 뿐이다. 뼈다귀에 관련된 사건이라면 어떠한 것이라도 상관없는 것이다. 단지 사람들은 그것에 대하여 서로 이야기하면서 얼마

동안 재미있어 할 뿐이다.

마을에 일어난 방화사건에 대하여, 끝난 일은 어떻든 상관없고 마을 사람들은 탐욕스러운 이와타(岩田) 사장이 뼈다귀에게 어떤 반응을 보일까에만 주목하고 있었듯이, 남의 일에 까닭 없이 덩달아 떠들어 대는 구경꾼들은 뼈다귀와 양씨 형제 사이에서 일어날 일을 마음대로 지껄이며 재미있어 한다. 그러나 '끝난 일은 어떻든 상관없고'에서 알 수 있듯이, 그들의 말 속에 진정성이 있는 말은 하나도 없었다. 단지 마을 사람들에게는 자신들의 소문을 위하여 뼈다귀와 양씨 형제가 보여줄 장면이 중요한 것이었다. 마을 사람들은 두 사람의 싸움을 말리기는커녕 구경거리를 보기 위하여 달려간다. 그들은 아무런 생각이 없는 단지 한 덩어리의 방관자들이었다.

> 그때 누군가가 이제 참을 수 없다며 달리기 시작했다. 그러자 옆에서 남아 있던 사람들도 환성을 울리며 따라가다가 그중 몇 사람은 사람들이 많이 모여 있는 곳, 목욕탕이나 선술집, 파친코 가게로 향했다. 십여 개의 노골적인 '악의'가 한덩어리가 되어 다리를 건너는 광경은, 우연히 지나가는 사람에게는 무섭게 보였겠지만, 그중에는 어릴 때 이렇게 정신없이 달렸었지 하며 그리움으로부터 순진하게 웃는 자도 있었다.[10]

다른 사람들의 소문을 즐기는 노골적인 악의가 있었음에도 불구하

10 현월 지음, 신은주·홍순애 옮김 『나쁜 소문』 2002년 11월, p. 155.

고, 순진하게 웃는 자도 있다는 문장으로부터, 마을 사람들은 단지 소문이라는 매체를 즐기고 있을 뿐이라는 사실을 알 수 있다. 그들은 뻐다귀와 양씨 형제의 싸움에 관하여 어떠한 책임도 느끼지 않는다. 마을 사람들에게 중요한 사실은 뻐다귀와 양씨 형제의 안전이 아니고, 뻐다귀와 양씨 형제가 보여줄 폭력 장면인 것이다. 하지만 그들은 이러한 폭력 장면을 기억하지 않는다.

사건 후 마을 사람들은 사건의 후유증으로 불안해한다. 그러나 그들은 뻐다귀가 개천가의 집으로 돌아오자 별로 실망하지도 않는다. 기본적으로 마을 사람들에게는 뻐다귀가 개천가의 집으로 돌아오는가 혹은 돌아오지 않는가가 중요하지 않았다. 마을 사람들에게 중요한 것은 소문으로서의 뻐다귀인 것이다. 마을 사람들에게는 소문이 없는 한, 즉 뻐다귀의 힘이 사라진 후, 그가 자신의 집에 돌아오든 마을을 떠나든 이미 아무 상관이 없는 것이다. 소문이 없으면 뻐다귀는 죽은 것이나 다름없었던 것이다.

소문은 마을 사람들에 의하여 만들어지고 전파되며 확대된다.

그러나 마을 사람들은 단지 소문에 이끌리고 그 소문이 사실인가 아닌가를 확인하지는 않는다. 사실을 알려고 하기는커녕 그들은 소문이 사실이기를 바라고 있다고 생각할 수 있다. 여기에서 소문의 진실은 묻혀버린다. 이미 소문은 그것이 사실인가 아닌가의 문제를 벗어나 버리게 되는 것이다. 물론 여기에서 소문이 사실인가 아닌가의 의미는 중요하지 않다. 단지 마을 사람들이 그 소문을 사실로서 이해하고 있다는 것이 중요할 뿐이다. 사실로서 이해된 소문은 마을 사람들이라는 공동체 사회가 즐기는 '유희'가 된다.

한편, 소문이 미확인된 추측이라고 하면 그것은 마을 사람들에게만 있는 것이 아니었다. 마을 사람들의 소문의 당사자인 뼈다귀 역시 사실만을 이야기하지는 않는다. 마을에 방화사건이 일어나자 뼈다귀는 그 방화사건의 주모자로 료이치를 의심한다. 그것은 일찍이 료이치가 문화주택을 방화한 전력이 있기 때문이다. 소문의 직접적인 피해자인 뼈다귀조차 자신이 당사자가 될 때에는 불확실한 추측을 하는 것이다. 그러나 곧 방화사건의 진범이 잡힌다. 결국 마을 사람들의 소문에 의하여 모든 흉흉한 사건의 주모자가 된 뼈다귀와, 추측으로 료이치를 의심하는 뼈다귀의 차이는 없는 것이다. 요컨대 마을 사람들과 같이 뼈다귀가 소문의 범위를 벗어나지 못하는 것으로부터 볼 때, 소문이라는 매체가 얼마나 커다란 범위를 가지고 있는지를 알 수 있다. 소문의 영향을 벗어나려면 그 마을을 떠나는 수밖에 없다. 마을에 남아 있는 한 결코 소문의 영향에서 벗어날 수 없기 때문이다. 작품의 마지막에 료이치가 마을을 떠나는 것은 소문에 대한 탈주를 시도함을 의미한다.

『나쁜 소문』에서 마을 사람들은 뼈다귀를 소문의 대상으로 삼아 그들의 공동체를 유지한다. 그러나 앞에서 살펴보았듯이 뼈다귀가 저지른 폭력사건은 파친코 사건뿐이고, 나머지 사건들은 사실로 드러난 것이 없다. 그러나 마을 사람들은 소문이라는 불확실한 매체를 이용하여 뼈다귀를 마을에서 일어난 여러 가지 흉흉한 사건의 진원지로 만들어 버리는 것이다. 그러면 마을 사람들이 뼈다귀를 공동체의 소문의 진원지로 만들어 버리는 이유는 무엇일까.

그것은 공동체가 가지는 집단적 속성에 있다. 즉 공동체 집단은 언제나 내부에 응어리진 분노와 같은 부정적(否定的) 감정을 분출하기 위한 대상을 찾고자 한다는 점이다. 빼다귀는 마을 사람들의 이러한 분노와 부정적 감정의 분출 대상이 되었던 것이다.

공동체라는 것은 서로 다른 생각을 가지고 있는 개인들의 집합이기에, 크건 작건 간에 충돌과 대립이 발생하는 과정에서 공동체 내부에 스트레스가 쌓여가게 된다. 굳이 역사가 짧고 체제가 안정되지 않았더라도, 일반적으로 공동체는 이를 축제나 공동노역(公同勞役), 종교 등의 형태로 승화시키는 나름의 제도(制度)를 보유하는데, 때때로 그것만으로는 공동체의 갈등이 충분히 해소가 되지 않는 경우가 있다. 그러한 경우 공동체는 내부의 이질적인 또는 외부로부터 유입된 특정한 존재를 희생양으로 삼아 적으로 규정하여, 그것을 공격하는 행위를 통하여 축적된 응어리를 해소하고 구성원의 단결을 꾀한다. 과거의 마녀 사냥, 신분 차별, 인종 차별 뿐만 아니라 현대의 이지메(왕따) 현상 등도 그 좋은 예가 될 것이다. 그리고 이것은 궁핍한 생활이 사람들의 심성을 거칠게 하고, 공동체를 아우르는 제대로 된 규범이나 질서도 확립되지 않았던 당시 상황 속에서는 극단적인 형태로 나타나게 된다고 볼 수 있다.

이러한 공동체와 개인의 관계는 현월의 또 다른 작품인 『그늘의 집(蔭の棲みか)』에서도 분명하다. 『그늘의 집』에서 집단촌 사람들은 자신의 욕망만을 추구하며 집단촌을 벗어나려고 했던 숙자에게 집단 린치를 가한다.

> 그때 집단촌 광장에는 아이들을 제외한 대부분의 주민들이 모여 있었다. (중략) 남자들은 숙자가 쓰러지려고 할 때마다 찬 우물물을 머리 위로 뒤집어씌우고, 여자들은 순서대로 돌아오는 죽도로 등이나 어깨를 쿡쿡 찌르거나 때렸다. 사람들은 담담하게 마치 떡을 찧는 리듬으로 되풀이했다. 그곳에 광기가 개입할 여지는 없었고, 사람들은 해야 할 일을 묵묵히 해내고 있을 뿐이었다. 모두가 무표정했으며 눈가나 일어서는 모습에서 피곤함을 엿볼 수는 있었지만 자기 차례가 왔을 때 빠지는 사람은 한 사람도 없었다. [11]

『그늘의 집』에서 집단촌 사람들의 집단 폭력은 지하은행에서 돈을 훔친 중국인 노동자들에게서도 똑같이 적용된다. 집단촌 사람들은 공동체의 규칙을 어긴 숙자에게, 자신이 '해야 할 일을 묵묵히 하고', '모두가 무표정했으며', '자기 차례가 왔을 때 빠지는 사람은 한 사람도 없었다'라는 설명에서 보듯이, 집단촌 사람들은 집단촌이라는 공동체의 규칙을 어긴 자에 대한 폭력적인 제어를 당연한 것으로 받아들이고 있다.

말할 것도 없이 『그늘의 집』의 집단촌 사람들은 『나쁜 소문』의 마을 사람들과 다르지 않다. 『그늘의 집』에서 집단촌 사람들의 룰을 어긴 것에 대한 제어가 집단적인 폭력으로 나타나는 것에 대하여, 『나쁜 소문』에서는 그것이 마을 사람들이 퍼뜨리는 소문으로 나타나는 것이다. 『나쁜 소문』에서 마을 사람들이 퍼뜨리는 소문이라는 불확실한 매체는 다

11 현월, 『그늘의집』 문예춘추사, 2000년 3월, p. 68.

수라는 수의 힘을 빌리면서 무시무시한 폭력으로 변한다.

한편, 뻐다귀는 자신에 대한 마을 사람의 소문이라는 무차별적 폭력에 역시 폭력으로 대응한다.

뻐다귀는 분노(憤怒)를 가슴에 담고 산다. 뻐다귀는 마을에서 일어나는 사건들의 중심에 서 있으며, 깊이를 알 수 없는 분노와 증오를 가슴에 품고 때때로 이를 폭력이라는 수단을 통해 발산한다. 뻐다귀는 마을 사람들의 소문의 직접적인 대상이다. 그런데 그는 소문의 피해자임과 동시에 소문의 확대재생산 과정에 깊게 관여하고 있다고 볼 수 있다. 뻐다귀가 폭력이라는 격한 대응을 함에 따라 그에 대한 마을 사람들의 소문의 속도와 범위도 커져가는 것이다.

마을 사람들은 뻐다귀의 폭력에 마음이 무거워지면서 뻐다귀에 대한 소문을 더 퍼트린다. 또 뻐다귀에 대한 마을 사람들의 소문의 범위가 점점 더 커져감에 따라서 그의 폭력의 정도도 높아진다. 소문과 폭력의 악순환이 발생하는 것이다. 이 점은 마을에서 뻐다귀에 관련된 소문의 규모와 영향력이 점점 커져가는 일련의 과정을 살펴보면 한층 명확히 알 수 있다. 마을 사람들의 소문은 눈에 보이지 않지만 분명하고 확실한 폭력으로 다가온다. 그리고 뻐다귀는 이러한 마을 사람들의 소문을 폭력으로 인식하고, 물리적인 폭력으로 대응한다. 그러나 뻐다귀의 행동은 한계가 있는 소극적인 폭력이었다.

뻐다귀는 마을 사람들의 자신에 대한 소문이라는 폭력에 대하여 자신이 생각하는 폭력으로써 대응한다. 그런데 뻐다귀가 행하는 폭력은 적극적인 것이 아니었다. 뻐다귀는 굴욕이라고 생각되어 분노를 느끼면서 행하는 자신의 폭력에 대하여 항상 어떠한 명분을 가지려고 노력한다. 파친코 사건을 제외하면, 그의 복수를 위한 행동에는 반드시 어떠한 계기와 명분이 필요했다. 그리고 분노의 감정을 축적할 수 있는 상당한 시간이 필요하였다. 즉 그의 폭력은 이성적인 사고(思考)를 통하여 나오는 행동이었던 것이다. 소극적인 폭력이 될 수밖에 없는 것이다.

이러한 뼈다귀의 행동 양식은 여러 사건을 통해 나타난다. 예를 들어 건어물상에 대한 복수 사건에서도, 뼈다귀는 료이치가 시장에서 넘어진 것을 계기로 하여 그것을 명분으로 삼아 건어물상에 대한 복수를 행한다. 가나코 아버지 사건에서도 그는 양씨 형제에게 뭇매를 맞으면서도 '제 아버지가 강에서 끌어올린 익사체의 모습으로 돌아왔다면 누구든지 그렇게 되지. 어쩔 수 없어' 하고 연약한 어조로 변명을 늘어놓으며 자신을 납득시킨다. 그리고 양씨 형제에 대한 복수 사건에서도, 뼈다귀는 그 지역에 일어난 방화 사건을 복수의 계기로 삼고 분노의 감정을 축적하여 료이치의 채근에 의하여 비로소 행동을 시작한다.

만일 어떠한 계기가 일어나지 않았으면 뼈다귀의 분노는 자신의 가슴속에 남아 있었을 것이다. 그러므로 그는 굴욕을 느끼는데도 불구하고 복수의 명분이 성립하지 않으면, 체육 선생의 사건과 같이 자신을 자해하기도 한다. 요컨대 뼈다귀의 폭력에는 명분이 있어야 하고 분노의 축적 시간을 필요로 한다. 이성적이고 소극적인 폭력이라고 할 수 있다. 이러한 뼈다귀의 행동은 조카인 료이치와 구별된다.[12]

12 뼈다귀와 료이치의 행동 양식에 대해서는 본서 3장 「현월(玄月)의 『나쁜 소문(悪い

그러나 뼈다귀가 마을에서 마지막까지 살아남을 수 있었던 것은 그가 사용한 폭력이 소극적인 행동에 머물렀기에 가능한 일이었다. 뼈다귀가 료이치처럼 감정적이고 적극적인 폭력을 사용했으면, 그는 결코 마을에서 계속 살아갈 수 없었을 것이다.

4. 양씨 형제(梁兄弟)의 경우

양씨 형제를 마을의 중심 인물로 볼 것인가, 뼈다귀와 마찬가지로 본질적으로는 집단에서 소외(疎外)된 인물로 볼 것인가, 라는 문제는 이들을 핵심인자(核心因子)로 하는 인간관계 고찰에 심대한 영향을 미친다. 이들의 위상을 어디에 두느냐에 따라 최후의 폭력 사태를 '마을과 뼈다귀의 대립'으로 볼 것인지, '아웃사이더 간의 충돌'로 볼 것인지의 여부가 결정되기 때문이다.

여기에서 양씨 형제에 대하여 살펴보자.

양씨 형제는 뼈다귀 또래이며 상당한 불량배이다. 양씨 형제는 뼈다귀와 마찬가지로 자신들도 '죽음의 신(神)'이라고 말한다. 즉 마을에서 자신들이 나쁜 일을 많이 한 것을 스스로 인정하고 있는 것이다.[13] 양씨 형제는 뼈다귀의 여동생이 매춘의 길로 들어선 것도 전적으로 그들의 책

噂)』-료이치(涼一)의 변화 과정 추적을 통한 읽기-」를 참조할 것.

13 그들은 앞에서 오는 차가 클랙션을 자주 울렸다는 것만으로 운전수를 때려, 동생은 살인미수로 2년, 형은 상해죄로 1년, 각각 소년원에서 다녀오기도 한다.

임이 크다는 것을 알고 있다. 하지만 같은 죽음의 신이지만, 마을에서 뼈다귀가 소문의 대상이 되는 것에 대하여 양씨 형제는 소문의 대상이 되지 않는다.

양씨 형제는 뼈다귀의 여동생을 매춘시킨 죄로 소년원에 들어간다. 그러나 마을에 그들의 사건에 대한 소문은 퍼지지 않는다. 즉 십대 소년들이 여중생을 데리고 매춘을 했다는 것, 8개월 동안 소년원에 있었다는 것, 중국집 주인을 비롯하여 몇 명이 경찰의 조사를 받았다는 것 등의 일을 마을 사람들은 거의 모른다. 당사자들이 철저히 입을 다물고 있기 때문이다. 소문의 이중성이다.

이렇게 마을에 양씨 형제에 대한 소문은 퍼지지 않는다. 그것을 현월은 '기적적'이라고 표현하지만, 애당초 양씨 형제에 대한 소문은 퍼질 수 없었다. 왜냐하면 이 사건에서 알 수 있듯이 마을 사람들과 양씨 형제는 서로 공생(共生)관계이기 때문이다. 양씨 형제가 주선한 매춘을 한 사람들은 모두 마을 사람들 자신들이다. 그러므로 만약 양씨 형제에 대한 소문이 퍼지게 되면 거기에는 예외 없이 자신에 대한 이야기도 들어가 있게 된다. 마을에 양씨 형제에 대한 소문이 퍼질 리가 없는 것이다.

요컨대 양씨 형제는 뼈다귀와 같은 '죽음의 신'임에도 불구하고, 그들은 마을 사람들의 소문의 대상이 되지 않는다. 그 이유는 여러 가지가 있을 수 있겠지만, 소문의 대상을 한 곳에 집중해야 하는 점, 그리고 양씨 형제의 아버지가 시장 안에 위치한 점포를 운영한다는 점 등을 들 수 있다. 양씨 형제는 마을 사람들과 같은 공동체에 속해 있는 것이다.

그러므로 양씨 형제는 마을 사람들이 뼈다귀의 여동생과 매춘을 하고, 자신의 아버지마저 그러한 행동을 해도, 지금 이대로 '모두가 행복' 한 것이 아닐까 하고 생각한다. 하지만 그 '모두의 행복'을 위해서 뼈다귀 집안의 희생이 필요한 것을 그들은 인식하지 못한다. 그들은 마을 사람들의 '모두가 행복'이 뼈다귀와 그의 여동생이라는 희생양으로부터 오고 있다는 사실을 결코 이해하지 못하는 것이다.

양씨 형제의 동생은 료이치에게 뼈다귀에 대한 마을 사람들의 소문을 말해준다. 이렇게 양씨 형제가 료이치에게 뼈다귀의 소문을 말해준다는 것으로부터 그들이 마을의 주류 사회에 속해 있다는 것을 알 수 있다. 또한 료이치가 양씨 형제의 동생에게 이야기한 뼈다귀의 정보는 순식간에 온 마을에 퍼진다. 양씨 형제와 마을 사람들의 관계를 알 수 있는 것이다. 양씨 형제는 어젯밤에 일어난 일로, 료이치만 알고 있다고 생각한 뼈다귀에 대한 소식도 이미 알고 있을 정도였다.

양씨 형제의 동생은 '오해하면 안 되니까 하는 말인데 이건 어디까지나 소문이야. 뼈다귀가 한 짓이라는 증거는 전혀 없어', '남의 말 좋아하는 사람들의 농담에 지나지 않지만', '어쨌든 쓸데없는 이야기야'라는 전제조건을 달면서도, 그는 '순 엉터리라고 단정할 수 없는 것이 재미있다'라고, 마을 사람들과 같은 생각을 가진다. 그에게는 마을 사람들과 같이 뼈다귀의 소문이 하나의 '구경거리'에 불과한 것이다. 마을 사람들이 구경거리가 시시하게 끝나서 실망하고 있듯이, 그 역시 구경거리가 시시하게 끝나지 않기를 바라는 것이다.

이렇게 양씨 형제는 마을에서 주류 사회에 속하는 인물이다. 그리고 그들의 주위에는 언제나 마을 사람들이 있다. 양씨 형제의 아버지 사건에서도 그의 집 앞에는 사람들이 많이 모여 있었고, 양씨 형제가 뼈다귀의 집을 찾아갈 때에도 그들의 뒤에는 마을 사람들이 몇 명 있었고, 가나코가 구급차에 실려 갔을 때도 구급차를 멀찍이 둘러싸고 있던 수십 명의 마을 사람들이 술렁거린다. 양씨 형제 주위에는 언제나 마을 사람들이 둘러싸고 있는 것이다.

또 이것은 양씨 형제의 책략이기도 하였다. 양씨 형제는 자신들이 관계하는 사건에 마을 사람들을 끌어들인다. 그들은 마을 남자들도 끌어들여 의논을 하여, 그들의 생각을 받아들임으로써 자신들의 책임을 어느 정도 떠넘길 수 있다는 생각을 하는 것이다. 양씨 형제는 마을 사람들이 '제멋대로 자신의 생각을 지껄여댈' 것이라는 사실을 알고 있다. 그렇게 '제멋대로 자신의 생각을 지껄여대'는 마을 사람들에 의하여 그들은 공동 책임을 지게 된다. 요컨대 양씨 형제는 뼈다귀와 함께 마을에서 일어나는 사건의 중심에 있지만, 마을 사람들과 소문이라는 같은 사실을 공유하고 있기 때문에 소문의 대상이 되지 않는다.[14]

그러나 양씨 형제가 오로지 마을 사람들의 편이었던 것은 아니다. 양

14 양씨 형제의 가족 중에서 특이한 존재는 가나코이다. 가나코는 불량스러운 사람들이 마을에 존재하고 있다는 것을 마치 자신의 죄처럼 느낀다. 가나코는 자신이 죄를 짓고 있다는 자학적인 고정관념에 빠져 있다. 그런데 가나코가 생각하는 그 불량스러운 사람 중에 뼈다귀는 들어 있지 않는다. 마을에 사는 아이들은 개천가에 있는 뼈다귀의 집에 접근하지 말라는 주의를 받는다. 그 집일을 알고 싶어 하는 아이들은 자신들을 무시하는 료이치의 눈빛이 마음에 안 든다고 한다. 하지만 가나코는 그런 료이치의 눈이 좋다고 하면서, '이 마을 어른들보다 더 차분해 보이고 왠지 안심이 된다'라고 말한다. 가나코는 마을 어른들의 들떠 있는 모습을 보고 있다. 14세의 어린이의 눈인 가나코에게 소문으로 얼룩진 마을 사람들의 음흉한 눈빛이 보였던 것이다. 순수한 어린이의 눈으로 보았을 때 마을 어른들의 이상한 행동들이 간파되고 있었다.

씨 형제는 뻬다귀를 이해하기도 한다.

뻬다귀와의 관계 및 여러 사건에서 그들이 취하는 태도를 자세히 들여다보면 생각을 달리하게 되는데 특히 마지막 장면이 그러하다. 여기서 양씨 형제가 비록 가나코를 해코지한 것에 대해 복수할 목적으로 강력한 물리적 폭력을 행사했으나, 결정적으로 뻬다귀의 숨통을 끊어 놓지 않았다는 사실은 주목할 만하다. 이는 결국 그들의 복수가 '이에는 이, 눈에는 눈'이라는 원칙을 벗어나지 않으며 마을 사람들이 원하는 뻬다귀 살해(殺害)와는 거리가 멀다는 점, 즉 마을을 대표해서 마을 사람들을 위해서 한 행위가 아니었다는 점을 말해준다.

한 가지 재미있는 사실은 그들은 여타의 경우 정도를 넘어서는, 예를 들어 살인미수로 수감될 정도의 강력한 폭력을 휘두르지만 유독 뻬다귀에게는 1:1의 원칙을 적용한다는 점이다. 그들의 부친이 호흡이 멎은 상태로 뻬다귀 손에 실려 왔을 당시에도 충분히 오해가 가능한 상황이었지만 구타하는 정도로 그치고, 끌려간 가나코를 처음 발견했을 때에도 마찬가지로 구타에 그친다. 그리고 오히려 미안한 마음에 치료비를 물어주겠다는 약속까지 한다. 심지어 최후에 벌어진 복수도 '가나코의 성기를 훼손했으니 유사한 종류의 것으로 처벌한다'라는 식이다.

그들이 그러한 판단 내지 결정을 내린 이면(裏面)에는 '뻬다귀에 대한 모종의 동류(同類) 의식', 달리 표현하자면 '자신들 역시 결국은 아웃사이더(outsider)라는 의식'이 잠재해 있다고 판단된다. 양씨 형제는 나이도 비슷하기 때문에 뻬다귀가 파친코 가게 앞에서 젊은 남자의 사타구니를 찌르려고 했던 마음도 충분히 이해하고 있기도 했다.

그리고 이 점이 마을 사람들과 양씨 형제를 결정적으로 구분하는 요인으로 작용하였고, 그 결과 출소 후 점포 운영과 친절함으로 주류 사회로부터 인정받고 편입되었으나 본질적으로는 이방인(異邦人)일 수밖에 없는 상태를 가져왔다. 이러한 상황은 료이치로 하여금 뼈다귀와 양씨 형제 사이에 극적인 화합이 이루어질 것이라는 비현실적이고 낙관적인 기대를 갖게 하는 계기가 되기도 한다. 료이치가 자기 고모와 양씨 형제의 동생과의 결혼을 생각하기도 하는 것이 그것을 말해준다. 또 이러한 사실은 사건 후, 결국 양씨 형제가 마을을 떠나 히로시마(広島)로 이사한 것으로부터도 알 수 있다.

5. 결론

이상, 현월의 『나쁜 소문』에 나타난 소문과 뼈다귀의 관계에 대하여 살펴보았다.

요컨대 뼈다귀는 파친코 사건을 일으킴으로써 마을 사람들의 소문의 대상이 되어버린다. 이것은 그의 폭력적인 성격이 원인이었는데 그가 폭력적인 성격을 가지게 된 것은 어릴 적에 입은 성기 손상 사건의 영향이 컸다. 또한 그가 가지고 있던 의외적인 행동도 마을 사람들에게 소문의 대상으로서 충분히 매력적인 요소였음에 틀림없었다. 그리고 아버지가 없는 가난한 집안 사정도 마을 사람들의 소문의 대상이 된 하나의 원인이었다.

『나쁜 소문』에서 소문은 집단 내부에 응어리진 부정적 감정을 분출하기 위한 대상 찾기로 나타나고 있다. 그 대상이 뻐다귀였다. 소문은 마을 사람들에 의하여 만들어지고 전파되며 확대된다. 마을 사람들은 단지 소문에 이끌리고 그 소문이 사실인가 아닌가를 확인하지는 않는다. 사실을 알려고 하기는커녕 그들은 소문 자체를 즐기고 있다. 여기에서 소문의 진실은 묻혀 버린다. 이미 소문은 그것이 사실인가 아닌가의 문제를 벗어나 버리게 되는 것이다. 물론 여기에서 소문이 사실인가 아닌가의 의미는 중요하지 않다. 단지 마을 사람들이 그 소문을 사실로서 이해하고 있다는 것이 중요할 뿐이다. 사실로서 이해된 소문은 마을 사람들이라는 공동체 사회가 즐기는 유희가 된다.

현월은 마을 사람의 소문이라는 폭력과 뻐다귀의 물리적인 폭력을 비교한다. 뻐다귀의 물리적인 폭력은 마을 사람들의 소문이라는 폭력에 결코 이길 수 없었다. 그렇기 때문에 이러한 마을공동체의 억압은 새로운 폭력의 악순환이라는 형태로 다시 모습을 드러낼 것임을 현월은 『나쁜 소문』에서 암시하고 있다. 그리고 바로 이것이 작가가 보여주고 싶었던 인간 사회의 모습이라고 할 수 있다.

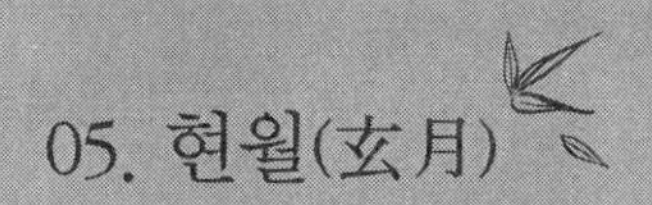

05. 현월(玄月)

『무대 배우의 고독 (舞台役者の孤独)』

－노조무(望)의 페르소나(persona)－

1. 서론

현재 일본 문단에서 가장 활발하게 활동하고 있는 재일 한국인 작가는 현월(玄月)과 유미리라고 할 수 있다. 현월은 재일 한국인 2세로서 2000년 『그늘의 집(蔭の棲みか)』이 아쿠타가와 상을 수상하면서 본격적으로 일본 문단에 등장한 작가이다. 그는 재일 한국인이지만 재일 한국인의 특수한 상황을 묘사하는 것보다, 인간이 가지고 있는 보편적인 면을 파헤치고 있는 작가이다.

현월의 「무대 배우의 고독(舞台役者の孤独)」은 1998년 4 월 동인지 『백아(白鴉)』 2호에 발표된 후, 그해 12월 하반기 동인잡지 우수작으로서 『문학계(文学界)』에 게재되어 주목을 끈 작품이다. 「무대 배우의 고독」은 현월의 실질적인 데뷔작으로, 그는 이 작품에서 주인공인 갱생한 불량소년 노조무(望)가 한 인간으로 성장해 가는 과정을 그렸다.

본서에서는 『무대 배우의 고독』의 주인공인 노조무라는 인물의 성장 과정에 주목하려고 한다. 노조무의 성장 과정은 보통의 아이들과 다른 것이었다. 본서에서는 주인공 노조무의 주위 환경이 그의 성장 과정에 있어서 어떠한 영향을 미쳤는가를 생각해 본다. 또 노조무와 마유코와의 관계를 통하여 노조무가 어떻게 어머니와 동생에 대한 죄의식을 벗어내고 한 사람으로 성장하여 가는지를 살펴보고자 한다.

2. 노조무의 성장 과정－페르소나의 형성

현월의 『무대 배우의 고독』의 주인공 노조무는 갱생한 청년이다. 비록 갱생하기는 했지만 노조무는 자신이 가야 할 길을 찾지 못하고 여전히 현실에서 방황하고 있다. 이렇게 그가 방황하는 이유는 그의 마음속에 남아있는 어린 시절의 기억으로부터 벗어나지 못하기 때문이었다. 노조무의 어린 시절은 보통의 아이들과 많이 다른 것이었다.

어린 시절 노조무의 주위에서는 비정상적으로 죽음이 많이 일어난다. 어린 노조무에게는 할아버지의 죽음, 아버지의 죽음, 어머니의 죽음 등 빈번하게 죽음이라는 사건이 일어난다. 그런데 노조무는 비록 어린 나이였지만 이러한 비정상적으로 많은 죽음에 대해 아무런 반응을 보이지 않는다. 그는 이러한 가까운 사람들의 부재(不在)인 죽음을 담담히 받아들인다.

> 가까이서 겪은 사자의 수를 세기 시작해 그 수가 서른을 넘었어도 아직 반도 되지 않는 열두 살의 그는, 죽음을 하나의 정지된 그림 저편으로 쫓아내는 방도를 익히게 되었다. (중략) 그에게 죽음이란, 불길, 그것도 조그만 철문을 통해 들여다보는 네모나게 잘린 불길이었다. 네모난 문으로 보이는 불길은 소리도 없고 터져 흩어지지도 않는, 다른 것과 분리된 평면상의 조용한 그림이었다. (중략) 그는 죽음이라는 단어를 손가락으로 쓰기만 해도 이 그림을 세세하게 떠올릴 수 있다. 그리고 그 그림은 그에게 그림엽서

를 보는 정도의 감동밖에 주지 않았다.[1]

노조무는 어렸을 때부터 많은 죽음을 일상적인 일로 접해왔기 때문에 죽음에 대해 특별히 느끼는 감정이나 슬픔이 없다. 열두 살의 나이에 무려 서른이 넘는 죽음을 경험한 그가 누군가의 죽음을 잊는다는 일은 매우 간단한 것이었다. 그에게 죽음은 평면상의 조용한 그림에 불과하였다. 일반적으로 큰 충격으로 다가오는 자신의 주위 사람들의 죽음을 대하는 노조무의 이런 태도는 언뜻 둔하고 무딘 사람으로 보일 수도 있다.

그러나 실은 그는 굉장히 여리고 상처받기 쉬운 성격이었다. 노조무는 '대부분의 경우, 대수롭지 않게 주고받는 말이라든가 남들이 무심코 한 행동에, 남들 못지않은 상상력을 지닌 그의 마음은 그런 사소한 자극에 의해 금방 신이 나기도 하고 상처를 받기도 했던' 사람이었다. 그러나 이렇게 여린 성격의 노조무였지만 그는 주위의 많은 죽음에 대하여 애도와 슬픔의 시간을 거치지 않는다.

요컨대 열두 살의 노조무는 비정상적으로 많은 주위 사람들의 죽음에 대하여 자신을 보호하기 위하여 자아방어기제[2]를 실행하게 된 것이다. 주위 사람들의 비정상적으로 많은 죽음은 아직 정서적으로 성장하지 못한 아동기의 그에게 무거운 짐이 되었을 것이고, 그는 쉴 새 없이 계속

---

1 현월(2000) 「무대 배우의 고독」 『그늘의집』 문예춘추사, p. 156.

2 자아방어기제(ego defense mechanism). 자아가 원초아나 초자아의 무의식적인 위협적 생각이나 외부적 환경에서 오는 위협으로부터 자신을 보호하기 위한 방식을 지칭하는 프로이트 용어.

되는 죽음 속에서 자신을 방어하기 위한 것으로 죽음을 감정의 이입 없이 객관적으로 바라보는 방법을 터득하게 된다. 그는 자신을 지키는 보호 장치로써 죽음을 정지된 그림 저편으로 쫓아내는 방도를 익히게 되었던 것이다. 상처받기 쉬운 성격의 노조무였지만 방어기제를 실행하여 누군가의 죽음을 그림 저편으로 쫓아내면, 그 죽음은 이미 그에게는 아무런 감정도 남아 있지 않게 되어 버린다. 따라서 그에게 한 인간의 부재라는 죽음의 의미가 '네모나게 잘린 불길'을 그린 그림엽서를 보는 정도의 가벼움으로 인식될 수 있게 되었던 것이다. 노조무는 어떠한 참혹한 죽음도 간단히 그림 저편의 기억 속에 처박아 넣을 수 있었다.

방어는 자아가 불안에 대처하는 것을 돕기 위해 존재한다. 그는 두려움을 회피하기 위하여 방어기제를 사용하지 않을 수 없었다. 만약 자아의 방어기제를 작동하지 않았으면 어린 노조무는 주위의 비정상적으로 많은 죽음이라는 현실의 엄청난 상황에 압도되어 버텨내지 못했을 것이다. 그에게 자아방어기제의 작동은 생존을 위한 것이었다.

이러한 죽음에 대한 주인공의 무덤덤한 태도는 어머니의 죽음을 접했을 때에도 일관되게 적용된다.

죽음에 대한 노조무의 반응은 숙부에게 어머니가 제주도에서 죽었다고 들었을 때에도 변하지 않는다. 노조무는 그 무렵 어머니를 떠올리는 일은 거의 없었지만, 아무리 그렇다고 해도 그때만은 '머릿속이 얼어붙는 것 같은 한기를 느꼈'다. 그러나 그는 '울려고도, 죽은 이유를 물으려고도 하지 않았'다. 단지 노조무는 '자기 방 침대에 쓰러져 불길 그림을 떠올리며, 또 한 사람 죽었구나, 하고 마음속으로 중얼거리고 그것으로 모든 것을 흘려보냈던' 것이다. 그에게는 어머니의 죽음도 단순히 또 한 사람의 죽음에 불과했다.

이렇게 자신을 낳아준 어머니의 죽음조차도 그것에 대한 노조무의 반응은 차가웠다. 그에게 어머니의 죽음은 다른 이들의 죽음에 비해 '머릿속이 얼어붙는 것 같이' 충격적이었지만, 그 충격은 오래 머무르지 못하고 그는 그때까지 해왔던 것처럼 어머니의 죽음을 간단히 기억의 저편으로 보내버린다. 노조무는 어머니의 죽음에 대해서도 자신의 방어기제를 실행하였던 것이다.

이렇듯 죽음을 무감정적, 객관적으로 바라보는 태도는 가까운 사람들의 죽음으로 인한 부재로부터 노조무 자신을 보호하기 위한 방어기제로서 그에게 깊게 뿌리내리게 된다. 그리고 이러한 방어기제 요소는 그의 대인관계와 성격 형성에 커다란 영향을 미치게 된다. 그러나 어머니에 대한 그리움, 방어기제를 실행한 상처와 죄책감은 그의 무의식 속에 억압(抑壓)되어 내내 그의 자아를 혼란스럽게 만든다. 노조무의 어머니에 대한 생각은 억압된다.

노조무가 처음 자아방어기제를 실행하게 된 것은 어머니를 떠나 숙부 집에 오게 되었을 때였다. 그는 적응력이 뛰어났다. 노조무는 숙부와 숙모를 아버지, 어머니로 부르는 데 조금도 주저하지 않았고, 얼마 안 있어 다소 터무니없는 어리광도 부릴 수 있게 되었다. 그는 대단히 짧은 시간에 숙부의 가정에 적응하였다. 그러나 노조무의 이러한 적응은 정상적인 적응이라고 할 수 없다. 상실에 대한 애도를 거치고 상실을 인정하며 재구성하여 통합한 후 현실에 적응하는 것이 건강한 적응이라고 할 때,

그의 경우 이러한 모든 과정이 생략되어 있다. 노조무는 상실에 대한 애도 기간이 필요 없었던 것이다. 어린 노조무에게 페르소나(persona)[3]가 형성된 것이다. 노조무는 페르소나를 쓰고 무대로 올라간다.

페르소나는 우리가 다른 사람들과의 관계에서 쓰게 되는 가면이다. 페르소나는 사람들이 일상적인 삶에서 사용하는 의식적이고 피상적인 성격으로, 외적 태도 또는 외적 인격이라고 불리기도 한다.[4] 페르소나에 의해 개인은 자신의 성격이 아닌 다른 성격을 연기할 수 있는데, 어린 노조무는 비정상적으로 많은 주변인들의 죽음에 대하여 자신을 보호하기 위한 장치로 페르소나를 사용했던 것이다. 페르소나는 단순히 외부 세계와의 자연스러운 관계를 가지도록 하기 위한 하나의 부드러운 보호막이며 자기가 처해 있는 환경과 자신의 정신생활에 잘 적용한다. 그러나 어떤 환경에서는 이것이 너무 편리한 것이 되어 그 사람의 본성을 이 막 뒤에 숨기게 한다.[5] 어린 노조무는 아직 외부 세계에 노출되지는 않았지만

3 페르소나(심리학)[persona]. 진정한 자신과는 달리 다른 사람에게 투사된 성격을 말한다. 이 용어는 칼 구스타브 융이 만들었는데 에트루리아의 어릿광대들이 쓰던 가면을 뜻하는 라틴어에서 유래한 것이다. 융에 따르면, 페르소나가 있기 때문에 개인은 생활 속에서의 자신의 역할을 반영할 수 있으며, 따라서 자기 주변 세계와 상호관계를 맺을 수 있다. 또한 자신의 고유한 심리구조와 사회적 요구 간의 타협점에 도달할 수 있기 때문에 페르소나는 개인이 사회적 요구에 적응할 수 있게 한다. (한국 브리태니커회사 (2002) 『브리태니커 세계 대백과사전』 p. 331)

4 자아와 외부 세계와 접촉하는 가운데 자아는 외부의 집단 세계에 적응하는 데 필요한 여러 가지 행동 양식을 익히게 된다. 이것을 융은 외적태도(external attitude) 또는 페르소나라고 하였다. 동시에 내적 세계, 즉 무의식계에 적응하는 가운데 외적 태도에 대응하는 내적 태도가 생기고 이것이 '심혼(seele)'이라 부르는 것이다. 외적 태도나 내적 태도는 거의 여러 개의 인격체처럼 일정한 특징을 가지고 있는 것이므로 이를 외적 인격, 내적 인격이라 부르기도 한다. (이부영 (2006) 『분석심리학』 일조각, p. 81)

5 G G 융 저, 설영환 옮김 (1986) 『의식의 뿌리에 관하여』 예문출판사, p. 185.

가족이 그 나름대로의 외부 세계였다. 노조무는 이 외부 세계에서 페르소나의 막(幕) 뒤에 숨어 있는 것이다.

그런데 어머니의 죽음에까지 페르소나를 통한 자기방어에 충실한 노조무였으나 동생의 죽음은 달랐다. 남동생의 죽음은 그가 여태까지 경험해온 죽음과는 아주 다른 것이었다.

사람들은 대체를 통해 상실을 해결하고자 하는 성향이 있다. 상실한 존재를 대체할 수 있는 대상을 찾아 그것에 애정을 쏟음으로써 상실로 인한 고통에서 벗어나고자 하는 시도인데, 노조무에게 있어 남동생은 어머니에 대한 대체적 존재로 이해할 수 있다. 노조무는 '동생이 생긴 걸 아주 기뻐한다. 그는 동생이 생기기를 쭉 바라고 있었다는 착각마저 들었'을 정도로 동생을 좋아한다. 그러나 동생도 얼마 지나지 않아 질병으로 죽게 되는데 노조무에게 동생의 죽음은 어머니를 포함한 다른 이들의 죽음과는 전혀 다른 의미를 지니는 것이었다.

그가 열세 살이 되고 동생이 죽었을 때, 그는 일찍이 경험한 적이 없는 슬픔에 사로잡혔다. 그는 자신의 애정 거의 전부가 남동생에게 쏠려 있었다는 것을 처음으로 깨달았다. 그러나 깨달은 그 순간부터 애정이 식기 시작했다는 것을 알고 그는 깜짝 놀랐다. 동생의 죽음은 그가 겨우 실감한 '사랑하는' 것을 빼앗았다. 이것은 죽음에 익숙한 그에게는 피할 수 없는 일이었다. 왜냐하면 사자는 언제나 잰 걸음으로 도망가 기억과 손을 잡고, 불길 저편에서 불에 타 형체도 없이 사라지기 때문이다.

이것을 참아낼 수 없다고 생각한 그는, 동생과 자주 놀던 놀이터에서 의

식을 올릴 생각을 해냈다. 덕분에 동생의 모습은 칠 년이 지난 지금도 선명했다.[6]

노조무는 동생의 죽음을 자신의 어머니를 포함한 이제까지의 다른 죽음과 다르게 받아들인다. 그는 동생의 죽음에 대하여 방어기제를 실행하지 않는다. 노조무는 동생이 죽자 일찍이 경험한 적이 없는 슬픔에 사로잡히게 된다. 이 '죽음'은 어머니라는 존재와 치환한 동생의 죽음이었기에 노조무는 견딜 수 없이 괴로워한다. 동생이 불길 저편에서 불에 타 형체도 없이 사라지는 것을 참아낼 수 없다고 생각한 그는 괴로움을 극복할 방법으로 동생을 기리는 '미끄럼틀 의식'을 시작한다.

여기에서 주목해야 할 부분은 '자신의 애정 거의 전부가 남동생에게 쏠려 있었다'는 것을 깨달은 순간부터 '애정이 식기 시작했다'라는 문장이다. 이것은 동생의 죽음 전까지 주인공의 동생에 대한 애정이 무의식적인 것이었다는 것을 의미하며, 그것을 의식하자 바로 식어버리기 시작했다는 것은 소중한 존재의 상실로 인한 고통에서 벗어나기 위한 방어기제가 작동(作動)하고 있다는 것으로 해석할 수 있다. 하지만 노조무는 더 이상 방어기제를 작동시키지 않는다.

자기 어머니의 죽음을 간단히 불길 그림 저편으로 보낸 노조무였다. 하지만 그는 동생의 죽음을 불길 그림 저편으로 보내지 않는다. 무엇보다 죽은 사람의 나이에서 자신의 나이의 숫자를 빼는 놀이를 하던 노조

6 현월 (2000) 「무대 배우의 고독」『그늘의 집』 문예춘추사, p 157.

무에게 자신보다 어린 동생의 죽음은 충격이었을 것이다. 노조무에게 동생의 죽음은 '네모나게 잘린 불길'을 그린 그림엽서가 아니었다. 주위의 수많은 죽음을 하나의 정지된 그림 저편으로 쫓아내 버린 노조무였으나 동생의 죽음은 그림 저편으로 쫓아내지 않는다. 그는 동생의 죽음을 기억한다. 동생의 죽음에 대하여 노조무는 기억을 말소시킨 공포만을 불길 그림 저편으로 밀어낸다. 그리고 동생을 잃은 슬픔만을 간직한 채, 동생을 기리는 의식을 생각해낸 것이다.

노조무가 동생을 기리는 의식을 하는 또 하나의 중요한 이유는 동생의 죽음에 자신이 직접적으로 관계되어 있다고 생각했기 때문이다. 노조무는 자신이 잘못하여 동생이 죽었다고 생각하는 것이다. 그는 속이 울렁거린다는 동생을 안아 올려 두세 번 올렸다 내렸다 했는데 동생이 갑자기 피를 토했다. 그런데 피를 토한 동생을 보고도 두 시간이나 방치하여 두었던 것이다. 그러므로 노조무는 동생의 죽음에 대한 죄의식에 사로잡혀 동생을 기리는 의식을 하게 된다.

그런데 이렇게 동생의 죽음을 기리는 의식을 올리는 행위는 동생에 대한 죄의식과 함께, 그의 무의식 속에 억압되어 감추어져 있던 어머니의 죽음에 대한 죄의식의 표출이라고 할 수 있다. 어머니의 죽음을 간단히 그림 저편으로 쫓아버렸던 노조무는 어머니의 존재를 치환한 동생의 죽음을 보고 어머니에 대한 죄책감을 느끼는 것이다. 7년여에 걸친 '미끄럼틀 의식'은 의식적으로는 동생의 죽음을 기억하고 슬퍼하는 자리였지만, 동시에 무의식적으로는 불길 그림 저편의 기억으로 쫓아버렸던 어머니에 대한 죄책감을 보상하는 자리이기도 하였다. 동생의 죽음은 어머니의 죽음에 연결된다.

3. 무의식의 표출－공상

갱생한 노조무는 책을 읽거나 신문을 읽으면서 상상력의 세계를 넓혀간다. 노조무는 이러한 상상력을 배경으로 하여 자주 공상(空想)에 빠지게 되는데, 그는 신변에서 일어난 일을 공상 속에서 부풀려 이야기를 만들어 내는 즐거움을 발견한다. 공상은 노조무에게 꿈과 같은 것이었다. 공상은 상당히 복잡하게 얽혀 있어 주인공인 자신을 부정하면서도 마지막에는 더없이 행복한 해방감을 안겨주는 쾌감을 주었다. 현실생활이 자기 마음대로 움직여 주지 않은 노조무는 공상의 세계에서 마음껏 날개를 펴는 것이었다.

공상은 자신이 현실에서 하지 못했던 행동을 상상을 통해서라도 이루고 싶어 하는 갈망이다. 공상은 현실에서 이루지 못한 욕망을 가능하게 하는데 이러한 욕망은 노조무의 무의식의 세계를 나타낸다. 공상 속에서는 현실에서 억제되어 감추어져 있는 모든 행동을 자유롭게 할 수 있는데, 이러한 공상 속의 행동은 노조무의 무의식 속에서 억압되어 잠재되어 있던 욕망의 표출에 다름 아니었다. 페르소나가 자신을 보호하기 위한 의식적인 행동이라고 한다면, 공상은 꿈과 더불어 무의식의 또 다른 표출이라고 생각할 수 있다. 노조무의 공상 속에서는 그가 현실 세계에서 의식하지 않았던 가공의 세계가 펼쳐진다. 노조무는 이 가공의 세계에서 마치 꿈에 빠져들듯이 자기만의 연극에 빠져든다.

노조무는 그날 일어난 자전거 날치기 사건에 대하여 공상 속으로 빠져든다.

노조무는 자전거로 날치기를 하던 후배들을 생각한다. 자전거에서 떨어진 어린아이는 죽은 것 같았다. 그는 죄를 묻기 위하여 후배들의 아지트를 찾아가 그들을 훈계하고 경찰서로 인계한다. 노조무는 자신에게 반항하는 후배 한 명을 죽도록 때리기까지 한다. 그는 그 후배가 죽었을지도 모른다고 생각한다. 노조무는 공상 속에서 마음껏 자신의 상상력을 펼친다.

그는 공상 속에서 여느 때처럼 십자가에 걸린 남동생을 떠올리고, '슬쩍 봤을 뿐이지만 죽음에 익숙한 그에게 가장 새로운 사자인 여섯 살짜리 남자아이와 어쩌면 죽었을지도 모를 후배를 생각하면서 그들의 죽음으로 일어날 여러 가지 슬픔을 생각이 미치는 데까지 상상하고, 또 그러한 슬픔을 공유하고 있다는 걸 깨닫고는 마음의 고동 소리를 느낀다. 그리고 그런 자신이 아주 인간답다는 생각에 현기증이 날 정도로 충족감을 느꼈던' 것이다. 이렇게 노조무는 공상 속에서 자신만의 연극에 몰입한다. 그리고 이러한 무의식(無意識)적인 자아가 공상 속에서 노조무의 욕망을 충족시킨다.

하지만 실제로 노조무가 후배들에게 했던 일은 공상 속과 많이 달랐다. 노조무는 중학교 1학년 밖에 안 된 현행범을 앞에 두고 고개를 떨군 채 조심하라는 말밖에 못했던 것이다. 그는 어떤 말로도 그들을 설득할 자신이 없었기 때문이었다. 이미 갱생한 자신은 그들을 훈계할 자격이 없다고 생각한다.

한편 노조무는 자신의 공상 이야기를 뒷 성당에 사는 마유코(繭子)에게 남김없이 털어 놓는데, 마유코는 노조무와 많은 이야기를 나누면서 비정상적으로 많은 죽음에 대한 자기방어기제로서 페르소나를 연기하는 노조무의 마음을 간파하고 있었다. 또 그녀는 노조무가 어머니의 치환인 자기 동생의 죽음에 대해서는 동생을 기리는 의식을 올리고 있는 것도 알고 있었다. 그러므로 자전거 공상 이야기를 들은 마유코는 노조무에 대하여 다음과 같이 말한다.

"노조무, 넌 역시 죽음의 익숙함에서 벗어나려고 애쓰고 있구나. 이야기를 잘 만들어서 그 속에 자기 자신을 놓았어. 특히 마지막에 '현기증이 날 정도로 충족감을 느꼈다' 라는 부분이 좋아. 위선의 냄새가 물씬 풍기거든."

"야, 잠깐 내가 죽음의 익숙함에서 벗어나려고 애쓰고 있다고?"

"그래, 동생을 기리는 의식을 올리고 책을 읽고 갱생하는 게 다 그런 게 아냐?"

"넌 나를 너무 몰라. 위선이란 말을 듣는 것도 천만뜻밖이고, 네가 그런 식으로 이해하다니 정말 맥이 빠지는데. 하지만 어쩌면 그럴지도 모르지."[7]

마유코는 노조무가 현실이 아닌 공상에 빠지며 방황하고 있는 이유

---

7 같은 책, p. 205~206.

를 잘 알고 있었다. 성장 과정에서 부모의 부재를 경험했기에 그가 방황하는 것은 당연하다고 생각하는 것이다. 노조무가 살고 있는 동네 또한 그에게 나쁜 영향을 줄 뿐이었다. 마유코는 노조무와 많은 이야기를 나누고 그가 자신을 보호하기 위하여 어린 시절 비정상적으로 많은 죽음을 불길 그림 저편으로 쫓아버린 것을 안다. 그는 어머니의 죽음까지도 간단히 불길 그림 저편으로 쫓아버렸다. 앞에서 이야기했지만 노조무의 페르소나는 이러한 '죽음의 익숙함'에서 자신을 보호하기 위한 방어기제 장치였다. 노조무에게는 자신을 보호하기 위하여 가까운 사람의 죽음에 대하여 아무런 감정이 없는 페르소나가 형성되어 있는 것이다. 노조무 자신은 이것을 인식하지 못하고 있지만 마유코에게는 이것이 보이는 것이다.

마유코는 동생을 기리는 의식을 올리고, 책을 읽고, 갱생하는 모습을 보이는 노조무의 행동이 위선이라고 말한다. 여기에서 마유코가 말한 '위선'은 노조무가 행한 페르소나의 또 다른 이름이다. 그런데 이러한 마유코의 말에 대하여 노조무는 그녀에게 위선이란 말을 듣고 싶지 않다고 속으로 생각하면서도 묘하게 납득해버린다. 노조무가 마유코의 말을 묘하게 납득해버린 이유는 현재 자신의 삶이 거짓스럽게 보이는 때가 자주 있었기 때문이다. 노조무는 그녀를 통해 자신도 몰랐던 자신의 모습을 발견해 간다.

페르소나와 더불어 공상(空想)도 노조무의 자아방어기제의 또 다른 방법이었다. 노조무는 공상을 통하여 현실에서 도피한다. 페르소나와 공상은 노조무의 현실 회피 방법이었다. 마유코는 일찌감치 이러한 노조무의 행동이 위선이라는 것을 눈치 채고 있었다. 왜냐하면 그녀는 노조무가 어머니의 죽음에 대한 죄의식으로 괴로워하고 있는 것을 알고 있었기 때문이다. 또 노조무가 동생을 기리는 의식을 올리는 것도 동생의 죽음에 대한 죄의식으로부터 나오는 행동이라는 것을 마유코는 알고 있었던 것이다. 마유코는 노조무가 어쩌면 자신과 너무 많이 닮아서 그런 것이 아닐까 생각한다.

마유코는 뒷 성당의 조립식 창고에 사는 여자이다. 마유코라는 이름은 노조무가 멋대로 붙인 것인데, 그녀의 피부색과 솜털의 감촉이 옛날 집에서 친 적이 있는 누에와 닮았기 때문이었다. 마유코가 이곳으로 옮겨와 살기 시작한 지는 반년쯤 된다. 마유코는 남편에게 버림을 받은 뒤 노조무가 사는 동네에 거처를 마련하여 몸을 팔 손님을 받기 시작하여 노조무와 만나게 된다. 노조무는 자신을 위해 마유코가 한국 성당 앞에 버려졌다고까지 생각하고, 그동안 백 번 이상 이곳을 드나들면서 자기 자신에 대해 털어놓는 걸 조건으로 마유코의 과거를 캐물었다. 그는 한 달에 15만 엔 이상이나 그녀에게 돈을 쓰면서, 그녀와의 관계에서 의미를 찾으려고 노력한다.

노조무는 '나와 마유코의 관계는 육체와 정신이 각각 다른 영역에서 연결되어 있다. 그런 관계에서는, 육체는 다른 여자로 대체할 수 있지만, 정신적으로는 불가능하다는 것을 이미 실증을 마친 셈이다'라고 할 정도로 자신과 마유코는 정신적으로 연결되어 있다고 생각한다. 현실에서 방황하는 노조무는 마유코에게서 자신의 어머니의 모습을 보았던 것이다. 어머니에 대한 노조무의 마음은 마유코에게 투영된다.

또한 마유코도 노조무에게서 자신의 모습을 본다.

마유코는 '내가 보기엔 너와 내가 비슷한 처지인 것 같아'라며 자신과 노조무가 죄의 보상을 위하여 그 길을 찾아 헤매고 있는 게 비슷하다고 말한다. 마유코는 넘어졌을 때 자신을 보호하기 위하여 아들을 떨어뜨린 것과 집주인 아저씨가 자신 때문에 죽음을 맞이한 것에 대하여 심한 죄의식을 느낀다. 두 사건은 결코 자신의 탓이 아니었지만 그녀는 그것을 자신의 죄로 인식하여 괴로워하는 것이다. 이렇게 아들과 자신 때문에 죽은 사람에 대한 죄의식으로 괴로워하는 마유코는 어머니와 동생의 죽음에 대해 괴로워하는 노조무를 같은 입장에서 이해하고 있었던 것이다.

4. 어머니와의 만남－페르소나의 탈각

이 작품에서 노조무는 끊임없이 현실과 공상 속에서 혼란을 겪는다. 노조무의 공상은 어린 시절 자주 가던 한국 성당 신부인 캐나다인 카라반에 이른다. 노조무는 어린 시절 어머니를 따라 카라반의 집에서 놀곤 했었다. 그 집은 그의 어린 시절과 더불어 기억에 남아 있었다. 살아있을 때 그의 어머니는 영일, 영한, 일한사전을 커다란 보자기에 싸들고 매주 토요일마다 카라반의 집을 찾았다. 그를 카라반의 집에 다니게 한 사람도 어머니였다.

노조무는 공상 속에서 카라반과 해후한다. 그런데 오랜만에 만난 카라반이 그에게 저주를 퍼붓는다.

"이 저주받은 원숭이! 네 어머니는 어디 갔냐? 너를 길러준 남자와 여자는 어디 갔냐? 네가 죽인 불쌍한 어미들은 어디 갔냐? 그리고 그 어미들의 두 아들은 어디 갔냐? 동생만 옆에 달고 다니면 다 해결될 줄 아니? 이 저주받은 땅이 낳은 저주받은 원숭이야. 네 몸에 흐르는 피의 반이, 너를 다시 데려올 거다. 왜냐하면 너는 이 저주 받은 땅에 붙들려 매여 있기 때문이다. 너는 혼자서 이 땅의 모든 것을 체현하고 있다. 왜냐하면 너는 이 저주받은 땅이 낳은 저주받은 원숭이이기 때문이다!"[8]

이러한 카라반의 말을 듣고 노조무는 갑자기 머리가 깨질 듯한 아픔에 휩싸여 꿇어앉는다. 그는 소리 지르고 싶었지만 말이 나오지 않았고 두통을 동반하는 저주를 풀지 못하고 쭈그려 앉는 것이다. 물론 이것은 노조무의 제멋대로의 일방적인 공상 장면에 불과할 뿐이었다. 비록 노조무의 공상 장면이었지만, 한국 성당 신부였던 카라반이 이렇게 욕하는 모습을 생각할 정도로 어머니의 죽음에 있어서 노조무는 커다란 죄의식(罪意識)을 느끼고 있었던 것이다.

카라반이 나오는 공상 장면은 노조무의 무의식의 표출이었다. 노조무가 카라반에게 '원숭이 자식'이라며 비난받는 공상은 노조무의 내면 속에 친가에서 내쫓겨 제주도로 떠나간 어머니를 찾아가지 않았다는 것에 대한 죄책감, 자신이 혼혈아라는 것에 대한 열등감 같은 것들이 뒤섞여 만들어진 것이다. 노조무의 마음속에는 어머니의 죽음에 대하여 자신

8 같은 책, p. 217.

이 아무런 일도 하지 못했던 죄책감이 깊게 자리 잡고 있다. 또 여기에서 비록 공상 속의 이야기이지만 노조무가 '혼자서 이 땅의 모든 것을 체현하고 있다. 왜냐하면 이 저주받은 땅이 낳은 저주받은 원숭이이기 때문이다!'라는 카라반의 말은 '너를 불량배로 만든 건 이 고장의 환경'이라는 마유코의 말과 일치한다. 이것은 일찍이 노조무가 자신이 사는 이 동네를 '저주받은 땅'이라고 말한 것과 같은 의미이다.

일본에서 노조무가 태어나고 자란 환경은 한국인이 많이 사는 동네였다. 재일(在日)인 그의 현실, 그렇게 돌아가신 어머니, 동생의 죽음 등은 무거운 짐이 되어 그를 억누른다. 노조무에게 이러한 거부하고 싶은 현실들이 그의 공상 속에서 폭포처럼 카라반의 저주를 통해 적나라하게 표출되었던 것이다.

노조무는 카라반이 나오는 공상 장면을 이해하지 못한다. 그러나 무의식의 공간에 어머니에 대한 죄의식이 억압되어 숨겨져 있는 노조무에게 있어 이러한 공상은 이미 예견되어 있는 것이었다. 노조무는 옛날에 어머니가 방마다 큰 전기 카펫을 깔던 것을 떠올리고, 어머니가 생각난 것이 기뻐서 그것을 마유코에게 말했을 때, 마유코는 '죽은 사람의 기억이 불길 저편에서 돌아왔네. 그것도 어머니의 좋은 추억이 되어, 재기의 징조가 보이는 것 아냐?'라며 노조무에게 어머니에 대한 기억을 상기시킨다. 이러한 마유코에 대하여 노조무는 어머니의 말을 기억 속에서 불러낸 것은 정말 오랜만이라며 기뻐했던 것이다. 그 뒤 그의 무의식의 공간 속에 억압되어 숨겨져 있던 어머니에 대한 기억이 카라반을 통하여 공상으로 나타난 것이다.

노조무에게 공상은 꿈과 같은 것이었다. 노조무의 공상은 꿈과 같이 이어진다. 꿈(공상)속에서는 이러한 상황이 극으로 꾸며져 무대 위에 올려 진다. 꿈에서 우리는 미처 알지 못했던 우리 본성의 한 측면을 보면서도 그 꿈이 자신과 관계있다는 것을 알지 못한다. 개인이 자신의 페르소나와 동일시하고 그 페르소나에 부정적으로 작용하는 인격의 나머지 부분은 무시할 때 그런 일이 벌어진다.[9]

카라반의 저주서린 말에 괴로워하던 노조무는 죽음의 불길을 본다.

그는 이것이 누구를 위한 불길 그림인가 하는 생각이 들었지만, 순간적으로 머리에 떠오른 사람은 마유코였고 마유코 이외에는 어떤 얼굴도 떠오르지 않았다. 그런데 이제 끝이다 싶은 순간에 입에서 튀어나온 말은 끊어질 듯 끊어질 듯 이어지는, '어머니'였던 것이다. 이렇게 노조무는 죽음의 불길이라는 절대 절명의 순간, 처음에 마유코의 얼굴을 떠올리고 마지막에는 어머니라는 말을 내뱉는다. 마유코가 그의 어머니가 된 것이다. 그에게 마유코는 죽은 어머니의 투영이었다. 노조무의 공상 이야기를 비롯하여 그가 고민하는 모든 이야기를 들어주는 마유코는 노조무에게 어머니와 같은 존재였던 것이다.

노조무는 공상 속에서 어머니를 찾았으면서도 마유코에게 '죽은 사람들을 잊어버리는 건 건강한 거라고 생각해. 그게 어머니든 누구든 상관없어'라고 큰소리친다. 하지만 이러한 노조무의 반응은 억압의 해제

9 에드워드 암스트롱 베넷 저, 김형섭 옮김 (1997)『한권으로 읽는 융』도서출판 푸른숲, p. 156.

에 대한 자기부정(自己否定)이었다.[10] 비록 방어기제를 작동하고 있었지만 어린 노조무가 비정상적으로 주위 사람들의 많은 죽음을 경험하는 것이 실제로 얼마나 힘들었는지를 짐작하기는 어렵지 않다. 어머니가 죽었다는 소식을 듣고 아무것도 묻지 않고, 아무 말도 하지 않았지만 노조무는 괴로웠을 것이다. 또 동생이 죽고 난 후 혼자 방에서 일주일 동안 괴로워하던 모습에서 노조무가 동생의 죽음에 얼마나 힘들어했는지 알 수 있다. 어린 나이에 가까운 사람의 죽음을 불길 그림 저편으로 쫓아 보낸 경험은 노조무에게 잊고 싶은 기억임에 틀림없다. 무엇보다 어머니의 죽음을 간단히 불길 저편의 기억으로 쫓아버린 것은 내내 그의 마음에 남아 있었다.

그동안 노조무가 현실에 적응하지 못하고 공상을 하거나 방황했던 것은 그의 무의식 속에 잠재되어 있던 어머니에 대한 죄의식 때문이었다. 그런데 카라반이 출현하는 공상으로 노조무의 무의식 공간에 있던 어머니에 대한 죄의식의 회복 욕망이 배출된 것이다. 무의식은 항상 그 근원적인 전체에의 지향성으로 말미암아 의식에 작용하여 의식으로 하여금 무의식적인 내용을 인지하도록 촉구한다. 의식이 그것을 외면하여 그 정도가 너무 지나치게 되면 보상적으로 증가된 무의식의 힘이 의식을 해리하거나 무의식의 콤플렉스가 의식을 사로잡는다.[11]

10 이것은 억압의 해제에 대한 저항이다. 비록 어머니에 대한 노조무의 생각이 무의식적인 것에서 의식적인 것으로 바뀌긴 했으나, 그 생각을 제시한 것 자체가 억압의 해제라고는 볼 수 없다. 억압을 해제하려면 먼저 저항을 극복해야 한다.

11 이부영 (2006) 『분석심리학』 일조각, p. 60.

생각은 여러 가지 요건과 주위의 환경에 의하여 억압당한다. 그것은 의식에서 벗어난 상태로 마음에 머무르면서 활동을 한다. 그리고 주위의 환경이 좋아지면 그 생각은 의식 속에서 되살아날 수 있는 것이다. 마침내 노조무의 의식 바깥에 있던 억압된 상태가 공상에 의하여 되살아난 것이다. 그리고 이것을 일깨우게 되는 것이 마유코의 역할이었다.

마유코는 노조무의 상태를 정확히 꿰뚫고 있었다. 이미 마유코는 노조무의 무의식의 세계를 보고 있었던 것이다. 그녀는 노조무에게 그의 무의식에서 억압되어 잠재되어 있는 감정은 어머니의 죽음에 대한 죄의식이라는 사실을 인식시킨다. 마유코는 노조무에게 다음과 같이 말한다.

"노조무의 경우는, 이 말과는 상황이 전혀 다르지만 결국은 와신상담이야. 잊어버리는 게 가장 좋은데, 잊어버리면 안 되는 것을 위해 뭔가 특별한 일을 하는 거야. 노조무는 최소한의 인간성을 유지하기 위해, 동생을 불길 그림 저편으로 보내지 않으려고 의식을 올리고 있는 거잖아? 또 그것과 반대로, 공상의 마지막 순간에 어머니라고 불렀지? 내가 아닌 것이 유감이지만, 그건 분명히, 노조무가 열 살 때 앞으로의 인생을 무리 없이 살아가기 위한 수단으로 어머니를 억지로 불길 그림 저편으로 밀어낸 것에 대한 반동이라고 생각해. 너는 그때 숙부와 숙모의 보호가 필요했으니까. 그리고 갑자기 나타난 동생에게 어머니 대신 애정을 쏟았지. 동생을 기리는 의식도 마더 콤플렉스의 일그러진 형상의 하나지. 어머니를 팽개친 것에 대한 죄의 보상의 의미일지도 모르고. 그래도 그런 무의식중의 갈등이 너의 정신 발육을 저해했다고 할 수는 없을 거야. 노조무는 건강하잖아. 정말 건

망증이 심하다니까. 너를 불량배로 만든 건 이 고장의 환경이지…….”[12]

마유코는 어린 노조무가 당시 숙부와 숙모의 보호가 필요하고 인생을 무리 없이 살아가기 위한 수단으로 어머니를 억지로 불길 그림 저편으로 밀어내었다는 사실과, 동생을 기리는 의식 역시 어머니에 대한 죄의식으로부터 나온 행동이라고 말한다. 마유코는 어린 시절 자신을 보호하기 위하여 실행하였던 노조무의 페르소나를 정확히 지적한다. 마유코는 그동안 노조무와 많은 이야기를 하면서 노조무가 가지고 있는 페르소나를 정확히 꿰뚫고 있었던 것이다.

노조무는 자신의 페르소나(가면)를 벗긴 마유코에 대하여 부정하고 분노하지만, 노조무 자신보다 마유코가 더 잘 그를 파악하고 있었다. 가면은 그것을 쓰고 있는 사람에게는 보이지 않기 때문이다. 프로이트는 역동적 개념으로 파악한 무의식이 대단히 강력한 힘을 가지고 있다고 주장한다. 이것에 대하여 리처드 월하임은 ‘역동적으로 무의식적인 생각은 첫째, 억압이 되었고, 둘째, 계속되는 압력에 의해 의식으로부터 추방되어 있는 것이다. 그리고 여기에서 무의식적인 생각도 두 가지로 구분되게 되는데, 하나는 의식화 될 수 있는 것이고 다른 하나는 아예 의식의 접근이 불가능한 것이다. 전자는 프로이트 이전에도 오랫동안 검토되어 온 것으로서 통상 〈전의식(前意識, preconscious)〉이라고 한다. 반면 후자는 〈무의식〉이라고 한다. 프로이트는 이 두 개념 사이의 경계가 명확히

12 현월 (2000) 「무대 배우의 고독」 『그늘의집』 문예춘추사, p. 220.

나뉘어 있고 그 차이는 인식의 강약 혹은 정신적 명석성의 정도 차이로는 설명될 수 없는 본질적인 차이라고 강조한다.'[13]

두 가지의 무의식적인 생각 중에서 노조무의 것은 의식으로의 접근이 불가능한 무의식이 아니고, 의식화 될 수 있는 무의식적인 생각, 즉 전의식이었다. 이것이 공상을 통하여 나타난 것이다. 공상은 노조무가 무의식중 전의식의 단계였기에 이것이 의식으로 발전하여 일어난 현상이다. 그런데 무의식적 상태가 스스로 의식적인 것이 되지는 않는다. 무의식적 상태가 의식적인 것이 되려면 그 중간에 연결고리가 놓여야 한다. 프로이트는 '무의식적인 상태가 어떻게 의식적인 것이 되는가'라는 질문에 대하여, '무의식적인 것은 그것에 상응하는 단어 제시와 연결됨으로써 의식적인 상태가 되는 것이 가능해진다'라고 대답한다.[14] 노조무에게 그 연결고리는 어머니였다. 노조무는 공상에서 '어머니'라는 단어 제시와 연결됨으로써 어머니에 대한 무의식이 의식으로 발전되어 나타났던 것이다.

그런데 노조무에게 어머니와 동생의 죽음이 그의 기억에 언제까지 남아 있었던 것에 비하여, 자신을 양육하였고 최근에 죽은 숙부와 숙모의 그 죽음은 갑자기 닥쳐와, 재빨리 불길 그림 저편으로 사라졌다. 숙부와 숙모의 죽은 얼굴도 사인도 그의 기억에서 사라진 지 오래였던 것이다. 이렇게 자신을 양육한 숙부와 숙모가 노조무의 기억에서 금방 사라

---

13 리처드 월하임 저, 이종인 옮김 (1999) 『프로이트』 시공사, p. 282.

14 같은 책, p. 296.

진 것은 그들이 그에게 부모로서의 역할을 제대로 해주지 못하였기 때문이라고 할 수 있다. 그리고 노조무도 이러한 숙부와 숙모에 대한 죄의식이 없었기에 그들의 죽음은 불길 그림의 저편으로 금방 사라져 버린 것이다.

앞에서도 말했지만 노조무가 주위의 비정상적으로 많은 죽음을 간단히 불길 그림의 저편으로 좇아버리는 것, 어머니의 죽음을 듣고도 제주도로 달려가거나 숙부에게 어머니의 소식을 좀 더 캐묻지 않았던 것, 동생의 죽음에 대한 태도, 이 모든 행동은 자아방어기제에서 나온 것이었다. 그리고 그가 동생을 기리는 의식을 올리는 것은 변형된 방어기제로 자신의 최소한의 인간성을 유지하기 위한 행동이었다. 노조무 본인은 이러한 자신의 행위에 대하여 정확한 이유를 몰랐지만 마유코는 노조무와의 이야기를 통해 이미 노조무의 무의식속에 잠재되어 있는 이러한 갈등요소를 간파하고 있었던 것이다. 그리고 그동안 노조무의 무의식 속에 억압되어 잠재되어 있던 어머니의 죽음에 대한 죄의식은 그가 카라반에게 저주당하는 공상 장면으로 표출되었던 것이다. 이렇게 노조무의 어머니와 동생의 죽음은 노조무의 무의식 속에서 나와 의식이 된다. 노조무는 마유코를 통하여 서서히 가면 뒤에 숨겨진 자신의 모습을 깨닫기 시작한다.

공상 속에서 카라반에게 쫓기던 노조무였다. 그러나 실제로 십여 년만에 만난 카라반은 예전과 달라진 것이 없었다. 노조무를 만난 카라반은 그의 어머니에 대하여 말한다.

> 얼굴을 마주하는 게 무척 오랜만이군. 마망(馬望). 네 어머니는 내 앞에서는 그렇게 불렀어. 망이라는 이름은 한국에서는 잘 쓰지 않는다며 불만스러워했지. 난 지금도 그때 일을 선명히 기억한다. 꽤 오래전의 일인데도 마치 엊그제 일처럼 느껴지는군. 그때 나한테는 힘이 없어서 네 어머니를 구해주지 못했지.[15]

이러한 카라반의 말에 대하여 노조무는 '구하지 못한 것은 나다'라는 생각이 솟구치고, 지금이라면 어머니를 구할 수 있다고 생각한다. 노조무가 어머니에 대하여 그러한 감정을 가진 것은 처음이었다. 이렇게 노조무는 어머니를 구하지 못했다는 것에 대해 극심한 죄의식을 느끼고 있었지만, 어머니를 구하지 못한 것은 그의 책임이 아니었다. 그 당시 노조무는 너무 어렸었다. 당시 어른이었던 카라반조차도 힘이 없어서 노조무의 어머니를 구할 수 없었다. 요컨대 당시 어린 노조무가 할 수 있는 일은 아무것도 없었던 것이다.

무의식은 바로 노조무 자신이며, 자신의 일부인 것이다. 개인은 무의식의 존재를 인정함으로써 인간적인 성숙을 기대할 수 있다. 고통스러운 현실을 맞닥뜨리더라도 피하고 외면하면 결코 치유가 되지 않는다. 이 악물고 아픈 현실과 마주서야 한다. 자신 안의 상처를 치유하는 것은 오로지 자신의 몫이며 자신 안에 힘이 생기고 튼튼해져야 화해할 수 있고 용서할 수 있는 것이다.

15 현월 (2000) 「무대 배우의 고독」 『그늘의집』 문예춘추사, p. 249.

이제 노조무가 해야 할 것은 그러한 현실(現實)을 인정하는 일이었다. 그 당시 자신은 너무 어려서 어떻게도 할 수 없었다는 것, 어머니를 구할 수 없었다는 것을 인정하는 것이다. 현실을 인정함으로써 그는 어머니의 죽음에 대한 죄의식으로부터 벗어날 수 있는 것이다. 그리고 어머니의 죽음을 마주 대할 수 있는 것이다. 카라반에게 어머니에 대한 이야기를 듣고 노조무는 그 당시 어쩔 수 없었던 자신의 모습을 인정한다. 비로소 노조무는 어머니의 죽음을 이해하고 죄의식으로부터 벗어난다. 노조무의 페르소나는 탈각된다. 노조무는 페르소나를 벗고 무대(舞台)에서 내려온다.

이렇게 노조무는 카라반의 도움으로 무의식 속에 억압되어 잠재되어 있던 어머니의 죽음에 대한 죄의식에서 완전히 벗어나게 된다. 어머니의 죽음에 대한 죄의식에서 벗어난 노조무는 자신의 집으로 들어오라는 카라반의 제안을 단연코 거부하면서 자신은 자신의 길을 걸을 것이라고 말한다. 이제 노조무는 자기실현(自己實現)[16]의 길을 걸어갈 수 있을 것이다. 자기실현은 무의식을 의식화함으로써 가능하다. 무의식을 의식화함으로써 인간은 자신 자신의 본성과 조화를 이루면서 살아갈 수 있다. 이렇게 무의식은 의식에 대하여 보상적 관계에 있는 것이다.

노조무는 변화한다. 노조무는 어머니의 죽음에 대한 죄의식에서 벗어나는 것과 동시에 동생의 죽음의 기억으로부터도 벗어나게 된다. 노조

16 자기실현을 하는 데 있어서 첫째는 자아에 덮어씌운 페르소나를 벗기는 일이며, 둘째는 자아를 무의식의 내용의 암시적인 힘에서 구출하는 일이라고 융은 말한다. (이부영(2006) 『분석심리학』 일조각, p. 121)

무는 동생의 죽음에 대한 죄의식에서 벗어난다. 동생의 죽음도 역시 노조무 자신의 잘못이 아니었다. 동생은 몸이 약해서 죽었던 것이다. 어머니를 구할 수 없었던 것과 마찬가지로 그가 동생을 구할 수는 없었던 것이다. 처음에 공원의 미끄럼틀에서 동생의 죽은 이미지를 보고 노조무는 '그저 압도당한 채 무릎을 꿇을 뿐'이었지만 이제 그는 동생을 기리는 의식을 올리지 않는다. 그는 미끄럼틀로 다가가 마음을 집중시켜 보았지만 '동생의 모습을 떠올릴 수가 없었'다. 비로소 그는 동생의 죽음으로부터 자유로워진 것이다.

공상과 현실 속에서 방황하는 노조무는 지금까지 한 번도 진정한 의미의 대결을 해본 적이 없었다. 그는 자신의 생활을 게임 감각으로 즐겨왔다. 이것은 죄의 보상을 찾아 헤매고 있던 노조무에게는 어쩔 수 없는 일이기도 했다. 하지만 어머니와 동생의 죽음에 대한 죄책감에서 벗어나고 마유코가 없어진 지금, 비로소 그의 생활은 행동으로 돌진할 이유가 생긴다. 그는 이제 절실해질 것이다. 노조무는 '본 무대는 이제부터이다'라고 생각한다. 이 작품의 마지막 장면에서 노조무가 경찰조사를 받고 있는 소년에 대하여 '힘내'라고 말하는 것은 소년이 아니고, 오히려 자기 자신에게 말하는 것이라고 할 수 있다. 소년에게 그렇게 말하고 노조무가 공원을 온 힘을 다해 달려가기 시작하는 것은 자기실현을 위한 마음가짐이라고 생각한다.

5. 결론

이상, 현월의 『무대 배우의 고독』에서 주인공 노조무의 성장 과정을 통하여 노조무에게 페르소나와 공상이 어떻게 나타나고 있는지 고찰하여 보았다.

요컨대 어린 노조무는 주위의 비정상적으로 많은 죽음에 대하여 자기 보호를 위하여 자기방어기제를 실행한다. 그는 가까운 사람들의 많은 죽음에 대하여 애도와 슬픔의 시간을 가지지 않고, 그들의 죽음을 불길 그림 저편으로 쫓아버린다. 노조무에게 페르소나가 형성된 것이다. 그에게 죽음은 단지 그림엽서를 보는 것처럼 아무 감정이 없는 것이었다. 그것은 어머니의 죽음에 대해서도 마찬가지였다. 그러나 동생의 죽음에 대해서는 달라진다. 노조무는 동생의 죽음을 불길 저편의 기억으로 보내지 않고, 그를 기리는 의식을 올린다.

이러한 노조무의 페르소나는 그와 많은 이야기를 나누었던 마유코에 의하여 간파된다. 그리고 공상에서 한국 성당의 신부였던 카라반에 의하여 노조무는 자신의 무의식 속에서 억압되어 감추어져 있던 어머니에 대한 죄의식을 표출하는 것이다. 그리고 현실에서 카라반의 도움으로 어머니와 동생의 죽음을 인정하고, 비로소 어머니와 동생에 대한 죄의식에서 벗어나게 된다.

그동안 현실과 공상 속을 방황하며 적당히 게임 감각으로 살아온 노조무였지만 어머니와 동생에 대한 죄의식에서 벗어난 노조무는 자신의 길을 걸어갈 것이다. 이제까지 그는 마유코에게 감싸 안긴 애벌레였다.

하지만 지금부터 그는 애벌레에서 탈피한 성충이 되어 하늘을 날게 될 것이다. 이것은 그동안 그와 대화 상대를 해주었고 그의 무의식의 세계를 알려주었던 마유코가 없기 때문에 더 절실해질 것이다. 노조무는 페르소나와 공상에서 벗어나 자아를 회복하여 비로소 자기실현의 길로 들어서게 된다.

06. 현월(玄月)

「땅거미(宵闇)」에 나타난 성(性)

─공동체의 남성과 여성─

1. 서론

현월(玄月)은 그의 일련의 작품을 통하여 '재일 한국인 사회'라는 소수집단에서 벌어지는 부조리를 파헤치며 인간의 근원적 악(惡)과 폭력을 주시해왔다. 현월은 작가 자신의 정체성의 발로이기도 한 재일 한국인의 군상(群像)을 소설에 투영시키면서도 동시에 인간의 존재 양상을 정확히 포착하는 데 성공했기에 그의 소설은 보편성을 획득하고 있다.

현월은 「땅거미(宵闇)」(『文学界』 2000년 3월)에서도 역시 인간의 근원에 자리하고 있는 '악'과 '폭력'이라는 주제 의식을 여실히 보여주고 있다. 「땅거미」에서 더 이상 성(性)은 남성과 여성의 관계맺음이나 화합이 아닌 폭력이라는 힘의 원리에 따라 작동되는 일종의 '성—폭행'이라는 권력 구조로써 존재한다. 이는 소설의 배경이 되는 '마쓰리'라는 비일상적인 공간에서, 즉 광기 어린 여름 축제의 황홀경 속에서 더욱 은밀히 자행되고 있음에 주목할 필요가 있다. 「땅거미」의 주인공인 지카(チカ)가 겪고, 목격하고, 나아가 소문으로 듣는 일련의 사건들을 통해 우리는 성(性)이 단순한 인간의 존재 양식이 아닌, 힘의 지배와 권력의 구조 아래 철저히 귀속되어 있음을 파악할 수 있다.

「땅거미」에서 나타나고 있는 일련의 사건에 관계하고 있는 인물들은 다음의 세 가지로 나누어 분석할 수 있다. 우선 가학적인 성을 표상하는 '남성'과 그러한 지배적인 성에 억압받는 '여성', 마지막으로 물리적인 사건에는 직접적으로 개입하지 않으나 소문이라는 형체 없는 모습으로 관계하고 있는 마을의 '제3자'들이다. 본서에서는 「땅거미」에 나타난 '성'과 '폭력'을 심층적으로 분석하기 위하여 '남성'의 경우, '여성'의 경우, 그리고 마을 사람들이라는 '제 3자'의 경우를 통하여 각각 고찰하려고 한다.

2. 「땅거미」에 나타난 가학적인 성; 남성의 경우

마쓰리가 현대 일본 사회에서 개인이나 집단 그리고 지역사회에 대해서 수행하는 역할과 기능은 실로 다양하다. 마쓰리는 마을 사람들이 일상생활의 불만을 일시에 날릴 수 있는 욕망의 분출구 역할을 한다.

> 마쓰리는 마쓰리에 참가하는 개인으로 하여금 일상으로부터의 해방감을 느끼게 해준다. 마쓰리의 시공간은 바로 일상을 벗어난 카오스와 엑스터시의 시공간이다. 마쓰리는 일상생활에서 할 수 없는 것, 혹은 하지 못하게 금지된 것들로부터의 해방 공간인 셈이다. (중략) 본래 축제의 시공간은 일상의 부정이며 정지이기 때문에 일시적으로 해방된 공간이 형성된다. 일상의 시공간을 비일상의 시공간으로 전환시킴으로써 얻게 되는 카오스의 해방 공간과 거기서 얻게 되는 희열감과 도취감이 마쓰리의 최대 매력이라고 볼 수 있다.[1]

---

1 김후련 (2005)「전통과 현대의 퓨전문화, 마쓰리」『국제지역정보』한국외대 외국학종합연구센터, pp. 86-87.

또한 마쓰리는 공동체의 질서 유지와 재생산에 기여하는 기능을 가진다. 그러므로 마을의 갈등을 재통합하는 마쓰리는 '지역 공동체의 공동의식, 즉 지역사회에의 아이덴티티 확인의 핵이며 가장 큰 수단으로 인식되어 있'[2]는 것이다. 마쓰리는 일 년에 한 번 있는 마을의 여름 축제로서 신사(神社)에서 단지리(山車)가 나가면서 그 절정을 맞게 된다. 단지리가 마을을 달려가는 광경은 마쓰리의 클라이맥스이자 최고의 구경거리이다. 마쓰리(여름 축제)에서 마을 사람들은 흥분된 상태로 환상의 시공간으로 빠져 들며 일상의 고단함을 잠시 잊고 해방된 시간을 만끽한다. 특히 마쓰리에서 남성들은 비정상적인 집단 환각의 세계에 빠져든다.

현월의 「땅거미」의 배경이 되는 마쓰리는 일상에서 벗어난 비일상의 세계(世界)이다. 「땅거미」의 세계는 어스름이 몰려오는 땅거미라는 시간과 비일상적인 마쓰리라는 공간이 어우러져 발생하는 환상의 세계이다. 비일상적인 환상의 세계가 펼쳐지는 마쓰리에서는 일상적 세계에서 일어나기 어려운 사건들이 일어난다. 인간의 이성으로 지배되고 절제되는 낮의 시간을 넘어 비이성과 광기가 깨어나는 밤과의 경계적 시간인 '땅거미', 이 불안한 시간인 땅거미는 비일상의 마쓰리라는 혼돈과 광기가 용인되는 공간과 맞물려 작중 인물들에게 엄습해 온다. 그리고 바로 거기에서 일어나고 있는 정체 모를 성폭행 사건은 사건으로 인식되지도 않은 채 마을 한 구석에서 그저 벌어지고 또 아무 일도 일어나지 않은 듯 지

2 김양주 (2005) 『축제의 역동성과 현대 일본 사회-시만토강 유역사회와 '마쓰리'의 인류학』 서울대학교 출판부, p. 353.

나간다.

「땅거미」에서는 지카라는 인물의 진술을 통하여 과거 성폭행을 당한 사건을 회상하는 방식으로 구성함으로써 남성이 성적 폭력을 가하는 과정이나 그것이 발생하게 된 배경 등이 구체적으로 언급되어 있지 않다. 단지 마쓰리 기간에 남성들이 지카에게 성폭력을 가했고 그로 인해 20여 년의 시간이 흐른 뒤에도 그녀가 여전히 정신적 외상에 시달리고 있음을 짐작할 수 있을 따름이다.

「땅거미」에서 지카는 사촌동생인 유우(ユウ)의 방문으로 10여 년간 피해왔던 동네 여름 축제에 참가하게 되면서 고통스런 옛 기억을 떠올리게 되는데 그것은 당시의 성폭행의 기억이었다. 지카는 그때의 충격으로 그동안 동네 여름 축제에 가지 못하고 있었지만 올해에는 유우의 방문으로 어쩔 수 없이 참여하게 된 것이었다. 그런데 비일상(非日常)의 세계인 여름 축제 때에 여성에 대한 성폭행의 행위는 비단 지카의 경우뿐만이 아니고 계속 발생하여 왔다.

그러므로 지카는 나라(奈良)에서 여름 축제를 구경하러 온 유우에게 '단지리 구경하는 건 좋은데, 언닌 말이야. 끝난 후에 네가 그 애들이랑 노는 건 찬성할 수 없어. 축제가 끝난 후에는 다들 흥분하기 마련이거든'이라고 말하면서 여름 축제에 흥분한 남성들의 비정상적인 행동을 주의시키고 있다. 지카가 유우에게도 그런 일이 있을 것을 미리부터 염려하는 장면에서 마쓰리라는 배경이 그러한 성적 폭력을 발생시키는 주된 요인이 되고 있음을 알 수 있다. 그녀는 비일상적 상황인 축제에서 흥분한 상태에 있는 사람들이 억눌려 있던 광기를 분출하면서 그것이 폭력적 형태로 나타날 가능성에 대해 경계하고 있는 것이다.

비일상적인 여름 축제에 참가하는 남성들은 집단 환각 상태를 경험한다. 여름 축제에서 남성들은 어린아이부터 어른에 이르기까지 비정상적인 집단 환각에 빠져들고, 여성들은 축제에 지나치게 몰두한다. 마쓰리에서 비정상적인 집단 환각에 빠진 남성들은 현실에서 일어날 수 없는 가학적인 일을 생각한다. 지카를 성폭행한 남성의 행위는 마쓰리라는 비일상적인 시공간 속에서 발생한 광기어린 것이었다. 여성에 대한 이러한 남성들의 성(性)에 대한 인식은 이후, 왜곡된 남성 지배 의식을 형성한다.

여기에서 여성에 대한 남성들의 성 의식이 얼마나 가학적인 것인지를 살펴보자. 지카는 축제날 집에 돌아오지 않은 유우에게 무슨 일이 일어났는지 당시 그녀와 함께 있었던 다쓰노부(タツノブ)와 마(マー)를 만나 물어보게 되는데, 그 과정에서 그녀는 여성에 대한 폭력을 폭력이라고 인식하지 못하고 오히려 유우에게 잘못을 뒤집어씌우며 죄의식조차 느끼지 못하는 '남성'의 모습을 발견하고 있다.

우선 당시 유우와 함께 있었던 고등학생인 다쓰노부의 경우를 살펴보자. 축제가 끝난 뒤 다쓰노부와 아이들은 유우와 다른 두 명의 여자아이를 포함해 10명이 함께 개축 중인 집에 몰래 들어간다. 그때 다쓰노부는 단지리 행렬 때 마와 유우가 둘이서 재미 보고 있지 않았냐고 마를 추궁하는 것이다.

"그러자 다쓰노부가 갑자기 일어나서 나도 한 번 하자며 바지 벗는 시늉을 했어. 유우는 웃으면서, 누구랑 하는지는 내가 결정하는 거야, 안 그래,

마? 하면서 내 어깨에 머리를 기댔어. 다쓰노부의 얼굴이 일그러지는 걸 본 순간, 난 코를 얻어맞고 쓰러지고 말았어. 다쓰노부가 유우의 손을 잡아끌고 안에 있는 방으로 가려고 했는데, 다른 남자애들이 나도, 나도, 하면서 몰려가는 모습은 안 봐도 잘 알 수 있었어. 유우가 알았어, 알았다니까, 이 손 놔. 하지만 한 사람만이야, 라고 하자 남자아이들은 가위바위보를 하기 시작했어." [3]

이것은 중학생인 마의 진술이지만, 여기에서 다쓰노부를 포함한 남자아이들에게 유우를 한 사람의 여성으로서 인격적으로 대하는 자세는 보이지 않는다. 그들에게 있어 유우는 성적 욕구를 해소하기 위한 단순한 대상에 지나지 않는다. 유우가 그것은 '내가 결정하는 거야'라고 하면서 웃음으로 무마하며 마의 어깨에 기대어보지만 다쓰노부는 폭력으로 마를 제압해버리고 유우를 끌고 방 안으로 들어가 버리려고 한다. 그리고 남자애들은 이러한 다쓰노부를 말리기는커녕 자신들도 유우와 성행위를 하기 위해 가위바위보를 할 뿐이다. 여기에서 여성은 단지 남성들의 '성(性)'을 위한 수단으로 전락해 버리는 것이다.

유우의 말을 무시하고 자신들끼리 가위바위보로 순서를 결정하는 남성들의 모습은 이미 그들 의식 속에 감추어져 있던 성에 대한 비이성적 관념과 광기를 대변하는 것이라고 할 수 있다. 유우가 상대는 '내가 결정하는 거야'라고 성적 자기결정권을 주장하지만 여성을 성의 대상으로만

3 현월 (2000) 「땅거미」 『나쁜 소문』 문예춘추사, pp. 182~183.

인식하는 그들에게는 아무런 소용이 없는 일이었다. 이것은 여름 축제 때에 마을 남성들이 빠져있는 집단 환각의 상태에 다름 아니다. 여름 축제 때에 마을에서 이어져 내려오는 집단 환각의 악습은 축제에 흥분 상태인 중, 고교생들의 남성에게도 면면히 이어지고 있는 것이다.

그런데 유우를 가지고 남성들이 실랑이를 하고 있을 때, 경찰이 그들이 있는 곳을 찾아오고 각성제를 마시고 있던 모두는 황급히 도망간다.

> "다들 잽싸게 도망가더라고. 사촌동생은 마와 같이 신사 쪽으로 뛰어갔어. 그렇지만 마는 경찰이 무서워서 곧 집에 간 모양이니까. 그 애, 지나가는 남자한테 걸려든 거 아냐? 그 애는 그런 계집애야."[4]

유우의 사촌언니인 지카 앞에서 거리낌 없이 '지카 누나한테 이런 이야기 하긴 싫지만, 그 사촌동생, 여간이 아니더라구'라고 말하는 다쓰노부의 모습은 마냥 태연하기만 하다. 유우가 '그런 계집애'이므로 '지나가는 남자에게 걸려들었을' 것이라는 다쓰노부의 태도는 각성제까지 사용하면서 여름 축제에 빠져 있는 그가 여성을 어떠한 방식으로 보고 있는지 확연하게 드러낸다. 다쓰노부는 어떠한 죄의식도 없이 유우가 '그런 계집애'이므로 성을 위한 수단으로 하여도 가능하다는 도식을 통해 자신의 폭력적인 행동을 합리화하여 버린다. 여기에서 여성에 대한 다쓰노부의 평상시의 인식과 그러한 인식에서 나오는 폭력적인 행동의 실체

4 같은 책, p. 181.

를 알 수 있다.

여름 축제 때 집단 환각 상태에 있는 익명의 군중들은 마을 공동체에 전해져 내려오는 악습에 빠져든다. 「땅거미」에서 성폭행의 가해자는 주인공인 지카에게 매우 친숙한 북치는 오빠였을 수도 있고, 포장마차 오빠였을 수도 있다. 누구였는지 모르지만 분명한 것은 그들 역시 일상에서는 매우 정상적인 마을 사람들 중 한 사람이라는 것이다. 유우에게의 가해자 역시 누구인지 특정되지는 않았지만 마을 사람들 중 한 사람이고 그 역시 일상에서는 극히 정상적인 사람이었을 것이다. 그러나 비일상인 여름 축제에서 집단 환각 상태에 빠진 남성들은 이성을 잃은 행동을 한다. 여름 축제 기간에 마을에서 남성들은 익명의 다수로 되어 계속 성폭행 사건을 일으킨다. 그리고 이러한 성폭행 사건은 마쓰리가 끝난 뒤에 남성들의 삐뚤어진 성(性) 의식을 형성하는 것이다.

한편 비일상적인 여름 축제는 남성뿐만이 아니라 여성들에게도 이상(異常)한 흥분한 상태를 불러일으킨다. 축제에 참가하는 여성들은 사람들이 뿜어내는 열기에 '지나치게 몰두한' 상태에 빠져 들어간다. 특히 사물에 대한 이성적인 판단이 어려운 어린 여성의 경우에 이러한 현상이 극심하게 일어난다. 실제로 어린 시절 지카도 비일상인 여름 축제에서 '지나치게 몰두한' 상태에 있었던 것이다.

지카는 여름 축제에서 '지나치게 몰두한' 상태를 경험한다. 여기에서 몰두한 상태란 '나'에게 찾아오는 환상을 말한다. 지카는 축제라는 비일상인 공간적 배경과 함께 그 열기에 의해 '지나치게 몰두한 상태'일 때 성폭행을 당한다. 그녀는 일 년에 한 번뿐인 여름 축제에서 능동적이며 홍분을 주체하지 못하는 상태가 되는데 이때 어디선가 '목소리'가 들려오고 손길이 닿는다.

> 지짱, 지짱…… 민가가 빽빽이 들어선 조용한 골목에서는 소리가 메아리쳐 뜻하지 않은 방향에서 들려오는 경우가 자주 있습니다. 소리가 난 곳을 두리번거리며 찾고 있는 나의 손을 갑자기 커다란 손이 붙잡았습니다. 나는 그 손을 덥썩 물었습니다. 손이 움츠러든 곳은 집과 집 사이에 열려진 대문 안의 깜깜한 어둠 속이었습니다.[5]

지카가 자신의 체험을 묘사하는 장면이다. 지짱이라는 소리가 들리고 지카는 그 목소리를 찾아서 골목으로 들어간다. 지카는 성폭행을 당하지만 상대가 누군지 알지 못한다. 하지만 커다란 손이 지카의 손을 잡았다는 것으로 볼 때 축제에 참가한 어른 남성이라는 것은 추측할 수 있다. 그리고 그 다음 해도 그 다음 다음 해도 '지나치게 몰두한' 상태라서 움직이지 못하게 된 지카를 부르는 목소리가 어둠 속에서 들려온다. 이렇게 여름 축제에 '지나치게 몰두한' 상태에 있던 지카는 열 살 때부터 몇 년 동안 누군지 알 수 없는 남성들로부터 성폭행을 당하는 것이다.

그런데 여름 축제에서 이렇게 '지나치게 몰두한' 상태를 경험한 여성은 지카만이 아니었다. 「땅거미」에서는 비단 지카뿐만이 아니고, 요시나가(吉永) 씨 댁 막내딸이나 유우의 경우까지 모두 다섯 명의 여성들이 축

5 같은 책, p. 150.

제에 '지나치게 몰두한' 상태를 경험한다. 그들은 축제에 '지나치게 몰두한' 상태에서 남성으로부터 여러 가지 정황상 성폭행을 당하였지만 그들에게는 어떠한 기억도 없다. 축제 때 남성들의 성폭행은 대상 여성에게 행위에 대한 기억조차도 남기지 않을 정도로 여성들을 물질화한다. 그리고 「땅거미」에서 등장하는 남성은 단순히 성폭행으로 끝나는 것이 아닌 일종의 비이성적 '표식'을 여성의 신체에 남겨두고 있는데, 이것은 작품 속에서 인간의 '악(惡)'의 한 형태인 폭력성을 더욱 잔혹하게 드러내 보이는 역할을 한다.

이것은 여름 축제에서 '지나치게 몰두한' 상태에 빠진 여성에게 잘못이 있다고 할 수 있다. 하지만 어린 여성들이 축제에 '지나치게 몰두한' 상태에 있다고 하여도, 이러한 상황이 남성들의 성폭행의 정당한 이유가 되지는 않는다. 왜냐하면 축제 때 여성들의 남성에 대한 성폭력 행위는 발생하지 않기 때문이다. 이것은 물리적 힘의 문제이고, 권력 구조의 문제이다. 무엇보다 이것은 마을 공동체에서 전해져 내려오는 악습의 문제이다. 여름 축제의 악습에 물들어 있는 남성들은 이제 각성제까지 사용하면서 성폭행의 대상을 물색하고 있는 것이다. 비일상인 여름 축제에서 남성들은 성폭행이라는 마을의 악습을 이어간다.

「땅거미」에서는 『나쁜 소문』에서 나왔던 가나코(加奈子)의 이름이 등장하고 있다. 『나쁜 소문』에서 가나코는 정육점을 하는 양씨 형제의 동생으로 오빠가 저지른 죄를 대신 속죄하는 여성으로 서술된다. 지카는 어릴 때 옆집에 살았던 가나코 언니의 이야기를 초등학교에 들어가서 알게 되는데 이것은 가나코의 '일'이 소문의 형태를 빌려 그 동네에 계속해서 알려지고 있는 것을 의미한다. 특히 지카가 초등학교에 다닐 무렵, 같은 반 남자아이가 자신의 손에 우유를 끼얹은 여자아이를 향해 '너도 정육점 누나처럼…… 속에서 병을 깨뜨릴 테야!'라고 외치는 모습은 그러한 소문이 어린 시절부터 남성들의 의식 속에 어떻게 받아들여지고 있는지를 분명히 알려준다. 젊은 여선생이 그 소리를 듣고 달려와 남자아이를 나무라지만 남자아이는 오히려 여선생을 들이받고 교실을 나가버릴 뿐이다.

즉 가나코에 대한 소문은 남성들이 여성에게 가하는 폭력을 아무렇지 않게 받아들이게끔 하는 역할을 하고 있음을 암시한다. 이렇게 마을의 남성들은 여성들에게 대하여 어릴 때부터 왜곡되고 잔혹한 성 의식이 몸에 배어 있는 것이다. 여성에 대한 이러한 잘못된 인식은 그들이 중학교에 진학하고 또 고교에 가도 별반 달라지지 않는다. 이것은 앞에서 설명했듯이 간단히 다쓰노부와 마의 경우를 보아도 알 수 있는 것이다. 현재 세대에서 일어나고 있는 마을의 악습은 그 다음 세대에서도 똑같이 발생할 것이다.

『나쁜 소문』에서 가나코나 뼈다귀의 여동생이 그러하였듯이 「땅거미」에서도 여성은 지극히 비이성적이고 비인격적인 방식으로 남성의 성적 도구화가 될 뿐이다. 『나쁜 소문』에서 가나코를 끔찍이도 아꼈던 양씨 형제이지만 그들의 '죄'[6]로 인해 가나코는 자신과 전혀 관계가 없는

---

6 가나코는 양씨 형제의 차를 치고 달아난 세 남자가 양씨 형제에게 붙잡혀 칼로 해코지 당하는 장면을 목격한 뒤 형제 대신 죄의식을 느끼고 그들을 찾아가 자신의 몸을 통한 성행위를 함으로써 사과한다. 이후 가나코는 주기적으로 그들을 찾아가 관계를 맺으며

남성들을 일부러 찾아가 오빠들이 했던 행위에 대한 보속의 의미의 성행위를 베푼다. 또 마지막에 그녀는 뼈다귀에게 잔혹한 방식으로 성기를 훼손당하기까지 한다.

또한 뼈다귀의 경우, 자신의 여동생이 수많은 남성들의 성적 상대가 되는데도 그것을 개의치 않을 뿐더러 일말의 수치심이나 불쾌감도 느끼지 않는다. 뼈다귀는 아무런 감정도 없이 여동생이 매춘으로 벌어들인 돈으로 먹고 살아간다. 이렇게 「땅거미」와 『나쁜 소문』에서는 여성(女性)이 남성(男性)의 의식 속에 어떻게 인식되는가를 잘 보여주고 있다. 여기에서 여성들은 남성들의 가학적인 성의 수단으로써 인식되고 있을 뿐이다. 단지 그것이 『나쁜 소문』에서는 매일 벌어지는 일상적인 일이었고, 「땅거미」에서는 여름 축제라는 비일상적인 시공간이었다는 것이 다를 뿐이다.

3. 「땅거미」에 나타난 억압받는 성; 여성의 경우

「땅거미」에서 다루는 중심 사건은 여름 축제 때에 일어나는 '성폭행'이다. 그곳에서 일어나고 있는 정체 모를 성폭행 사건은 사건으로 명명되지도 않은 채 마을 한 구석에서 그저 벌어지고 또 아무 일도 일어나지 않은 듯 지나간다. 땅거미는 낮의 빛으로 대변될 수 있는 인간 이성

죄의식을 떨치는 특이한 모습을 보이고 있다.

의 세계와, 밤의 어둠 속에서 스멀스멀 이빨을 드러내는 반이성과 인간의 광기 혹은 그 근원적 악의 경계이다. 현월은 「땅거미」에서 이 두려운 어스름의 시공간 속에서 불안하게 노출되어 있는 성(性)과 폭력의 양상을 통해 피해자인 여성들이 어떻게 억압받고 있는 가를 생생히 보여주고 있다.

「땅거미」에서 여름 축제 때 마을 여성들은 계속 '성폭행'을 당한다. 우선 소설 전체에 성폭행을 당하는 피해자가 주인공 지카와 사촌동생 유우, 요시나가 씨 댁 막내딸, 가나코 언니, 빨간 구두의 여자 등 모두 다섯 명이나 된다는 점을 파악할 수 있다. 무엇보다 가장 큰 문제는 다섯 명 모두 가해자인 남성이 누구인지 그 실체조차 파악하지 못하고 있다는 점이다. 축제에서 성폭행을 당한 여성들은 자신들을 억압한 남성들의 정체를 알지 못한다. 그리고 그 결과, 가해자와 피해자 양 측이 존재함으로써 성립되는 '성폭행'이라는 사건은 가해자는 증발해 버리고 피해자만을 남겨 놓는 최악의 사태로 이어지게 된다. 더더욱 끔찍한 것은 그 모든 책임은 피해자 혼자서 떠맡을 수밖에 없다는 것이다.

그리하여 피해자만 있고 가해자가 없는 이 해결 불능의 악습은 개개인의 여성이 잠재적 피해자이자 억압받는 개별자인 반면, 남성은 그저 힘을 가진 익명의 다수로 존재하고 있음을 알 수 있다. 다시 말하자면, '남성과 여성', 이 두 주체로 균형을 이루고 완성되고 화합되어야 할 성이 '폭력'이라는 힘의 지배 관계로 잔인하게 둔갑하고 있는 것이다. 이로써 남성은 성의 지배자로 군림하며 여성을 철저히 억압하는 잔혹한 불균형의 현상을 야기하고 있다. 「땅거미」에서 여성들의 성은 철저하게 억압받는다.

「땅거미」의 주인공 지카는 열 살 때에 축제에서 성폭행을 당한 이후, 매년 축제에 참가할 때마다 알지 못하는 남성들로부터 성폭행을 당한다. 여름 축제에서 그것이 무엇인지 알지도 못한 채 성폭행을 당하게 되는 지카에게 일어난 성적 폭력은 그녀에게 극심한 정신적인 충격을 주어 그 후유증은 상상을 초월하는 것이 된다. 성폭행이라는 단어를 이끌어낼 수 없을 만큼 어린 지카에게 폭력은 폭력이 아닌 형태로 그녀의 일생에 시도 때도 없이 찾아와 지우지 못할 상처로 남게 된다. 그 폭행은 지카의 일생의 한 순간 한 순간마다 연상되어 그녀가 남들과 같은 정상적인 생활을 할 수 없게끔 방해한다.

> 학교 공부도 암기는 잘 했어도 응용은 전혀 못했고, 몇 안 되는 친구들과 같이 있을 때는 친구들이 하는 것을 그대로 따라했고, 집에 있으면 아버지가 심부름을 시킬 때를 제외하고는 만화나 텔레비전도 안 보고 그냥 앉아 있거나 아무렇게나 누워 있거나 하는, 그런 넋 빠진 아이가 된 것은, 어려서부터 단지리 주위에서 미친 듯이 춤을 춘 그 원체험 때문임이 분명합니다.[7]

지카가 성폭행 사건으로 얼마나 충격을 받았는지 알 수 있는 대목이다. 그날의 사건은 지카에게 원체험(原体験)이 되어 그녀의 행동과 사고

7 같은 책, pp. 152～153.

에 큰 변화를 가져왔고 보통 아이들과 같은 일상생활조차 하기 힘들게 만들었다. 어렴풋한 느낌 속에 감지되고 있는 이 사건은 언제나 지카를 그곳에 묶어두고 정신적으로 괴롭힌다. 어린 여자아이는 '만화나 텔레비전도 안 보고 그냥 앉아 있거나 아무렇게나 누워 있거나 하는, 그런 넋 빠진 아이가 된' 것이다. 어린 시절의 이러한 사건은 '극히 평범한 여자가 됐어야 했'을 지카를 극히 평범한 여자가 되지 못하게 하고, 그녀의 마음속에는 '분노인지 초조함인지를 알 수 없는 작은 응어리가 마음 한구석에 생기'게 되는 것이다.

이렇게 지카는 정상적 사고가 불가능해졌을 뿐 아니라, 자주 어린 시절의 자신의 환영을 보게 되고 그날의 자신의 모습을 겹쳐보게 된다. 어릴 적 동네 사람들이 부르던 '지짱'이라는 호칭은 어디선가 아직까지도 자꾸만 환청으로 들려오고, 타인의 목소리 속 '지짱'은 그 옛날의 그 남자의 목소리와 겹쳐진다. 그날의 일을 결코 잊을 수 없는 지카는 더 이상 마을 축제에는 참석할 수 없게 되고 지난 일의 공포 때문에 혼란스러워한다.

또한 「땅거미」 속에 나타난 일련의 성폭력들은 피해자들이 의식하지 못하는 상황에서 벌어진다는 무의식의 속성을 지니고 있음을 간과해서는 안 된다. '타자'의 성폭행으로 인해 성적 수치감과 더불어 인간의 자존 의식이 박탈당하는 그 순간, 자신이 폭행당하고 있는지조차 모른다는 것은 피해자의 주체성이 모조리 파괴되고 있음을 의미하는 것이다. 지카는 고등학교 때 겪은 성폭행의 경험을 꿈이라고 생각한다.

꿈, 속인 줄 알았습니다. 거의 마비된 아랫배에서 입자 같은 것이 소용돌이 치고 있었습니다. 입자의 소용돌이는 아랫배를 떠나자 인두에 데인듯한 아픔이 되어 마루에 흘린 물처럼 순식간에 전신으로 퍼져 가는데, 그 상태를 나는 남의 일처럼 느끼고 있었습니다.[8]

지카는 성폭행을 '남의 일'처럼 느끼고 있다. 그리고 그녀는 '순간적으로, 이것은 가나코 언니가 당했던 일을 모의 체험하고 있는 게 아닐까 하고 생각'한다. 이러한 지카의 고백에서 알 수 있듯이, 성폭행이라는 타자에 의한 주체성의 억압을 의식조차 하지 못하고 남의 일로 받아들인다는 것에서 그 어떤 주체성의 여지도 남김없이 강탈당하고 마는 성폭행의 극도의 잔혹성을 인식할 수 있다. 나아가 지카가 '10년 전 여름 축제가 있었던 밤의 그 사건? 나는 완벽하게 길든 걸까요?'라고 자문하듯이 그녀는 성폭행에 길들여지기까지 한다.

지카는 그 경험에 대해 지금의 자신에게 결코 나쁜 기억이 아닐뿐더러 오히려 그리울 정도라고 말한다. 그녀는 일 년에 한 번밖에 없는 여름 축제의 밤, '나는 확실히 살아 있다는 것을 실감할 수 있는 극히 제한된 그 몇 시간 동안, 나는 온몸과 영혼을 바쳐, 아니, 피동적인 자세가 아니고 오히려 그리울 정도'라고 성폭행의 일을 기억한다. 그리고 고등학교 때 축제 기간의 신사에서 겪은 경험을 '나는 아픔으로 하반신이 완전히 마비됐는데도 어딘가 즐기는 것 같았'다고 말하고 있다. 이렇게 지카의

8 같은 책, p.168.

폭행에 순응된 모습을 보면, 성폭행이 여성의 자존감을 얼마나 파괴하고 있는지 알 수 있다. 지카는 가나코 언니가 당했던 일을 모의 체험하고 있는 게 아닐까 하고 생각하지만, 어릴 때 소문으로 듣던 가나코 언니가 당한 '일'이 이제 자신의 '일'이 되었던 것이다.

이러한 남성의 폭력적인 성의 억압은 여성이 성에 있어 소극적인지 혹은 적극적인지 하는 소위 조숙한 태도와 상관없이 일관되게 작용하고 있다. 성적으로 겁쟁이이던 지카와는 달리 사촌동생 유우는 성에 조숙했다. 지카는 어지간한 남자라도 그녀를 주체하지 못할 것이라고 생각한다. 유우는 자신의 음모를 메추라기 알 크기만큼만 남겨 놓을 정도로 성에 조숙해 있었던 것이다.

> 어젯밤 목욕하면서 본 윤기 있고 까무잡잡하면서 팽팽한 가슴과 허리, 그리고 무엇보다도 음모를 메추라기 알 크기만큼만 남겨 놓고 깔끔하게 깎아낸 그 솜씨에, 경험이 충분한 이성의 의지를 느끼지 않을 수 없는 그 부분을 목격한 나는, 키가 크고 앞가슴도 두툼해지고 얼마간 성 체험도 있을 장난기가 한창인 남자애들이라 하더라도, 정작 결정적인 순간에는 유우를 주체하지 못할 게 분명하다고 동정하는 마음마저 들었습니다.[9]

지카는 성(性)에 대하여 숙맥이었지만, 유우는 '그런 남자들을 어떻게 다루어야 하는지는 나도 잘 알아'라고 말할 정도로 성에 적극적인 모습을

9 같은 책, p. 141.

보이며 성의 자기결정권을 가지고 있는 여성이다. 그러므로 지카는 유우가 자신과는 다르다고 생각하고 오히려 그녀에게 기죽을 남성을 동정하기도 하지만 성폭력의 결과는 그녀가 상상한 것의 반대였다. 남성들의 성폭력은 여성이 성에 적극적이든 소극적이든 것에 관계하지 않고 똑같은 결과를 초래한다. 요컨대 '사랑하고, 몸을 요구당하고는 괴로워하고(성적으로는 정말 겁쟁이였습니다)' 성에 있어 소극적 자세를 보이는 주인공 지카와 성에 적극적이어서 음모 손질까지 매끈하게 한 사촌동생 유우의 성폭행의 후유증은 후유증의 크고 적음의 차이가 있을지언정 결코 다르지 않는 것이다. 성적으로 겁쟁이이던 지카와는 달리 성에 조숙했던 사촌동생 유우도 남성이 가하는 성폭력의 철저한 피해자로 전락할 뿐이다.

성폭력의 후유증은 성적 경험이 많고 적고의 문제가 아니다. 그것은 성적 결정권이 자신에게 있는가 없는가의 차이인 것이다. 성적 결정권이 자신에게 없을 때 그것은 폭력이 되고 그 후유증은 엄청난 결과를 초래한다. 유우가 성에 적극적인 모습을 보였어도 성의 자기결정권이 없었기 때문에 남성의 폭력에 힘없이 무너지는 것은 지카와 똑같은 것이다. 요컨대 성에 접근하는 개인의 의지나 자세와 전혀 무관하게 사회의 성적 억압의 희생양은 '어떤' 여성이 아니라 '모든' 여성임을 알 수 있는 것이다.

마을 공동체에서 집단 환각에 의한 성폭행이라는 악습은 시간이 지나도 멈추지 않고 대상이 되는 여성이 바뀔 뿐 계속된다. 앞에서도 언급하였듯이 여기에서 눈여겨볼 것은 남성의 성적 폭력이 여성이 전혀 인지하지 못하는 상태에서 진행되어지고 있다는 사실이다. 「땅거미」에서 성폭행을 당한 여성들은 모두 그러한 사실을 기억하지 못한다. 나중에 집에 돌아와 사분의 일 정도 떨어져 나간 자신의 유두를 보고 그것을 안 지카와, '이것 봐. 없어'라고 지카 언니에게 깎여나간 자신의 음모를 보이고 나서야 비로소 자신이 폭행당한 것을 자각하는 유우의 모습도 지카와 마찬가지이다.

지카와 유우뿐만이 아니라 성폭행을 당한 여성들도 모두 꿈결에 홀린 것처럼 당한다. '누구한테 무슨 짓을 당했는지 본인은 전혀 기억이 없다'는 요시나가 씨 댁 막내딸부터 시작해서, 신사(神社) 청소 중에 발견된 훗날 지카가 당했던 곳과 같은 위치에서 빨간 옷을 입은 여자가 마치 죽은 것처럼 누워 있었던 것도 그러하다. 그들 모두 성폭행을 당했을 것이라고 추측되는 상황과 또 아마도 성폭행을 당했을 것이라는 마을 사람들의 소문으로 자신의 '일'을 알게 되는 것이다.

이렇게 「땅거미」의 여성들은 성폭행을 당하지만, 자신들이 성폭행을 당한지도 알 수 없을 뿐더러 무엇보다 자신을 성적으로 억압하는 남성을 보지도 못한다. 보이지 않는 남성들에게 대항할 수는 없는 법이다. 피해자인 여성들은 그 어떤 주체성도 용인되지 못한 채, 보이지도 않고 저항할 수도 없는 남성들에게 철저하게 억압된 채로 끊임없이 당하고만 있는 것이다. 그리고 이러한 악습은 여름 축제 기간 중에 마을 공동체에서 계속 이어지는 것이다.

지카는 축제 도중 만난 작은 여자아이의 모습에서 어린 시절의 자신의 모습을 발견한다.

열 살쯤 되어 보이는 축제 옷차림의 여자아이가 하얀 버선을 신은 다리를 높이 올리고 모퉁이에서 이쪽으로 달려오고 있습니다. 눈앞을 지나갈 때 나는 앗! 하고 소리를 지르고 일어서고 말았습니다. (중략) 그 여자아이가 나일 리가 없습니다. 그러나 그 시절의 나와 같은 여자아이가, 그 시절의 나처럼 단지리 행렬이 지나가버린 후의 정적을 깨면서 모퉁이를 달려나가는 일이 없다고 말할 수 있을까요?[10]

지카는 열 살쯤 되어 보이는 축제 옷차림의 여자아이를 보고 어린 시절의 자신의 일을 기억한다. 이곳에서 모퉁이를 달려오고 있는 열 살쯤의 여자아이는 지카 그녀에 다름 아니다. 지카는 어린 시절 땅거미가 사라진 어둠 속에서 낯선 손으로부터의 기억을 떠올리며 저 여자아이에게도 같은 일이 일어나지 않을 거라고 단언할 수 없다고 생각한다. 이것은 집단 환각에 의한 여름 축제에서의 폭력이 현재의 열 살쯤의 여자아이에게까지도 계속되고 있다는 것을 암시한다.

여름 축제 때의 성폭행은 반복된다. 축제에서의 성폭력이 계속되리라는 것은 피해자인 여성들이 계속 발생되고 있다는 것에서 알 수 있다. 여름 축제 때 마을에서 이러한 행위가 계속된다는 것은 여성이 남성에게 억압받고 그 부당한 힘의 구속에 저항할 기력조차 빼앗긴 채 기어이 복종하고 마는 권력지배 관계를 의미한다. 이 구조는 마을 공동체의 악습의 은밀하고 내밀한 확대 재생산의 양상을 드러내고 있는 것이다. 여름

---

10 같은 책, p. 149.

축제에서 각성제를 흡입하는 중, 고교생의 행위와 가나코에 대하여 말하는 초등학생은 집단 환각에 빠져있는 남성들이 앞으로도 계속 이어지리라는 사실을 말해준다. 하지만 이와 같은 폭력적 현실에도 불구하고 여성들은 마을공동체의 유지를 위하여 계속 피해자로서 남아 있게 되는 것이다.

4. 「땅거미」 속 성(性)을 둘러싼 소문; 제3자의 경우

「땅거미」에서는 '성(性)을 둘러싼 소문'이 어떻게 '제3자'들 사이에 퍼지고 그것이 또 다른 폭력이 되어 소문에 관련된 사람들을 억압하고 있는지 보여주고 있다. 소문은 그 진실성 여부와 관계없이 사람들 사이에 퍼져 있는 사실 혹은 일종의 정보로서, 심리학에서는 '사람들의 공통의 관심사에 대한 정보가 사람들 사이에서 계속 전달되는 경우와 같이 우발적이며 비조직적인 경로를 통하여 전달되는 연쇄적인 커뮤니케이션'이라고 정의한다. 요컨대 소문은 '우발적이며 비조직적인 경로를 통하여 전달되는 정보'라고 할 수 있다.

또 한스 J. 노이바우어는 『소문의 역사』에서 소문이라는 단어의 역사를, '소문이라는 개념 자체는 메타포처럼 원래의 법학적인 맥락에서 여전히 무엇인가를 담고 있다. 왜냐하면 소문이라는 이 단어의 어원을 따져보면 소식, 비명, 외침, 평판이라는 의미뿐만 아니라 카오스, 대참사, 범죄 등의 의미와도 관련을 맺고 있다. (중략) 이것은 강간, 도둑질, 강도, 살인, 타살 등과도 유사한 뜻이다. 소문이라는 단어의 어휘사는 이미 비상사태에 대하여 암시하고 있다'[11]라고 설명하고 있다. 이렇게 하여 보면 소문은 비명, 범죄, 살인 등과 비슷한 것으로서 일상적이지 않고 정상적이지 않은 상태인 '비상 상태'를 의미한다고 생각할 수 있다. 소문이 퍼져 있는 상황은 이미 비일상적이고 비정상적인 상태인 것이다.

우선 「땅거미」에서 여성의 성(性)에 대한 '소문'이 사람들 사이에 어떤 식으로 유포되고, 제 3자는 그러한 '소문'을 어떻게 바라보고 있으며, 당사자들은 '소문'으로부터 어떤 식으로 고통받는지 살펴보도록 하겠다. 여름 축제에서 성폭행을 당한 지카는 집에 돌아가는 길에 동네 아주머니를 만난다.

> 어찌할 바를 몰라 멍하니 주저앉아 두 번째 생리가 갑자기 온 것 같다고 하는 내 말에, 아줌마가 슬프고 난처한 표정을 지은 것은, 내가 어렸을 때 어머니와 사별하고 아버지 밑에서 혼자서 자랐기 때문일 것입니다. 아줌마의 손을 빌어 일어났을 때, 조금 전에 제대로 올리지 않은 팬티 속에 괴어있던 걸쭉한 덩어리가 넓적다리를 타고 떨어지는 것을 알았습니다. (중략) 아줌마는 그 광경을 보고도 전혀 개의치 않은 모양으로, 머리띠를 풀러 발바닥을 닦고 있는 나에게, '어른다운 여자' 로서의 자각이 얼마나 중요한가를 득의양양하게 설교하는 것이었습니다.[12]

---

11 한스 J. 노이바우어 지음, 박동사, 황승환 옮김 (2001) 『소문의 역사』 세종서적, pp.278~280.

12 현월 (2000) 「땅거미」 『나쁜 소문』 문예춘추사, pp.151~152.

지카가 처음으로 '소문'에 포함되기 시작하는 장면이다. 지카의 장딴지로 흐르는 몇 줄기의 피를 바라본 아주머니가 슬프고 난처한 표정을 지은 것은 지카에게 일어난 일을 어느 정도 간파하거나 또는 이미 '그럴 것'이라고 추측하고 있기 때문일 것이다. 그러므로 그녀는 슬프고 난처한 표정을 짓기는 하였지만, 걸쭉한 덩어리가 넓적다리를 타고 떨어지는 광경을 보고도 전혀 개의치 않는 것이다. 동네 아주머니는 이러한 지카의 모습을 보고 그녀의 몸에 대하여 걱정하거나 안타까워하기는커녕 오히려 '어른다운 여자'로서의 자세에 대하여 득의양양하게 설교한다. 동네 아주머니는 지카가 잘못한 것이 아닌데도 이 '일'을 지카의 잘못으로 돌린다. 이것은 여름 축제에서 이미 이러한 '일'이 자주 발생하고 있기에 동네 아주머니가 익숙해져 있기 때문이라고 생각할 수 있다.

한편 그녀는 이제부터 지카에 대한 일을 마을 사람들에게 사실처럼 퍼뜨리고 다닐 것이다. 세상 어느 곳이나 소문은 동네 아주머니에게서 시작된다. 동네 아주머니는 소문의 가장 직접적인 전파자라고 할 수 있다. 실제로 동네 아주머니는 피해자에게 고통이 될 수 있는 소문을 아무렇지 않게 남에게 이야기하고 다닌다. 이것은 지카가 성년이 된 뒤에 만난 동네 아주머니가 '네가 벌써 졸업했으니까 하는 말인데, 난 여자아이가 축제에 너무 빠지는 건 별로 좋지 않은 것 같아. 3년 전 요시나가 씨 댁의 막내딸처럼, 무슨 일이 있었는지도 모르는 사이에 큰 코 다친 일도 있고, 아이들은 절제할 줄 모르니까 말이야'라고 지카에게 요시나가 씨 댁 막내딸에 관한 소문을 들려주는 것으로부터도 알 수 있다. 이것을 보면 분명 지카의 '일'도 3년도 지나지 않아서 '어른다운 여자'로서의 자세에 대하여 득의양양하게 설교하던 아주머니에 의하여 마을에 소문으로 전파되었다고 생각할 수 있다. 소문은 이렇게 소리 없이 또 사실 관계에 상관없이 마을 사람들에게 전달된다.

지카는 자신이 당했던 일과 비슷한 일을 겪은 다른 여성의 이야기를 들으며 자신도 그러한 소문의 일부가 되었을지 모른다고 생각한다. 자신의 '일'이 이미 소문의 대상이 되었다고 생각하는 지카는 마을의 남성들에게 순수한 마음을 가질 수 없다. 그녀는 만나는 남자마다 경계를 하게 되는 것이다. 지카는 우연히 마주친 포장마차 오빠를 보고 혼란스러워하는 모습을 보인다.

> 잠깐 숨을 돌린 나는 소름이 끼쳤습니다. 등에서 느껴지는 포장마차 오빠의 숨결이 갑자기 생생해져서, 그때까지 젖은 스펀지를 꾸욱 누른 것처럼 번지던 땀이 일제히 가셨습니다. 나는 견딜 수 없어서 뒤돌아보았습니다. 스테인리스 상자 건너편, 파이프 의자에 앉아서 담배를 피우고 있던 오빠는 애교스러운 표정으로 눈썹을 올리며, 왜? 라고 묻듯이 고개를 갸우뚱했습니다.[13]

지카가 포장마차 오빠로부터 이상한 기운을 느끼는 부분이다. 그녀는 '소름이 끼쳤습니다. 등에서 느껴지는 포장마차 오빠의 숨결이 갑자기 끈적거리기 시작했고, 그때까지 젖은 스펀지를 꾸욱 누른 것처럼 번

13 같은 책, p. 148.

지던 땀이 일제히 가셨'을 정도로 불안한 감정에 사로잡힌다. 지카는 과거 자신이 겪은 '일'이나 몇 차례의 소문을 접하면서 포장마차 오빠로부터 막연한 두려움을 느끼는 것이다. 그러나 뭔가 섬뜩한 느낌이 들어 돌아보는 지카를 향해 애교스러운 표정을 지어보이는 포장마차 오빠는 아무것도 모르는 표정을 짓는다.

여기에서 포장마차 오빠가 소문이라는 거울을 통해 지카를 바라보는 것인지 지카가 단지 피해의식에 젖어 지나치게 과민 반응을 보이고 있는 것인지는 확실히 알 수 없다. 그러나 그녀에 대한 소문이 발생하였을 가능성이 있다는 것은 충분히 생각해 볼 수 있다. 포장마차 오빠가 정말로 아무것도 모를 수도 있지만, 그가 마을에 퍼져 있는 소문을 듣고 자신의 눈앞에 있는 지카를 보면서 성적 욕구를 느꼈을지도 모른다. 요컨대 축제 때에는 으레 이러한 일이 있기 마련이라는 소문이 사람들의 인식 속에 있고 지카는 자신의 입장에서 그 소문을 받아들이고 있다고 볼 수 있다.

한편 참배 길에 우연히 마주친 갓친(かっちん)과 시게(繁) 오빠를 만나도 이유 없이 경계하는 모습에서 자신의 '일'에 대한 소문에 고민하는 지카의 모습을 발견할 수 있다. 그녀는 자신을 알고 있는 모든 마을 남성들을 두려워한다.

> 나는 몇 년 동안이나 소원했던 두 사람이 왜 이렇게도 친절히 대해주는지 잠시 생각했습니다. 어려서부터 '큰 지붕 아저씨', '북 아저씨'라고 부르면서 따라다녔고, 초등학교에 들어가서는 어른들이 하는 식으로 별명을 부르면서, 춤과 북채 놀림을 넋을 잃고 바라보기도 하고 열심히 흉내 내기

도 했습니다. 여름 축제가 가까워지면 어디선가 나타나 단지리를 손질하기 시작하는 10여 명의 남자들 중에서도 두 사람은 유독 진지하게 몰두했습니다……. 어쩌면, 이 두 사람은 나의 여름 축제에서의 체험을 모두 알고 있는 게 아닐까? 문득 이런 생각이 떠올라 몸서리를 쳤습니다. 그럴 리가, 그럴 리가 없어. 나는 웃어넘기고 싶었습니다. 그런데 눈물이 흘러나와 아무것도 보이지 않게 되었습니다.[14]

지카는 어려서부터 친밀하게 따라다니던 갓친과 시게 오빠에게서 어쩌면 이들도 실제로 자신에 관한 소문을 들어 알고 있는 것이 아닌가 하는 강한 공포심에 사로잡힌 모습을 보인다. 지카는 '어쩌면 이 두 사람은 나의 여름 축제에서의 체험을 모두 알고 있는 게 아닐까? 문득 이런 생각이 떠올라 몸서리를 쳤습니다'라고 고백할 정도로 혹여 그것이 밝혀 질까봐 두려워하고 있다. 그러면서 그녀는 이러한 지독한 현실에 대하여 하염없이 눈물을 쏟는 것이다.

앞에서 설명했듯이 「땅거미」의 주인공 지카는 자신에게 성폭행이 일어났는지조차 의식하지 못할뿐더러, 극심한 육체적 충격과 함께 정신적인 충격을 받는다. 정신적인 충격은 그녀의 정상적인 성장에까지 영향을 미쳤다. 그리고 이것에 더하여 그녀는 자신의 '일'에 대한 마을 사람들의 소문을 의식해야 하는 피해까지 받고 있는 것이다. 여름 축제 때의 사건이 마을 공동체에서 여성에게 얼마마한 억압으로 다가오고 있는지를 알

14 같은 책, p. 175.

수 있다.

소문의 위력은 한정할 수 없을 정도로 굉장하다. 지카는 여섯 살 때 만난 가나코 언니와의 만남을 초등학교에 들어간 후에 기억한다. 지카는 여섯 살 때 갑자기 이사를 간, 그녀의 집 근처에 살던 가나코 언니가 어떤 일을 당해서 동네에서 살 수 없게 됐는지를 초등학교에 들어간 후에 알게 되는데, 이것은 소문의 범위가 얼마나 커다란 것인가를 말해 준다. 지카가 어린 나이에도 이미 가나코 언니에 대한 소문을 듣고 있었다는 것은 그만큼 마을 사람들은 모두가 소문의 영향을 받지 않을 수 없다는 것을 이야기한다. 소문은 어른이나 아이에 관계없이 모든 사람에게 순식간에 그리고 광범위하게 퍼져 있는 것이다.

한편 소문은 같은 사건을 자신에게 유리하게 이야기하는 사람들의 진술에 의하여 왜곡되어 전파된다. 「땅거미」에서는 소문이 어떠한 방식으로 생성되고 또한 그것이 왜곡되어 가는지가 세 명의 아이들의 이야기를 통하여 나타나 있다. 요컨대 무리지어 같이 있던 다쓰노부와 마, 그리고 유우의 이야기가 각각 다른 것이다. 사건에 대한 세 명의 이야기가 각각 다르지만 이러한 이야기는 누구의 말이 진실임에 관계없이 각각의 이야기가 사실이 되어 소문으로 마을에 퍼져나가는 것이다.

축제에서 남성들인 다쓰노부와 마는 유우와 함께 있었던 시간을 자신들에게 유리하게 진술한다. 유우와 함께 있던 시간에 대하여 다쓰노부는 다음과 같이 말한다.

"그것보다 지카 누나한테 이런 이야기 하긴 싫지만, 그 사촌 동생, 여간이 아니더라구. 뒷정리가 끝나고 열두시쯤부터 무리를 지어 놀고 있었는데, 거기서 내가 마와 옥신각신하는 사이에 다른 남자애랑 몰래 빠져나가 어디론가 가려고 했어."[15]

유우 일로 자신을 찾아온 지카에게 다쓰노부는 '유우가 다른 남자애랑 몰래 빠져나가 어디론가 가려고 했'다고 진술한다. 또한 마는 유우의 이야기를 들으러 온 지카에게 '유우가 각성제를 흡입하였다'라고 진술한다. 이렇게 다쓰노부의 진술과 마의 진술이 엇갈리지만 유우가 행실이 좋은 여자가 아니라는 사실에서는 일치하고 있다. 진실이 무엇이든지 간에 이러한 그들의 이야기는 소문이 되어 퍼져갈 것이다.

즉 앞서 언급한 소문이 사건과 전혀 관련 없는 사람의 단순한 추측이나 전달에서 비롯되었다면, 다쓰노부와 마의 경우처럼 소문은 자신을 보호하거나 합리화하기 위해 사실을 왜곡하며 전하는 과정에서 재생산되기도 하는 것이다. 이때부터 소문은 진실 여부를 떠나 누가 먼저 많은 이들에게 자신의 이야기를 믿게 만드느냐에 따라 또 다른 형태의 폭력의 기제가 된다. 다쓰노부와 마는 지카 이외의 다른 이들에게도 자신의 왜곡된 이야기를 전할 것이고, 그것은 다른 여자들의 소문과 뒤섞여 제멋대로 생성되고 부풀려져서 마을에 일파만파로 퍼질 것이다. 여기에서 소문은 사실관계 여부를 떠나 사실이 된다.

그런데 이 사건에 대한 유우의 진술도 다르다. 유우는 이 사건에 대하

15 같은 책, p. 180.

여 지카에게, '자신은 각성제를 마시지 않았고, 슬슬 집에 가야겠다고 생각해서 망보는 걸 교대하러 나가는 남자아이를 따라 나갔다'라고 이야기한다. 이렇게 같은 사건에 대하여 세 사람의 진술이 각각 다른 것이다. 세 사람의 이야기 중에서 누구의 말이 사실인지는 알 수 없다. 어쩌면 세 사람의 진술이 모두 거짓일 수도 있다. 세 사람 모두 상황을 자신에게 유리하도록 거짓말을 하고 있는지도 모른다. 하지만 마을 사람들은 다쓰노부와 마의 이야기를 사실로서 받아들일 것이다. 성(性)에 대한 소문은 남성들의 욕망을 자극하여 다쓰노부와 마의 이야기가 왜곡되고 확대 재생산될 가능성이 훨씬 더 크기 때문이다. 여기에서 진실은 묵인된다. 설령 이 사건에서 유우의 말이 사실일지라도 앞으로 마을에서는 다쓰노부와 마의 이야기가 사실로서 받아들여져 그것이 소문이 되어 돌아다니게 될 것이다.

소문에는 사실도 있고 사실이 아닌 것도 있을 것이다. 그러나 그것의 사실관계 확인은 누구도 하지 않을 것이다. 단지 마을 사람들이 자신이 들은 소문에 의거하여 소문에서 들려지는 사람들을 평가한다는 것은 분명하다. 이렇게 마을공동체에서 여성들은 성폭행이라는 직접적인 육체적 충격과 함께 극심한 정신적인 외상, 그리고 소문의 대상이 되면서 마을의 희생양이 된다.

소문은 살아서 움직인다. 그리고 그것은 살아서 움직이기 때문에 스스로 생성되고 성장해 간다. 즉 가정이 추측으로 변하고 추측이 단정으로 변하며, 이 단정으로부터 다시 새로운 가정이 생기고 그것이 추측이 되고 단정(斷定)이 되어 가는 것이다. 이렇듯 소문은 그것의 진실 여부를 떠나 확실치 않은 몇 가지 팩트만을 가지고 관련자들의 감정은 개의치 않은 채 그들 주변을 맴돈다. 특히 성을 둘러싼 소문은 마을 남성들의 욕망을 자극하여 그 파동 범위는 상상 이상으로 거대해진다고 할 수 있다. 이렇게 「땅거미」에서는 성을 둘러싼 소문이 사람들의 호기심을 자극시키고 급속도로 확산되며 사람들의 입을 거치면 거칠수록 그들의 구미에 맞게 왜곡되어 결국에는 당사자에게 또 다른 크나큰 폭력으로 돌아오는 모습을 보여주고 있다.

「땅거미」에서 지카는 성폭행을 당한 유우에게 '걱정마, 다 끝난 일이야'라고 위로하지만, 이것은 다 끝난 일이 아니다. 마을에 그녀에 대한 소문이 은밀하게 돌아다닐 것이기 때문이다. 지카와 유우의 경험은 또다시 소문이 되어 마을에 떠돌 것이며 이러한 악순환이 이어지면서 앞으로도 마을에 이러한 일은 계속 발생할 것이다.

여름 축제에서의 성폭행 사건에 대한 지카와 유우의 후유증은 조금 다르다. 유우는 지카보다 이러한 충격에서 쉽게 벗어날 가능성이 있다. 성에 대하여 소극적인 지카보다 적극적인 유우의 충격이 적을 것이라는 사실은 명백하다. 실제로 유우는 성폭행 사실을 알고 충격은 받으나 '남자친구에게 혼나겠다'는 지극히 단순한 생각을 할 뿐이었다. 무엇보다 유우는 마을을 떠나 나라로 돌아간다. 마을을 떠나 나라로 돌아가 버리는 유우에게 마을 사람들의 소문은 들리지 않을 것이다. 그러나 이것은 단지 후유증의 많고 적음의 차이이지 후유증의 유무의 것은 아니다. 유우의 경우에도 자기 마을에 돌아가서도 성폭행의 후유증은 결코 사라지지 않을 것이다. 자신도 모르는 사이에 메추라기 알만큼 있던 음모가 깎여진 기억은 그녀에게 언제까지나 나쁜 기억으로 남아 있을 것이기 때문이다.

소문은 이어진다. 소문은 그것과 관련된 사람들에게 피해를 주기도 하지만 소문에 전혀 관계없는 사람들에게까지 영향을 주기도 한다. 예를 들어 「땅거미」에서 성(性)을 둘러싼 소문은 직접적으로 피해를 당한 위의 다섯 명의 여자들뿐만이 아니고, 직접적으로 피해 받지 않은 여성들에게까지도 적지 않은 위협이 되는 것은 말할 필요도 없다. 금붕어 놀이를 하던 지카 친구의 딸도 언제든지 성폭행의 위협에 놓여 있다고 할 수 있다. 소문은 아직 피해를 당하지 않은 여성들도 잠재적인 피해자로 만들어 버린다.

소문은 마을 사람들의 또 다른 집단 환각이며 또한 악습(惡習)이다. 축제 때 마을에서 남성들은 어른에서 청소년에 이르기까지 집단 환각 상태에 빠져 있는데, 소문도 집단 환각 상태의 한 형태라고 볼 수 있다. 여름 축제에서 남성들이 중, 고교생까지 집단 환각에 빠져 있다고 한다면, 소문은 남녀노소를 구분하지 않고 마을전체가 빠져 있는 집단적 환각과 악습의 세계라고 할 것이다. 비일상인 여름 축제 때의 마을 사람들의 집단 환각과 악습은 축제가 열리고 마을이 존재하는 한 계속되어질 것이다. 그리고 집단 환각 과정을 거쳐 일상생활에서의 스트레스를 푼 마을 공동체는 축제가 끝난 뒤 아무런 일도 없었던 것처럼 다시 일상의 생활로 돌아가도 마을의 소문은 계속 이어질 것이다.

5. 결론

본서에서는 현월의 「땅거미」에 나타나는 '남성'과 '여성', 그리고 '제 3자'의 성(性)에 대한 입장 및 태도를 살펴보았다.

요컨대 '마쓰리'라는 비일상적 시공간 속에서 벌어지는 성폭행에 대하여 그것을 바라보고 관계하는 사람들의 위치에 따라 분명한 차이가 나타나는 것을 발견할 수 있다. '남성'의 경우 그것은 이들 의식의 밑바닥에 깔려있던 폭력성이 비일상적인 마쓰리를 통해 분출되는 과정에서 여성을 물리적 힘으로 제압하고 일방적으로 성적 폭력을 가하는 형태로 나타난다. 이것은 지카가 그 '일'을 당한 지 20여 년이 흐른 뒤에도 여전히 계속해서 잔존해 있는 위험이며, 가나코에 관한 소문이 파급되는 양상이나 다쓰노부나 마의 진술을 통해 여성에 대한 남성의 지배적 성 관념의 모습을 유추할 수 있게 한다.

'여성'의 경우는 자신이 그러한 상황에 처해 있는지조차 알지 못한 채 무방비하게 성을 유린당하고 그로 인해 계속해서 정신적 외상에 시달리는 모습을 보이고 있다. 여성은 성적 주체성이 용인되지 않을뿐더러 가해자가 누군지조차 알지 못한다. 단지 그것은 잘려나간 유두나 깎여나간 음모처럼 비이성적인 신체변화를 통해서만 인식할 수 있을 뿐이다. 또한 여성에 대한 폭력은 이에 그치지 않고 사람들의 소문에 의해 확대 재생산되는데 그 과정에서 '제3자'가 또 다른 가해자가 되어 이들을 억압하고 있음을 발견할 수 있다. 소문은 욕망에 사로잡힌 남성들에게 유리하게 왜곡되고 편집되어 마을 사람들에게 파급된다. 요컨대 이것은 소문에 내재된 집단적 폭력성으로, 사실 여부를 떠나 마을 사람들의 입맛에 맞는 방향으로 조작되어지고 은폐되어지는 일종의 집단적 유희인 것이다.

현월은 「땅거미」를 통해 인간 내부에 잠재되어 있는 '악'이 어떠한 방식으로 발현되고 있는지 밝혀내는 과정에서, 특히 여성에 대한 남성의 성적 폭력이 '마쓰리'라는 특수한 환경을 빌려서 평소 억눌려 있던 광기가 집단 환각으로 표출된다고 본다. 축제라는 비일상적인 시공간에서 남성은 물리적 힘을 통하여 여성을 억압하고 폭력을 통한 지배적 구조를 계속해서 양산해내고 있고, 마을 사람들은 소문을 통하여 이것을 확대 재생산한다. 하지만 여성은 다중적인 피해로 고통 받으면서도 주체적으로 대항하지 못하는 피동성을 보여주고 있다. 현월은 「땅거미」를 통해 성(性) 문제의 부조리를 지적하면서 이러한 악습은 인간 사회에서 악순환처럼 반복된다는 것을 말하고 있다.

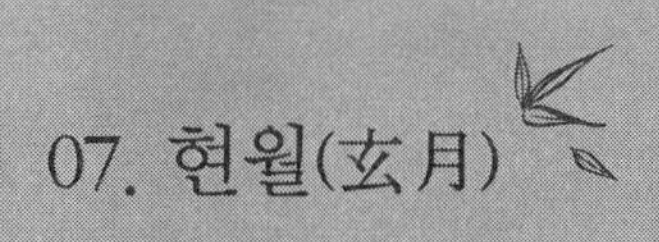

07. 현월(玄月)

현월(玄月) 문학 속의
재일 제주인

1. 들어가며

현월(玄月)은 1965년 오사카(大阪)에서 태어난 재일 한국인 2세로, 2000년 『그늘의 집(蔭の棲みか)』이 아쿠타가와(芥川) 상을 수상하면서 본격적으로 일본 문단에 등장한 작가이다. 그의 주요한 작품으로서는 「무대 배우의 고독(舞台役者の孤独)」『나쁜 소문(悪い噂)』『말 많은 개(おしゃべりな犬)』『이물(異物)』『권족(眷族)』 등이 있다. 현월은 현재 일본 문단에서 가장 활동적으로 활약하고 있는 재일 한국인 작가라고 할 수 있다.

현월은 재일 한국인이지만 재일 한국인의 특수한 상황을 묘사하는 것보다, 인간의 보편적인 면을 그리고 있는 작가라고 말할 수 있다. 그렇기 때문에 이소가이 지로(磯貝治良)는 현월 문학의 위상을 '탈구축과 구축의 더블 스탠딩'[1]이라고 평가하고 있다. 그의 말대로 현월은 일본의 소수집단인 재일 한국인이지만, 실존적인 인간 양상을 추구하는 작가라고 할 수 있다. 그러나 '더블 스탠딩'이라는 말처럼 현월은 작품 속에서 재일 한국인 사회를 그리고 있다. 요컨대 재일 한국인 사회에서 일어나는 인간의 실존적인 모습이 그의 작품의 핵심이 될 것이다. 본서에서는 현월의 주요한 작품을 중심으로 하여, 그의 문학에 있는 더블 스탠딩의 한 쪽인 재일 한국인의 모습에 대하여 살펴보기로 한다.

---

1 이소가이 지로(磯貝治良)『〈在日〉文学論』新幹社, 2004년 4월, p. 237.

2. 현월 문학의 재일(在日) 제주인

현월의 주요한 작품은 다음과 같다.

「무대 배우의 고독」은 1998년 4월, 동인지 『백아(白鴉)』 2호에 발표된 후, 그해 12월 하반기 동인잡지 최우수작으로서 『문학계(文学界)』에 게재되어 주목을 받은 작품이다. 「무대 배우의 고독」은 현월의 실질적인 데뷔작으로서, 그는 이 작품에서 주인공인 갱생한 불량소년 노조무(望)가 한 사람의 인간으로 성장해 가는 과정을 그리고 있다.

『나쁜 소문』은 1999년 5월호 『문학계』에 발표된 작품이다. 현월은 『나쁜 소문』에서 뼈다귀(骨)라는 인물을 등장시켜, 마을 사람들의 '소문'이라는 폭력과 뼈다귀의 물리적인 폭력을 비교한다. 『나쁜 소문』에서 '소문'은 집단 내부의 복잡하게 뒤얽힌 부정적인 감정을 분출하기 위한 대상 찾기로서 작용한다. 그리고 그 대상이 된 것이 뼈다귀였다. '소문'은 마을 사람들에 의해서 만들어지고, 전달되고, 확대된다. 마을 사람들은 단지 '소문'에 이끌리며, 그 '소문'이 사실인가 아닌가는 확인하지 않는다. 사실을 확인하기는커녕 그들은 '소문' 그 자체를 즐기고 있다. 이곳에서 '소문'의 진실은 매몰되고 이미 '소문'은 그것이 사실인가 아닌가의 문제를 벗어나 버린다. 물론 여기에서 '소문'이 사실인지 아닌지의 의미는 중요하지 않다. 단지 마을 사람들이 그 '소문'을 사실로서 받아들이는 것이 중요한 것이다. 사실로서 이해(理解)된 '소문'은 마을 사람들이라는 공동체사회(共同体社会)가 즐기는 유희가 된다.

『그늘의 집』은 1999년 11월호 『문학계』에 발표된 작품으로, 현월은 이 작품으로 아쿠타가와 상을 수상하였다. 『그늘의 집』에 의해, 그는 기성문단에 인정되면서 비로소 현월이라는 작가가 탄생되었다고 할 수 있다. 『그늘의 집』에서 주인공 서방은 75세로, 자신의 힘으로는 아무것도 할 수 없는 노인으로 설정되어 있다. 이 작품에서 서방이라는 인물은 무기력하고, 자신의 정체성(正体性)을 모르는 노인으로부터 탈주(脱走)의 과정을 거쳐 자신의 정체성을 되찾는다. 그는 탈주의 과정을 통하여 새롭게 다시 태어난다. 지금까지 아무것도 할 수 없었던 서방은 자신의 힘으로 나가야마(永山)의 소유로부터 벗어나고, 또 그것은 마지막에 경찰에 대항하는 과격한 행동으로 이어진다. 이러한 과정을 거쳐 서방은 나가야마와 대등한 관계가 되는 것이다. 그리고 서방과 나가야마는 함께 경찰에 대항하는 것에 의하여, 자신들의 정체성을 회복하게 되는 것이다.

『말 많은 개』는 2002년 9월호 『문학계』에 발표된 작품이다. 『말 많은 개』의 주인공은 노부오(ノブオ)인데, 그는 『그늘의 집』에 나오는 집단촌(集落)의 주인인 나가야마의 아들이다. 이렇게 『그늘의 집』의 나가야마의 이야기는 『말 많은 집』의 노부오로 이어진다. 그는 『그늘의 집』에서 집단촌 출신의 야구 팀 '매드 킬'의 후보 선수로 나왔던 적이 있다. 이 작품에서 그는 이름조차 나오지 않은 존재였지만, 『말 많은 개』에서 노부오는 주인공으로서 등장한다. 현월은 이 작품에서 노부오의 행동을 통하여 죄와 벌의 관계를 묻는다.

『이물』은 2005년 2월호 『군상(群像)』에 발표된 작품이다. 현월은 이 작품에서 재일 한국인 1세의 유형(類型)에 해당되지 않은 이케야마(池山)

와 '새로운 재일 1세'인 순신을 등장시킨다. 이 작품에서는 기존의 재일 한국인 세대와 새롭게 일본에 건너온 '새로운 1세'와의 재일 사회에서의 대립과 갈등이 보인다. 그는 이 작품에서 각양각색의 인물 군상의 삶을 묘사하면서 정의(正義)와 속죄의 문제를 추구한다.

『권족』은 2007년 7월호 『군상』에 발표된 작품이다. 현월은 『권족』에서 여자 주인공인 도메(トメ)를 통하여, 재일 한국인 대가족의 모습을 그린다. 이 작품에서는 유일한 일본인인 도메를 중심으로 한 다카미쓰 가(家)의 역사가 애정, 증오, 간통, 근친상간을 교착시키면서 시대를 거듭하고 시간을 넘어서 표현되어 있다. 거의 매년 아이를 낳는 도메는 밥도 제대로 하지 못하고, 청소도 잘 하지 못하며 아이들이 입는 옷 또한 제대로 신경 쓰지 않지만, 아이들은 모두 어머니가 초인적으로 일하는 모습을 보며 자란다. 그런데 수십 명의 아이를 낳은 어머니인 도메가 낯선 남자에게 범해져 태어난 차남의 가정에서는 이상한 성적(性的) 성향 때문에 근친상간이 계속해서 행해진다. 그리고 이러한 근친상간을 반복하는 모습은 마치 '숙명(宿命)'과 같이 전개되어 간다.

현월은 이러한 작품 속에 다른 재일 문학자와 마찬가지로 한국을 그리고 있다. 그런데 그의 작품에서 묘사된 한국은 주로 제주도이다. 그는 재일 사회에 있는 제주도에 대하여 이야기한다. 한 마디로 말해, 현월의 한국은 제주도이다.

현월의 부모는 제주도에서 일본에 온 재일 1세이다. 현월은 『문학계』에서 열린 김석범과의 대담에서, 자신의 부모에 대하여 이야기하고 있다.[2] 그는 자신의 부모가 제주도에서 온 1세라고 하면서 아버지의 고향은 성산면 신천리(城山面新川里)라는 곳이고, 해방 후에 한 번 제주도에 귀국했었지만 '4·3사건'[3] 직후, 일본에 다시 돌아왔다고 이야기한다. 말할 것도 없이 제주도가 고향인 아버지의 영향으로 현월도 제주도에 대하여 흥미를 가지게 되었을 것이다. 재일 한국인인 현월에게 제주도는 부모의 고향이기도 하지만, 자신의 고향이기도 한 것이다.

제주도에 대한 이러한 현월의 인식은 그의 문학에서 잘 나타나 있다. 『말 많은 개』에서 노부오가 경험한 서울의 모습을 제외하면, 그가 묘사

2 「행복한 시대의 재일작가」 『文学界』 文藝春秋, 2000년 3월, p. 13.

3 1948년 4월 3일, 미군정 치하에 있던 제주도에서 발생한 사건. 이 사건의 발생 배경은 1945년 이후 좌우익간의 정치적 갈등에서 비롯되었다. 8·15 해방 이후, 제주도는 일제 강점기의 사회주의 세력들이 정치적 주도권을 잡았다. 그중에는 혁명적 좌익세력의 인사들이 많이 포함되어 있다. 그러나 미군정의 지지를 받은 우파세력이 강화되어 사회주의자들과 이들 사이의 정치적 갈등이 점차 심화되었다. 제주도에서 이러한 갈등은 1947년 3·1절 기념집회 과정에서 미군정 경찰이 제주도민들에게 발포하여 6명이 사망하자 본격적으로 심화되었다. 이 사건 이후 제주도에 침투, 암약하던 남조선노동당의 사주에 의해 제주도민들과 미군정 및 우파 세력 사이의 갈등은 걷잡을 수 없이 악화되었다. 갈등은 경찰과 서북청년단 등의 제주도민에 대한 탄압으로 더욱 증폭되었다. 이러한 탄압에 대항하여 제주도민들이 1948년 4월 3일을 기해 일제히 봉기했다. 봉기한 사람들에 편승한 좌익계는 폭력적 탄압 중지, 단독선거 반대, 단독정부 반대, 민족통일, 미군정 반대, 민족독립 등의 정치적 구호를 내세웠다. 사건 초기에 미군정은 경찰을 동원하여 이를 진압하려 했으나, 사태가 더욱 악화되자 군을 투입하여 진압했다. 그 결과 진압과정에서 약 28만 명의 도민들 중 많은 무고한 사람들을 포함, 약 10%에 해당하는 3만여 명의 사상자를 낸 것으로 추정되며, 이 사건은 발발 1년여 만인 1949년 봄에 종결되었다. 사건 종결 후 6·25 전쟁을 거쳐 남북분단이 심화되면서 이 사건은 언급되는 것 자체가 금기시되었다. 그러나 1990년대 들어 한국 내 민주화의 진전과 남북화해 분위기가 조성되면서 학계와 지역 주민에 의한 역사적 재조명 작업이 활발히 이루어졌고, 2000년 1월 국회에서 '제주 4·3 진상규명 및 희생자 명예회복에 관한 특별법'이 제정되면서 피해자 접수 신고 및 정부차원의 진상 조사를 실시하게 되었다. 『브리타니카 세계대백과사전』 19, 한국 브리타니카 회사, 2002년 10월, pp. 364～365.

한 한국의 대부분의 모습은 제주도였다. 현월은 자신의 작품에서 제주도의 풍경, 역사, 민속, 관습 등 제주도의 여러 가지 모습을 그리고 있다. 그리고 이러한 제주도의 문화는 일본에 사는 재일 한국인 생활에 깊이 뿌리내리고 있다. 제주도는 재일 제주도 사람들의 마음속에 그대로 살아있는 것이다.

그러면 현월이 자신의 작품에서 제주도를 어떻게 묘사하고 있는지 살펴보자. 현월은 「무대 배우의 고독」에서 제주도 출신인 '백제(百済)의 김'이라는 사람을 통하여 제주도의 풍경(風景)을 다음과 같이 묘사하고 있다.

> 아름다운 바다와 다양한 해변, 커다란 전복에 몸이 튼실한 도미, 혀에 딱 달라붙어 떨어지지 않는 문어의 발, 그러나 그들을 먹으려면 서울과 비슷한 돈이 든다. 그래도 누구나 다 말을 탈 수 있고, 본토에서 온 신혼여행 커플을 태우고 말을 끄는 것만으로도 좋은 장사가 되고, 사람들은 온화하고 여성들은 일을 잘한다. 아니 그렇다고 하여도 아무것도 없는 섬에 다름이 없고, 해변이든가 밭이든가 섬 어디에 있어도 발바닥을 예리하게 상처 입히는 화산암이 없는 땅으로 가고 싶다고 누구나가 원하고 있으며, 나도 그랬다고 반복하고 반복하여 이야기했다.[4]

노조무는 이것과 거의 같은 내용의 이야기를 일찍이 어머니에게서

4 현월 「무대 배우의 고독」 『그늘의 집』 문예춘추, 2000년 3월, p. 228.

들은 적이 있었다. 요컨대 제주도는 풍경이 아름다운 섬이지만, 아무것도 없는 가난한 곳이다. 가난한 제주도 사람들은 백제의 김과 같이 바다를 건너 일본으로 온다. 노조무 어머니의 친척이라는 김은 당초, 일본의 친척방문이라는 이유로 일본에 건너오는 많은 한국인과 같은 경우였다. 그들은 재일 한국인이 경영하는 마을 공장(町工場)에 일을 찾았고, 비자가 만료된 후에도 당연하다는 듯이 계속 체류하였다. 백제의 김은 그가 백제(百済, くだら) 근처에서 처음 살았던 데서 붙여진 별명으로, 노조무의 불량동료 선배가 그렇게 부르기 시작하였던 것이다. 제주도 출신인 백제의 김은 일본과 한국을 왕래하면서 각성제나 대마를 가지고와 소년을 상대로 팔았다.

또 김은 제주도에서 일본으로 날품팔이를 데리고 오기도 했다. 이렇게 현월의 작품에는 백제의 김과 같이 제주도에서 온 날품팔이가 자주 등장한다. 『나쁜 소문』에서도, 『그늘의 집』에서도, 『말 많은 개』에서도, 그리고 『이물』에서도 제주도에서 날품팔이가 일본으로 온다. 이것은 당시의 제주도의 가난한 현실을 이야기하고 있다고 할 수 있다.

한편, 현월은 『나쁜 소문』에서도 제주도에 대하여 이야기한다.

『나쁜 소문』에 나오는 료이치(涼一)의 아버지는 어린 시절 제주도에서 일본에 건너온 사람이었다. 그는 어두운 배 밑바닥에서 많은 사람들이 토하고 있는데도 불구하고 혼자서 아무렇지도 않았기 때문에 자신은 선원 체질이라고 말하던 사람이었다. 또 료이치가 물건을 사러 가던 조선 시장(朝鮮市場)도 그가 '이곳은 조선인의 마을이 아니다. 제주도 사람의 마을이다'라고 말했던 아버지의 말씀을 떠올리고, 시장 아케이드의

끝은 제주도 시장과 연결되어 있다고 망상(夢想)할 정도로 제주도의 시장과 같은 곳이었다.

현월은『나쁜 소문』에서 설날 아침, 재일 사회의 어느 집에서도 행하여지는 제사의 모습을 다음과 같이 그리고 있다.

> 설날 아침, 내 방에 선명한 색의 병풍을 펼치고, 그 앞에 탁자를 놓고, 순백색의 얇은 천으로 씌운다. 조상에 대한 제단(祭壇)이 되어, 머리와 꼬리가 통째로 남은 도미와 통째로인 닭과 쇠고기 구운 것과 콩나물과 고비, 그리고 여러 가지 과일과 떡을 올린다. 제단의 양 끝에 초를 키고, 향로에 향을 꽂고, 잔에 설탕물과 청주를 붓고, 제물 위를 왔다 갔다 하게 한다. 가장인 숙부가 의식을 행하고, 나와 함께 무릎을 꿇고 몇 번이나 엎드려 두 번 반의 절을 되풀이한다.[5]

설날 아침에 행해지는 이러한 제사 의식은 한국의 오랜 관습이다. 한국에서는 정월이 되면 제사라는 의식을 행한다. 이러한 의식을 행하는 것에 의해, 조상을 기리고 가족의 건강과 행복을 비는 것이다. 그런데 한국에서는 각 지방마다 제사를 행하는 방식이 조금씩 다르다. 이곳에서 묘사된 제사 방식은 제주도의 관습에 따른 것이라고 할 수 있다. 그들이 제주도에서 온 사람이기 때문이다. 이러한 제사를 끝내고나서 그들은 온 가족이 이코마(生駒)에 있는 한국 절에 간다. 재일 사회에서 한국의 제주

5 현월『나쁜 소문』문예춘추, 2000년 6월, pp.100～101.

도 식 제사가 행해지고, 한국 절이 있는 것이다.

현월은 『이물』에서, 이러한 이코마 산에 있는 한국 절의 모습을 그리고 있다. 재일 1세의 여성들은 젊은 시절에 건너온 일본에서 살아남기 위하여 동향인(同鄕人)과의 관계를 소중히 생각했다. 경제적으로는 계 등의 상호부조 시스템에 의존하고, 정신적으로는 절 등의 종교 시설에 의존하였던 것이다. 그래서 이코마에는 60개가 넘는 한국 절이 만들어지게 되었다. 물론 이 절도 제주도에서 온 절이다. 이렇게 현월 문학에서는 제주도의 생활이 그대로 재일(在日)의 생활이 되어 있다. 제주도의 생활과 재일의 그것이 다르지 않은 것이다.

현월은 『이물』에서, 이코마 산에 있는 한국 절의 무당이 행하는 '오가미(おがみ)' 의식 중에 영(靈)이 무당에게 내려오는 장면을 다음과 같이 묘사하고 있다.

> 무당은 경(お経)을 올리고, 징을 두드리고, 영에게 말을 걸고, 춤추며 뛰고, 가족 모두의 생년월일과 이름을 소리 내어 읽고, 팥을 흩뿌려서 점을 치고, 긴 비단 끈 앞에 묶인 창칼을 두 개 던져서 점을 치고, 술인가 설탕물을 입에 머금어 늘어서 있는 사람들의 얼굴에 세차게 내뿜고, 내려온 영에게 몸을 빌려서, 무릎을 꿇고 있는 아내와 자손에게 이야기하기 시작한다, 아팠다, 괴로웠다, 그때 너희들은 이렇게 하여 주지 않았다, 저렇게 해 주지 않았다, 그러나 언제나 너희들을 사랑하고 있다, 그러나 죽을 수 없다,

매일, 매일 밤, 계속 울고만 있다, 괴롭다, 괴롭다, 어떻게 하면 좋은가……[6]

여기에서 '오가미'는 제주도의 토착무속신앙인 '굿'과 거의 같은 의식이다. '오가미', 즉 '굿'은 한국에서 무당이 인간의 길흉화복(吉凶禍福)을 신에게 기원할 목적으로 제물을 바치고, 가무와 의식을 행하는 제의(祭儀)이다. 무당은 '오가미' 의식에서, 영혼을 부르고(청신-請神), 위로하고(향연-饗宴), 보내는(송신-送神) 과정을 담당한다.[7] 무당은 인간과 신과의 중개자로서 인간의 기원을 신에게 보고하고, 신의 결정을 인간에게 알리는 역할을 한다. 이러한 '굿'의 의식은 무당이 춤과 노래를 통하여 몰아의 경지에 빠지고 나서야 비로소 가능한 것이다. 한국에서는 각 지역에 따라서 여러 가지 '굿'의 종류가 있는데, 여기에서는 제주도의 '굿'의 형식인 것이다.

토착무속예의(土着巫俗礼儀)인 '굿'은 사람들의 삶의 방식에 중요한 요소로서, 역사적으로 공동체를 형성하고 유지하는 역할을 하여왔다. 이러한 한국의 민간신앙은 일본에는 보이지 않는다. 그런데 이러한 제주도의 토착무속예의가 일본에서 행하여지고 있는 것이다. 물론 이것은 재일 한국인이 제주도에서 가져온 것이다. 설날에 행해지는 제사와 함께 이러한 의식을 통하여 재일 한국인 여성들은 가족의 건강과 행복을 기원한다.

6 현월 『이물』 講談社, 2005년 4월, p.100.

7 현용준 『제주도무속과 그 주변』 집문당, 2002년 11월, p.39.

현월은 『그늘의 집』에서, 집단촌의 '서방의 아버지 등은 광장 구석에 공동변소를 만들 때, 그 옆에 울타리로 둘러싼 돼지 축사를 만들었다. 돼지는 사람 똥을 먹고 자란다. 물론 똥 투성이가 되지만 비가 씻어 없앨 때까지 풀어놓아 둔다'라고 제주도의 생활을 쓰고 있다. 이러한 돼지 키우는 방식은 서방의 아버지 등의 고향인 제주도에서 늘 행해지는 방식이었다. 이렇게 현월 문학에서 재일 사람들은 제주도의 문화가 생활화되어 있음을 알 수 있다.

현월 작품에서 제주도의 영향은 마을 사람들의 생활 속에서 점점 더 커져간다. 『그늘의 집』에서 몇 년에 한 번씩 제주도에서 온 무녀(巫女)는, 시간이 흘러 『이물』에서는 아예 절을 만들고 일본에 거주하게 된다. 그 수도 60개를 넘고 있다. 그리고 마을에는 제주도 사투리와 한국어와 일본어가 뒤섞인 회화가 넘쳐나게 되는 것이다. 『이물』에 나오는, 마을에 십수 년 전부터 정착하여 살기 시작하는 한국과 중국의 조선족 자치주에서 온 '새로운 1세'들도, 옛날 1세와 똑같이 정신적인 면에서의 지주(支柱)가 필요하기 때문에 이코마 산에 있는 한국 절에 다니게 된다. 그들도 제주도의 토착무속예의인 '굿'의 영향을 받게 된다. 재일 사회에서 제주도 문화의 영향은 계속 이어지는 것이다.

한편, 『권족』에서 권족 집안을 이끌고 있는 도메는 집안의 대를 이을 며느리를 제주도에 직접 가서 데리고 온다. 권족 내에서 재일 제주인의 피, 이른바 순혈을 이어가기 위해서이다. 그것은 권족을 위한 일이기도 했지만, 그녀 자신을 위한 일이기도 했다. 즉 그렇게 부단한 노력으로 재일 제주인의 혈통을 유지하려 한 것은 그녀가 권족 내에서 살아남기 위한, 그리고 자신의 존재 의의를 찾기 위한 수단이었다고 할 수 있다. 도메가 마지막으로 한 일이 며느리인 춘미(春美)를 제주도에서 데리고 온 일이었다.

> 죽기 10년 전, 88세의 도메는 마지막 힘을 짜내듯, 두 가지 일을 했다. 하나는 가즈미의 아이를 처리하는 것이었고, 다른 하나는 뒤를 잇게 할 다케데쓰의 장남의 신부를 찾아내는 것이었다. 양 쪽 모두 꽤 성공한 것처럼 생각되었다. 적어도 춘미에 대해서는, 지금 상태로 보면 잘 되어가고 있다.[8]

위의 인용문에서와 같이, 그녀는 자신의 고유성인 일본 국적을 가진 며느리들을 맞는 것이 아니고, 굳이 제주도까지 방문하여 며느릿감을 골라 일본으로 데리고 온다. 이것이 바로 그녀가 권족 내 재일 제주인의 피를 지키려 행하는 일의 대표적 예이다. 재일 제주인은 일본에서 자신들의 혈통을 이어가기까지 하는 것이다.

이렇게 재일 제주인은 일본에서 자신들만의 사회를 구축한다. 그들은 제주도의 문화, 풍속 등을 그대로 일본에 들여와 생활한다. 제주도의 시장, 제사, 한국 절, 그리고 자신들의 순수한 혈통을 잇기 위해서 제주도에서 며느리를 데리고 온다. 재일 사회는 제주도의 축소판이었다. 요컨대 현월 문학의 원점(原点)은 제주도이다. 현월은 그의 전 작품을 통하여 제주도를 그리고 있는데, 그의 문학에서 제주도는 작품의 제재(題材)라

8 현월 『권족』 講談社, 2007년 11월, p.187.

는 것보다 작품의 근간의 의미이다. 그리고 이러한 제주도의 모습은 어머니와 같은 존재이기도 하였다. 그의 문학에 있는 제주도는 어머니의 모습이었다.

3. 현월의 제주도는 어머니

현월의 작품 중에 나오는 한국은 제주도이고, 재일 한국인은 제주도에서 온 사람들이다. 『그늘의 집』에서 집단촌을 만든 사람들은 제주도에서 온 사람들이었다. 이 작품의 무대인 집단촌은 서방의 아버지처럼 제주도에서 온 일곱 사람이 만든 마을이다. 제주도에서 일본에 건너온 서방의 아버지 세대 사람들은 일본의 황무지를 개간하여, 우물이 있는 집단촌을 만들었다. 그리고 이 작품에서 제주도는 집단촌에 사는 대부분의 사람들의 고향이기도 했다.

앞에서 말한 것과 같이, 「무대 배우의 고독」에서 노조무(望)의 어머니와 『나쁜 소문』에 나오는 료이치 아버지도 어린 시절 제주도에서 건너온 사람이었다. 또 『이물』에 나오는 이케야마(池山)의 아버지도 역시 전전(戦前)에 제주도에서 오사카에 건너온 사람이다. 마을의 전형적인 아이 많은 재일 한국인 가정인 다카야마(高山)가족도 양친이 제주도출신이었다. 이렇게 현월의 작품에서 잘 나타나고 있듯이 예전부터 일본에 살고 있는 많은 재일 한국인은 제주도에서 온 사람들이었다.

그런데 어떻게 한국에서도 인구가 적은 제주도에서부터 이렇게 많은 사람들이 일본에 오게 되었던 것일까. 현월은 『이물』에서 그 이유를 다음과 같이 설명하고 있다. 약간 긴 문장이지만 인용해 본다.

백 년 정도 전, 일본이 한국을 병합하기 전부터 마을에 제주도에서 건너온 사람들이 살기 시작하고 있었다. 일본 어선에 제주도 연안의 좋은 시장이 황폐화되고, 많은 농민이 총독부에 토지를(합법적으로) 빼앗기게 된 후, 뒤에 오사카의 기업이 제주도에서 직공(職工)을 적극적으로 모집하고, 제주도와 오사카 간의 정기선도 취항하였으므로 많은 제주도 사람들이 오사카에 건너왔다. 그중에서도 마을은 '리틀 제주도' 라고 말하여져도 좋을 정도였다. 최초에 정착한 사람들의 지연혈연이 동향인(同鄕人)을 더욱 이끌었다. 오사카에 가면, 우선 그 마을이다 라는 식으로. 종전 무렵에는 마을의 반 정도를 차지하는 한국인의 대부분을 제주도 사람이 차지하였다. 그 뒤 그들의 대다수는 고향에 돌아가고, 어느 정도는 그대로 정주(定住)하였다.

그런데 1948년에 제주도에서 4·3 사건이 일어나자, 난을 피해 많은 제주도 사람들이 다시 마을에 몰려들어 왔다. 그 후에도 한반도에서는 전쟁이 일어나 정치도 경제도 불안정한 상태가 계속되는 중에, 제주도에서의 도항자(渡航者)는 어찌어찌 80년대까지 이어졌다. 군사정권 하의 한국에서는 국외로 나가는 것이 곤란하였기 때문에 밀항인가 그렇지 않으면 일본에 사는 친척을 방문한다는 이유로 여권을 받았다. 마을의 재일 1세들은 적극적으로 고향의 혈연관계에 있는 사람들을 초청하여 일을 맡겼다.[9]

9 현월 『이물』 講談社, 2005년 4월, p.151.

일본과 제주도는 오래전부터 깊은 관계에 있었다. 현월은 인구가 적은 제주도에서 온 사람들이 일본에 살게 된 몇 가지의 이유를 들고 설명하는데, 그중에서 가장 큰 계기가 된 것은 제주도에서 일어난 4·3사건이었다. 제주도에서의 무시무시한 탄압을 피하여, 현월의 부모와 같이 많은 제주도 사람들이 일본에 건너왔다. 그리고 그들은 일본에서의 괴로운 생활에서도 제주도의 관습, 문화, 민간신앙 등을 지켜왔다. 제주도 사람들의 토속적인 문화는 일본에 있어서도 계승되었던 것이다.

그런데 제주도에서 온 사람은 남자만이 아니었다. 여성도 여러 가지 이유로 제주도에서 일본으로 건너오게 된다. 현월이 「무대 배우의 고독」에서 묘사한 노조무의 어머니도 경제적인 이유로 제주도에서 시집온 사람이었다. 또 이 작품에 나오는 야마모토(山本)부인도 노조무의 어머니와 똑같은 케이스였다. 그리고 두 사람과 같은 처지의 여성이 상당수 있다고 말하여진다. 현월은 「무대 배우의 고독」에서 일본인 남성과 제주도 여성과의 결혼에 대하여 이렇게 서술하고 있다.

> 이 땅의 재일 한국인 가운데에 한국인 아내를 소개시켜 주는 사람이 있어서 야마모토 부인 그 외 몇 명과 제주도에서 건너온 것이었다. 그 무렵 제주도는 가난하여, 일본에 가기 위해서라면 무엇이라도 한다는 사람이 얼마든지 있었다고 한다. 그러한 사정을 잘 알고 있는 재일 한국인 브로커는 혼기가 많이 늦었거나, 아내와 사별하거나 한 일본 남성을 제주도에 보내

선을 본 후, 결혼식과 신혼여행을 짧은 시간에 하나로 모아서 거행했다.[10]

이러한 일본인과 제주도 여성과의 결혼 이야기는 『이물』에서도 나온다. 그녀들은 가난한 제주도에서 일본으로 시집왔다. 그러나 그녀들이 타국에서의 생활 습관 차이를 극복하는 것은 쉬운 일이 아니었다. 결국 노조무의 어머니도, 야마모토 부인도, 제주도의 인습(因襲) 깊은 마을에서 몸에 밴 삶의 방식을 극복할 수는 없었다. 제주도에 돌아가고 싶지 않다고 말하던 노조무의 어머니는 제주도에 돌아가 죽고, 야마모토 부인도 어느 사람에게 살해당해 버린다. 『이물』에서 제주도에서 마을로 온 고제연(コ・チェヨン)의 결혼도 행복한 것이 아니었다.

앞에서 말했던 것과 같이 현월 문학에 있는 한국은 제주도이고, 한국인은 제주도에서 온 사람들이다. 그의 작품에서는 제주도의 모든 것이 그려져 있다. 그리고 그 제주도는 어머니와 같은 곳이기도 하였다. 현월 문학에서 제주도는 모두가 돌아가고 싶어 하는 어머니의 품과 같은 존재였던 것이다.

「무대 배우의 고독」에서 제주도출신인 노조무의 어머니는 일본인 남편이 죽자, 일본의 집에서 소외되어 제주도에 돌아가 죽는다. 『그늘의 집』에서 집단촌의 계를 통하여 마을 사람들의 돈을 가로챈 숙자(スッチャ)가 도망치려고 했던 곳도 제주도였다. 이것은 제주도가 그녀의 고향이기도 하지만, 역시 제주도가 그녀의 어머니와 같은 곳이기 때문이라고 생

10 현월 「무대 배우의 고독」 『그늘의 집』 문예춘추, 2000년 3월, pp.150~151.

각할 수 있다. 어머니와 같은 존재가 아니라면 아무리 고향이라고 해도 돌아가고 싶어 하지 않았을 것이다. 「무대 배우의 고독」에서 백제의 김도 '언제까지나 이런 일하며 살 수 없다'고 하면서, 고향 섬인 제주도에 돌아가고 싶어 한다. 『이물』에서 일본인과 결혼한 고제연도 결국은 제주도에 돌아간다. 요컨대 제주도에서 일본에 건너온 사람들은 언젠가는 고향인 제주도에 돌아가고 싶다고 생각하고 있는 것이다. 말할 것도 없이 그들에게 제주도는 어머니의 품과 같은 존재이기 때문이다.

옛날 가난했던 제주도는 이제 가난하지 않다. 『이물』에서 제주도에 가는 아쓰시(敦史)에게 우히(ウヒ)가 '제주도에는 무엇이든지 있어. 살 수 없는 것은 없어'라고 말하고 있듯이, 제주도는 이미 가난한 섬이 아니다. 지금은 모든 면에 있어서 일본과 거의 다름없는 곳이라고 생각할 수 있다. 70년 전 『그늘의 집』에서 집단촌을 만드는 서방 아버지 세대의 가난하였던 제주도 사람들은 '새로운 1세'가 등장하는 『이물』에서는 가난하지 않다. 이것이 제주도에서 온 사람들이 그곳에 돌아가고 싶어 하는 또 다른 이유이기도 할 것이다.

4. 재일 한국인의 미래

주지하는 바와 같이, 일본과 한국은 역사적으로 복잡한 관계를 가지고 있다. 일본에 살고 있는 재일 한국인은 이 두 국가의 복잡한 관계의 직접적인 대상이기도 하다. 그런데 현월은 재일 한국인의 한국과 일본과의 관계를 어떻게 생각하고 있을까. 현월은 『그늘의 집』에서, 재일 한국인 2

세인 다카모토(高本)를 통하여 현재의 재일 한국인의 실상(實像)을 이야기한다.

『그늘의 집』의 모두 부분에서, 다카모토는 서방과 만나서 전쟁에 참가한 조선 군인에 대한 일본 정부의 화해권고 이야기를 한다. 그는 서방에게 전후 보상금에 대한 재판 소송을 하면 어떤가 하고 말하면서, '나 같이 전후에 태어난 재일은 당신과 같은 사람의 심정을 이해하기 힘들다. 재일이어도 지금의 젊은 사람 가운데에는 조선인이 그 전쟁에 일본 군인으로서 참전했던 것조차 모르는 사람들도 많다. 하여간 만약 정말로 재판을 하면 내가 할 수 있는 것은 무엇이라도 하겠다'라고 덧붙인다. 다카모토는 자신은 역사 문제에 대하여 잘 모르지만, 만약 서방이 재판 소송을 한다면 할 수 있는 것은 무엇이라도 하겠다고 약속하는 것이다.

그러나 다카모토의 이야기는 이 작품의 마지막 부분에 와서 바뀐다. 다카모토는 서방에게 이렇게 말하는 것이다.

> 이 나라하고 역사 문제를 마무리 짓는 건 우리 세대 이후에는 불가능해요. 그걸 영감 세대 사람들 자신의 손으로 죽기 전에 마무리 지어달라는 거예요. 우리들은 아니 나는 너무 무력해요. 적당한 돈과 사회적 지위를 유지하는 것만으로 만족해하며 마음도 몸도 풀릴 대로 풀려 버렸어요. 이 나라하는 꼴에 이러쿵저러쿵 불만을 토로할 자격이 없는 게 아닌가하는 생각에 빠질 때마다 어찌할 바를 모르고 술이나 퍼먹지요. 그리고나서 깨끗이 잊어버리고 다시 아무렇지도 않게 하루하루를 살아가지요. 그런 식으로

되풀이 하는 거예요.[11]

다카모토는 자신은 '너무나도 무력'하다고 실토한다. 그는 자신들의 세대는 이미 일본과의 역사 문제에 흥미도 없고, 또 그것을 해결할 어떠한 의지도 없다고 말한다. 그리고 1세대인 서방에게 그들의 세대에서 역사 문제를 해결해달라고 말하는 것이다. 다카모토는 재일 2세대의 역사 인식을 대표한다. 재일 2세대는 일본에서 태어나 일본어를 모어(母語)로 하고, 일본문화 속에서 자라난 세대이다. 사실상, 그들이 일본인과 다른 점은 없다. 그들이 양국 간의 역사 문제에 관심이 멀어져있는 것은 당연하다. 재일 2세대 입장에서 본다면, 재일 한국인의 민족적 정치적 정체성이라는 문제보다 자신들이 이 나라에서 무엇을 하고 어떻게 먹고 살아갈 것인가 하는 현실적인 문제가 더 중요하다고 할 수 있다.

다카모토는 서방에게 앞에서 말한 일본 정부의 보상금 문제는 언급하지 않고, 단지 일본 정부가 기금을 만들어 위로금 정도를 준다고 하면서 이 나라에서는 그것이 고작이라고 말한다. 그는 일본 정부에 대하여 이미 어떠한 기대도 가지고 있지 않다. 그는 자신들은 일본 정부에 전후 보상금 문제를 주장할 의지도 없지만, 위로금을 받으면 그것으로 역사 문제가 모두 해결된다고 생각하고 있는 것이다. 이러한 다카모토의 생각은 현실에 안주하는 대부분의 재일 2세대가 가지고 있는 공통적인 것이라고 할 수 있다. 재일 2세대인 현월 자신도 원체험(原体験)으로서 피해

11 현월 『그늘의 집』 문예춘추, 2000년 3월, p.89.

자 의식과 재일로서의 피차별 의식은 없다고 말한다.

이렇게 현월은 현재 일본에 살고 있는 재일 2세대인 다카모토를 통하여 이제부터 일본에 사는 재일 한국인의 미래를 말하고 있다. 『그늘의 집』에서 재일 한국인의 권리를 주장한 서방의 아들 고이치(光一)는, 옛날 아파트가 늘어선 나카노(中野)노상에서 '전신을, 발가락 관절에 이르기까지 보랏빛으로 부운 시체'로 발견된다. 고이치의 주장은 재일 한국인의 모국에 대한 모국애와 재일 한국인의 인간적인 생활에의 외침이었다. 실제로 고이치의 주장은 재일 한국인으로서는 당연한 행동이었다. 그러나 이러한 고이치는 살해당했던 것이다.

현월은 이 작품에서 재일 한국인의 권리를 주장한 고이치를 죽이는 것과 함께 현실에 안주한 다카모토를 그리는 것에 의해, 일본에서 살아가는 재일 한국인의 현실과 미래를 이야기하고 있다고 말할 수 있다. 고이치는 다카모토의 친구이기도 했다. 고이치는 죽어버리고, 다카모토는 역사의식이 없다. 요컨대 일본 사회가 스스로 변하지 않는 한, 이 나라에서 재일 한국인의 권리를 주장하는 것은 무리라고 할 수 있을 것이다.

5. 나가며

현월은 『그늘의 집』을 제주도에서 일본에 건너와, 집단촌을 만든 서방의 아버지 이야기로부터 시작하고 있다. 이 작품에서 서방의 아버지가 '백 년은 문제없을 거야. 너의 손자의 손자도 이 물을 데운 것으로 갓난아이를 목욕시킬 것이야'라고 말했던 것처럼, 그들은 집단촌의 우물이

영원히 계속되리라고 생각하고 있었을지도 모른다. 그러나 서방 세대에서 집단촌의 우물은 이미 말라 버렸다. 서방의 아버지가 말한 '너의 손자의 손자도 이 물을 데운 것으로 갓난아이를 목욕시킬 것이야'라고 했던 우물은 두 세대를 넘지 못하고 말라버린 것이다. 이곳에서 집단촌의 우물은 이제부터 일본에서 살아가는 재일 한국인의 현실을 이야기하고 있다고 할 수 있다.

요컨대 『그늘의 집』에 나오는 집단촌의 우물은 일본에서의 재일 한국인의 현재와 미래를 상징하고 있다. 만약 집단촌의 재일 한국인의 수가 늘어났으면 집단촌의 우물은 결코 마르지 않았을 것이다. 사람들은 모든 방법을 동원하여 우물의 물을 지켰음에 틀림없다. 우물의 물이 없으면 재일 한국인이 집단촌에서 살 수가 없기 때문이다. 그러나 이곳에 살고 있던 재일 한국인들은 집단촌을 떠나가고, 집단촌의 우물은 말라버렸다.

그러면 현월은 일본에서의 재일 한국인들의 미래에 대하여 비관적으로 보고 있을까.

결론적으로 말해, 현월은 재일 한국인들에게 희망을 가지고 있다. 이 마을에 새로운 사람들이 찾아오기 때문이다. 『이물』에 나오는 '새로운 1세'가 그들이다. 이 작품에서 '새로운 1세'들은 한국과 중국에서 온다. 이러한 '새로운 1세'들은 마을 사람들과 함께 살아간다. 재일 2, 3세들과 '새로운 1세'들은 동시대여도, 접점은 거의 없다. 그들은 같은 피가 흐르고 있다고 해도, 문화와 언어가 다르기 때문이다.

현월은 그들이 사이좋게 지내는 이유로서, 마을 사람들은 '그들이 문제를 일으키지만 않으면 관심도 없다'라고 하면서, 그것이 가능한 것은 '그들 사이에 이해가 대립하고 있지 않기 때문이다'라고 덧붙인다. 요컨대 기존의 마을 사람들과 '새로운 1세'들은 일하는 영역이 다른 것이다. 현월은 이러한 '새로운 1세'들에게서 재일 사회의 희망을 보고 있다. 그는 이러한 '새로운 1세'들에 의해, 마을에 신진대사(新陣代謝)가 행해지고, 활성화될 수 있다고 보고 있다. 현월이 이야기하고 있듯이 이제부터 기존의 마을 사람들과 '새로운 1세'들은 서로 도와가면서 사이좋게 살아갈 수 있을 것이다.

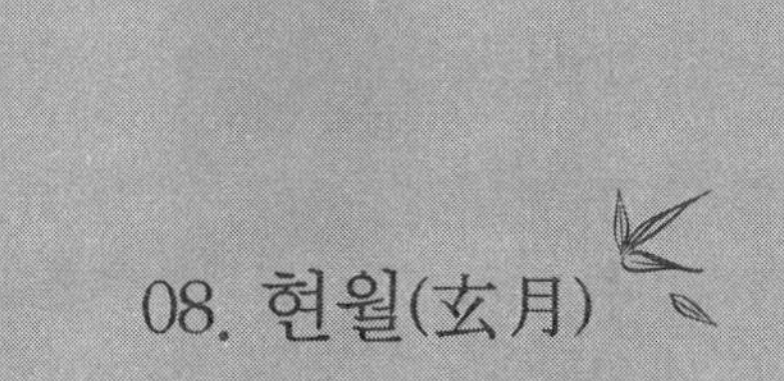

08. 현월(玄月)

『말 많은 개(おしゃべりな犬)』 연구

—노부오의 경우—

1. 서론

현월(玄月)은 일본에서 활동하고 있는 재일 한국인작가이다. 그는 현재 일본에서 가장 활동적으로 작품 발표를 하고 있는 작가라고 할 수 있다.

본 연구는 일본에서 소수집단인 재일 한국인 문학자 현월에 대한 연구이다. 본고에서는 현월의 『말 많은 개(おしゃべりな犬)』를 통하여 그의 문학세계를 고찰하려고 한다. 『말 많은 개』는 2002년 9월호『文学界』에 발표된 작품이다. 이 작품의 주인공은 노부오(ノブオ)이다. 노부오는 불능(不能)이라는 병을 가진 사람으로서 그것으로 인한 불안감에 번민하는 인물이다. 현월은 이 작품에서 노부오의 고민을 통하여 콤플렉스를 가진 인간에 대하여 이야기한다.

본서에서는 노부오의 불안한 태도의 원인이 된 그의 불능 문제를 살펴보고, 어머니와 아내인 아카네(茜), 그리고 도루라는 여자와의 관계를 통하여 노부오라는 인간에 대하여 생각한다. 또한 본서에서는 『말 많은 개』에 나타난 노부오의 죄의식을 살펴보아, 그의 원죄의식(原罪意識)에 대하여 고찰할 것이다. 그렇게 이 작품의 주인공인 노부오라는 인간에 대하여 생각해보고 싶다.

2. 노부오의 병

현월의 『말 많은 개』의 주인공은 노부오이다. 그는 나가야마(永山)의 외아들이다. 그런데 그는 현월의 데뷔작인 『그늘의 집』에서 집단촌(集團村)의 주인인 나가야마의 외아들로 나온 적이 있다. 노부오는 『그늘의 집』에서 집단촌 출신의 야구팀인 '매드킬'의 후보 선수로서 나온다. 이 작품에서 노부오는 이름조차 나오지 않는 존재로 그려지지만, 『말 많은 개』에서 그는 주인공으로서 등장하게 된다. 또한 『말 많은 개』에서의 친고로(チンゴロ) 마을은 『그늘의 집』의 무대인 집단촌을 연상시킨다. 이렇게 『그늘의 집』의 나가야마의 이야기는 『말 많은 개』의 노부오로 이어진다.

노부오는 불능(不能)이다.[1]

그가 가지고 있는 가장 큰 문제는 임포텐츠, 즉 발기 부전이다. 그는 정상적인 남녀관계가 불가능한 사람이다. 그리고 이러한 불능 문제는 그의 인생 모든 면에서 영향을 미치게 되는 것이다. 노부오가 발기불능이 된 원인은 불분명하다. 노부오의 불능의 원인은 여러 가지 요인이 있을 수 있다고 생각한다.

여기에서 노부오의 불능 원인으로 생각할 수 있는 것들을 알아보자.

---

1 현월은 마을의 조락(凋落)과 주인공의 파멸이라는 두 개의 이야기 사이에 보이지 않는 동일한 관계를 설정하고 있다. 그 중심이 되는 것은 마을 중심에 만들어진 우물이고, '나'의 성기이다. (요모타 이누히코(四方田犬彦) (2003) '「おしゃべりな犬」玄月' 『文学界』 文藝春秋社, p. 301)

우선 첫 번째로 어머니의 영향을 들 수 있다. 어느 누구에게나 마찬가지겠지만, 노부오에게 어머니란 존재는 그의 의식의 저변을 형성하는 데 있어서 바탕이 되는 중심인물이라고 볼 수 있다. 노부오의 어머니는 민족교육을 받고 오사카의 조선초등학교 교사로 부임한 2년 후에 재일 한국인 아버지와 만났다. 어머니는 제주에서 건너온 조선인들이 사는 친고로 마을에 살고 있지만, 그 마을에 살고 있는 여인들과는 잘 어울리려 하지 않았다. 어머니는 조선인에게 생리적인 혐오를 가지고 있었다. 뿐만 아니라, 노부오에게도 끊임없이 그가 마을에 살고 있는 친구들과는 다른 처지에 있음을 강조한다. 중학시절 어머니는 노부오에게 그가 친구들과 다르다고 말한다.

> "너는 저 아이들과는 달라. 알고 있지? 초등학생이 아니니까. 무엇을 함께하고 무엇을 피할 것인가 하는 정도는 피부로 느껴봐. (중략) 너와는 사는 세계가 달라. 너는 제대로 된 집안의 자식이야."[2]

어머니는 그들이 몇 년이나 유급하고 있음에 틀림없다고 하면서, 노부오와 그들은 '사는 세계가 다르'고, 노부오는 '제대로 된 집안의 자식이라'고 말한다. 노부오의 어머니는 공장 경영주의 아들인 그가 공장 노동자의 아이들과 다르다는 점을 인식시킨다. 그러나 노부오의 생각은 이러한 어머니의 생각과 전혀 달랐다. 그는 어머니의 말에 수긍할 수 없었다.

2 玄月 (2003)『おしゃべりな犬』文芸春秋社, p. 45.

어머니, 제대로 된 집안의 자식이라는 것은 어떤 자식을 말해? 그 정의는? 여자를 만들어 변변히 집에 없는 아버지가 불법체류 외국인을 일 시켜 착취한 돈으로 남들과 같은 생활을 하고 있는 일본인 같은 외국인인 내가, 어떤 의미에서 제대로 된 자식이라고 말할 수 있어?[3]

그는 어렴풋하게 자신이 다른 아이들과 다르다는 사실을 알고 있었다. 친고로 마을은 재일 한국인이 사는 마을이었다. 친고로 마을에 살고 있다는 사실만으로도 자신은 일본인과는 다른 존재였다. 친고로 마을은 일본인에게는 다른 차원의 마계(魔界)였다. 여학생에게 장난을 친 그에게 선생은 뺨을 내리치고는, '너희들은 이제 학교에 오지 말아! 조선은 부락에 틀어박혀 돼지와 놀아!'라고 말하는 것이었다. 그런데 그것만이었으면 같은 처지에 있는 친구들과 함께 행동하면서 동료 의식이라도 느낄 수 있었겠지만, 그 안에서도 자신은 또 따른 처지였다. 아버지는 불법체재자인 친구들의 부모를 착취하는 부도덕한 사업가로, 여자를 만들고 변변히 집에 없었다.

그가 생각하기에 아버지가 '불법체재 외국인을 일 시켜 착취한 돈으로 남들과 같은 생활을 하고 있는 일본인 같은 외국인'인 자신은 이미 '제대로 된 집안의 자식'일 수가 없었다. 어머니는 자신을 '제대로 된 집안'의 아이로 키우려고 하지만, 이미 그의 주위는 어머니가 원하는 제대로 된 집안의 교육 받은 아이가 될 수 있는 환경을 갖추고 있지 않았다.

3 같은 책, p. 45.

노부오에 대한 어머니의 생각은 어떠한 의미로든지 그에게 강박관념으로 작용했을 가능성이 있다. 외아들인 그에게 거는 어머니의 과잉보호가 부담이 되어 그의 정상적인 성장을 방해했을 가능성을 생각해 볼 수 있다. 노부오는 어머니가 말한 '남과는 다른' 처지에 있었기 때문에 자기정립에 실패하고, 이것이 그에게 심리적인 불안을 가져왔다고 볼 수 있다. 노부오는 어머니에 대한 반감으로 그녀를 네 번이나 폭행하기도 한다.

한편, 무엇보다 노부오와 어머니 사이에는 몸에 관한 직접적인 사건이 있었다. 노부오가 가장 처음 발기가 된 것은 어렸을 적 어머니와 함께 목욕을 할 때였다. 그때는 대개 혼자서 목욕탕에 들어갔지만, 주에 한 번은 어머니가 몸을 닦아주었다. 그런데 어머니가 몸을 부드럽게 닦아 주는 느낌에 자신도 모르게 발기가 되었던 것이다.

어머니가 쓰는 부드러운 스펀지로 목덜미와 무릎 뒤쪽을 쓰다듬는 방법에, 늘 안겨져 있던 갓난아이 때의 부드러움이 피부에 되살아나서 나는 넋을 잃고 눈을 감는 동시에 어째서인지 불알이 급격히 긴장해 버려, 참을 수 없어 무릎을 껴안아 버렸다.

'어라, 왜 그래 똥 싸고 싶어졌어?

'아니야, 아니야, 아무것도 아니야. 이제 혼자서 할래.'

나는 어머니에게서 스펀지를 뺏어 구부정한 자세가 된 채 몸을 씻기 시작했다. 빨리 가라앉으라고 빌고 있던 그때, 갑자기 목덜미에 물이 끼얹어져 엉겁결에 일어서 버렸다.

'어라 고추가 섰네. ~~후후후후후~~ 하하하하하.'

어머니는 장난스럽게 웃으면서 물로 차가와진 손으로 불알을 가볍게 쥐었다.[4]

여기서 주목하고 싶은 부분은 어머니의 반응이다. 어머니는 그의 최초의 발기에 대해 별일 아니라는 듯 웃음으로 일관하면서 그의 몸에 터치를 한다. 그 웃음은 어색함을 무마해 보려는 웃음이라기보다는 비웃음에 가까운 인상이 짙게 풍겨온다. 빨리 진정을 시키려는 행동에서 알 수 있듯 수치심을 느끼고 있었던 그에게 어머니의 웃음과 몸에의 터치는(그는 비록 인식하고 있지 못 했을지라도) 어느 정도의 심리적인 영향은 분명히 미쳤을 것이라고 생각할 수 있다.

어린 시절의 느낌은 강렬하다. 남자로서 감추고 싶은 이러한 상황은 노부오에게 트라우마가 되어서, 그 뒤 발기부전이라는 성적억압으로 작용했을 가능성이 있다고 생각된다. 어린 시절 성에 대한 부적절한 최초의 경험은 원체험(原體驗)이 되어, 그에게 발기는 나쁜 것이라는 인식을 심어주고, 이후 불능이라는 육체적인 장애가 생겼다고 볼 수 있다.

두 번째로, 노부오가 청소년기의 성장과정에서 일어난 일들을 생각할 수 있다.

노부오는 중학 시절 친고로 마을의 빈집에서 친구들과 가스를 흡입하면서 환각상태로 시간을 보낸다. 이러한 그의 과도한 가스흡입과 비정

---

4 같은 책, p. 29.

상적인 성적행위 등 청소년기의 올바르지 않은 경험이 그의 불능의 원인일 가능성이 있다.

그는 자신을 '개'로 인식한다. 예를 들면 노부오는 어느 날 친구들 몰래 여자 친구와 친고로 마을에 있는 빈집에 들어간다. 촛불만 켠 캄캄한 방에서 그는 여자 친구와 키스를 하면서 오른손으로 단단해진 불알을 꺼낸다. 왼손으로 여자 친구의 오른손을 잡고 오른손으로는 불알을 꽉 쥐고 있다. 몸을 여자 친구에게 향함과 동시에 아무것도 모르는 여자 친구의 오른손을 가랑이 사이로 끌어당긴다. 그리고 여자 친구의 손에 사정하는 것이다. 그런데 여자 친구의 비명소리가 들리기도 전에 미닫이가 걷어차여지면서 친구들이 들이닥친다. 노부오는 아연하여 지퍼를 올릴 수도 없었다. 이러한 비정상적인 성적 장면들이 기억의 주름이 되어, 노부오에게 발기에 대한 억압으로 작용했다고 생각할 수 있다.

무엇보다 노부오는 친구들과도 잘 어울릴 수 없었다. 그는 이때 당시 친구들과 소위 일탈 행동을 함께 하면 잘 어울리는 듯 해 보였지만, 그중 한 친구가 노부오에게 한 말 속에서 그와 친구들 간의 메울 수 없는 갭이 있다는 것을 알 수 있다. 녀석들 중에서 가장 마음씨가 좋은 가즈히코(数彦)는 그를 붙잡고 다음과 같이 말한다. 신은 그의 한국식 이름이다.

"신, 의미가 없는 행동은 우리들도 대환영이지만, 네가 하는 것은 파멸의 냄새가 나. 그리고 버릇이 나빠. 그것이 어떤 두려움을 느끼게 하는 것이 아니라 우스꽝스럽게 보여. 게다가 웃을 수 있는 종류의 것이면 좋은데 시선을 돌리고 싶어지는 것 같은 우스꽝스러움이야. 말하고 있는 의미 알아? 왜 더 평범하게 할 수 없지."[5]

노부오가 친구들과 같이 평범하게 하지 못하는 이유는 어머니의 영향이 있을 것이다. 그와 친구들은 사는 세계가 다르다고 하는 어머니의 말이 강박관념이 되어, 그에게 파멸의 냄새를 풍기게 하는 우스꽝스러운 행동으로 나타난다고 할 수 있다. 이렇게 친구와의 관계에서도 소통이 안 되는 것이 그에게 정신적인 억압으로 작용하여 불능을 초래할 수 있다고 생각된다. 이것은 노부오를 제외하고 다른 재일 한국인 친구들은 신체상 아무런 문제가 없다는 것으로도 알 수 있다. 즉 여자 아이에게 했던 비정상적인 행위, 친구들과 소통이 되지 않는 것 등과 같은 중학 시절의 방황이 그의 불능의 원인일 가능성이 있다.

그리고 마지막으로 어린 시절 친고로 마을에서의 기억을 들 수 있다. 노부오는 어린 시절 친고로 마을의 우물에서 '물 끼얹는 할멈(水掛ババア)'을 보았을 때, 불알이 쑤셨다고 한다. 그 기묘한 광경은 그가 성장한 뒤에도 뚜렷하게 기억된다. 친고로 마을은 노부오의 원형(原型)을 만들었고, 마을에서의 기억은 그에게 억압의 원형으로 작용했다고 볼 수 있다. 이렇게 노부오의 불능의 원인으로써 크게 세 가지 요인이 있다고 생각된다.

아카네는 노부오의 아내이다.

노부오가 그녀를 처음 만난 것은 그가 친척집이 있는 이즈모(出雲)

5 같은 책, p. 47.

에 살기 시작했을 때였다. 사촌의 친구였던 아카네는 노부오에게 처음부터 다른 사람과는 다른 방법으로 다가온다. 그녀는 자신의 부모가 사촌의 부모와도 잘 알기 때문에 노부오의 아버지에 대해서도 잘 안다고 하면서, 처음부터 노부오에 대한 모든 것을 다 알고 있다는 듯이 말을 한다. 아카네는 교토(京都)의 대학으로 진학하면서 노부오에게 자신의 주소를 주고 간다.

그런데 노부오는 아카네가 교토로 가면서 주고 간 주소를 보고 무작정 오토바이를 타고 그녀를 만나러 가면서 태어나 처음으로 '자유'를 실감할 수 있었다고 한다.

> 태어나서 처음이었다. 그런 생각에 마음이 들뜬 것은. 친고로 마을에 있던 때는 어쨌든, 이즈모에 와서부터는 나를 묶거나 억압하는 존재는 없었지만, 자신이 '자유'라는 생각은 할 수도 없었다. 왜 라고 물으면 그런 생각은 필요 없었기 때문이다 라고 밖에 말할 수 없다. 친고로 마을에 있었던 때, 내가 필요했던 것은 자유 따위가 아니고, 현실로 자신을 둘러싸고 있는 환경에서 어떻게 순응하여 행동하는가, 단지 그것뿐이었다.[6]

그는 '태어나서 처음이었다.'라고 말한다. 노부오가 아카네를 만나러 가면서 처음으로 자유를 느꼈다고 말하듯이 이제까지 그의 삶은 부자유였다고 생각된다. 그가 '현실로 자신을 둘러싸고 있는 환경에서 어떻게

6 같은 책, p. 76.

순응하여 행동하는가, 단지 그것뿐이었다'고 말하고 있듯이, 친고로 마을에서의 삶은 그에게 숨 막히는 시간들이었던 것이다. 그동안 노부오가 아버지와 어머니, 또래 친구들, 그리고 친고로 마을이라는 특수한 환경으로부터 얼마나 커다란 정신적인 억압을 받았는지 알 수 있다.

어머니와 아버지의 영향, 또래 친구들과의 관계, 그리고 친고로 마을을 포함한 환경적 요인은 그의 성장기에 심적으로 엄청난 부담이 되어, 그의 정상적인 성장을 방해했다고 볼 수 있다. 이렇게 정신적으로 숨 막히는 부자유한 삶이 그의 신체적인 불능에 영향을 미쳤을 가능성이 있다. 요컨대 노부오의 불능문제는 건강상의 문제보다 심리적인 요인에 의한 것이라고 생각된다. 친고로 마을에 있던 모든 환경적 요인으로부터 오는 억압된 마음이 불능이라는 병으로 나타나고 있는 것이다.

노부오의 '자유'는 '억압'이라는 감정과 반대되는 의미라고 할 수 있다. 자유는 억압의 반대 개념으로, 아카네를 찾아가는 노부오의 마음은 지금까지 자신을 얽어매고 있었던 억압된 마음으로부터의 탈출이었다고 볼 수 있다. 아카네는 노부오의 자유를 찾기 위한 돌파구였다.

3. 노부오의 죄의식

노부오는 자신 때문에 피해를 본 사람들에게 엄청난 죄의식을 느낀다. 노부오가 죄의식을 느끼는 사람은 크게 보아 다음의 세 사람이라고 할 수 있다. 우선 자신의 아내가 된 아카네(茜)이다.

교토에 있는 아카네를 찾아간 것은 노부오였다. 그녀는 교토대학에 다니는 재원이었다. 아카네는 대학 재학 중에 사법시험에 합격한다는 분명한 꿈을 가지고 있는 여자였다. 그리고 사법시험에 합격한 다음 오사카에 인권 변호사사무실을 내고, 나중에는 국제기관에서 일하는 꿈을 가지고 있었다. 만약 노부오가 찾아가지 않았더라면 그녀는 자신의 인생에서 그와 얽히지 않고 무난히 사법시험에 패스하여 자신의 꿈을 펼칠 수 있었을 것이다. 그러나 그와 만나면서 아카네는 변해간다. 그녀는 노부오 때문에 사법시험을 유예하고 두 사람의 관계를 재구축하려고 여행을 떠나 나고야(名古屋)에 온다. 하지만 나고야에 와서도 두 사람의 관계는 발전되지 않았다.

노부오는 아카네가 사법 시험에 대한 의지가 약해지고 생활에 찌들려 가는 것을 보면서 의문을 가진다.

> 도대체 누가 아카네를 이렇게 만들었는가? 역시 나인가? 내가 무엇을 했다고 하는가. 내가 뭔가 제멋대로 결정하고 아카네에게 강제로 시킨 적이 한 번이라도 있었던가. 그러면 무엇이.[7]

물론 이제까지 노부오가 제멋대로 결정하거나 아카네에게 강제로 시킨 적은 한 번도 없었다. 하지만 그렇더라도 현재 아카네의 상황이 노부오 때문인 것은 분명하다. 자신 때문에 아카네는 현재 이러한 상태인 것이다. 만약 자신을 만나지 않았다면, 지금쯤 그녀는 시험에 합격해서 사

---

7 같은 책, p. 128.

법연수생으로 연수하고, 서른에는 미국 변호사 자격도 취득하여 유엔의 난민기구에서 활약하고 있을 지도 모를 빛나는 미래가 있을 리였다.

두 사람 간의 모든 문제의 원인은 노부오의 무능에 있었다. 그리고 말할 것도 없이 그의 무능의 뒤편에는 불능이라는 병이 자리 잡고 있었다. 아카네에 대한 죄책감은 무엇보다 노부오가 그녀를 성적(性的)으로 만족시켜 줄 수 없다는 사실에서 그 원인을 찾을 수 있을 것이다. 아카네가 정상적인 성생활을 즐길 수 있음에도 불구하고 자신이 불가능하기 때문에서 오는 심리적인 죄책감은, 그에게 상당한 무게로 다가와 있었을 것으로 생각된다. 물론 노부오도 같은 아파트에 사는 중국인에게서 받은 약을 먹고 사경에 빠지는 등의 노력은 하지만, 별 소용은 없었다.

이즈음 아카네가 새로운 결심을 하게 된다. 그녀는 결혼을 하고 아이를 낳자고 제안하면서 자신이 먼저 병원에 가서 언제든지 임신할 수 있는 몸이라는 검사를 받고 온다. 그리고 그녀는 노부오에게 검사를 받게 하려고 한다. 하지만 그는 그러한 검사를 결코 하려고 하지 않았다. 그에게 마지막으로 남은 자존감(自尊感) 때문이었을 것이다.

노부오는 불능이라는 병을 가지고 있다. 하지만 그는 병원에 가서 자신의 병을 고치려고 하지 않는다. 그 이유가 자존감 때문인지 아니면 아카네에 대한 반감 때문이었는지는 모른다. 아카네가 그의 모든 것을 고치려고 하기 때문에 적어도 육체적인 면은 간섭받고 싶지 않아서 병원에 가는 것을 거부했을 수도 있다. 육체적인 문제이든 정신적인 문제이든 노부오가 병원에서 적당한 치료를 받았으면 병을 고칠 수 있었을 것이다. 그가 병원에 가지 않는 이유는 알 수 없지만, 적어도 그가 자신의 병을 고칠 적극적인 의사가 없었던 것은 분명하다. 결과적으로 노부오의 불능 상태는 계속된다.

불안은 불능으로, 불능은 다시 불안으로 연결된다. 불안의 고통은 자기 비판적인 생각과 감정 때문에 생기며, 벗어나려고 할수록 더 심해진다. 그리고 불안은 쉽게 폭력성을 동반한다. 노부오의 비정상적인 몸 상태는 노부오의 마음의 불안으로 이어진다. 그리고 이러한 마음의 불안은 콤플렉스[8]가 되어 나타난다. 결국 노부오의 불안은 폭력성을 발휘하여 그녀를 참혹한 사건의 현장으로 몰아넣게 된다.

노부오가 자신의 병을 고치는 대신에 생각해 낸 것이 성폭력 사주였다. 아카네에 대한 그의 죄의식의 실체는 성폭력 사주 사건이었다. 노부오가 생각하는 가족은 아이가 있고 식탁을 둘러싸고 요리를 먹는 그런 행복한 가족이었다. 그러나 노부오는 육체적 결함으로 이러한 가족을 만들 수 없다. 자신이 이러한 가족을 만들 수 없다는 노부오의 불안한 마음은 마침내 잔혹한 사건을 일으킨다. 노부오는 가족을 만들기 위해 자신의 친구들이 있는 아지트로 아카네를 부른다.

그는 이것이 자신을 위해서만이 아니고 아카네를 위한 것이기도 하

---

8 콤플렉스 (심리학) 『위키백과』
콤플렉스(독일어: komplex) 또는 컴플렉스(영어: complex)는 정신분석학의 개념으로 사람의 마음속의 서로 다른 구조를 가진 힘의 존재를 의미한다. 사람들은 누구나 약하거나 강한 콤플렉스를 지니고 있으며, 그 적용 범위는 공통의 가치관이 통용되는 범위에 따라 각 개인의 콤플렉스에서 나아가 집단의 콤플렉스, 사회의 콤플렉스로 확장되기도 한다. 예로는 남자다움을 강요하는 사회가 있다. 콤플렉스는 상황을 왜곡하여 보게 하며 그 세기에 따라 많은 상황을 중립적이고 객관적으로 보기 힘들어진다. 그래서 생각, 감정, 행동에 영향을 미치게 된다. 반면 콤플렉스는 삶의 에너지원이 되기도 한다.

다고 말하지만, 이 말은 그의 변명에 불과하다. 즉 그가 아카네의 임신을 목적으로 성폭력 사주를 했다고 해도 그것은 말이 되지 않는다. 왜냐하면 성폭력을 당했다고 임신이 된다고 할 수 없고, 또 임신이 된다고 하더라도 아카네가 그런 아이를 낳는다고 생각할 수도 없기 때문이다. 그러므로 성폭력 사주는 아카네에 대한 노부오의 콤플렉스가 야기한 사건이라고 보는 것이 맞을 것이다.

아카네에 대한 노부오의 콤플렉스는 학벌 등 여러 가지가 있지만, 그 중에서도 가장 커다란 것은 임포텐츠로부터 오는 열등감이라고 할 수 있다. 자신의 불능에 콤플렉스를 느끼던 노부오는 자신이 알고 있던 사람들에게 아카네를 범하도록 계획한다. 그리고 노부오의 요구에 응해 그들은 다섯 명이나 아카네를 범하게 되고, 그녀는 그것으로 임신하게 되었던 것이다. 노부오는 그 광경을 망원경으로 시종일관 지켜보고 있었다.

노부오가 불능인데 아카네는 임신을 하게 된다. 당연히 두 사람간의 아이가 아니라는 것을 알고 있지만, 두 사람은 그것에 대해 어떠한 말도 하지 않는다. 아카네가 "임신했어"라고 말하자, 노부오가 "그래"라고 말할 뿐이다. 서로 상대방이 한 일을 알고 있기 때문이다. 나중에 아카네의 선배인 가지(梶)는 다음과 같이 추론한다.

> "사정도 상황도 전혀 모르지만, 문득 생각한 것은 아카네는 사전에 눈치 채고 있었던 것은 아닐까. 어떻게 되는가 각오하고 그 집에 갔다. 그녀가 눈치가 빠른 여자라고는 할 수 없지만, 이 경우에서는 그냥 그렇다는 생각이 들었어. 음 확신한다고 말해도 좋아. 나는 이런 것에는 감이 뛰어나

니까."

나는 소리를 내어 웃었다. 동요하고 있는 것을 감추기 위해서 라고 자각하면서.[9]

아카네가 그 집에 갔던 순간 이러한 사건을 이미 예감하고 있었을 것이라는 가지의 말에 노부오는 웃어버리지만, 그도 마음속으로 그것을 자각하고 있었다. 물론 아카네가 그 일에 대해 한 마디도 언급하지 않기 때문에 이것이 사실인지 아닌지는 알 수 없다. 하지만 아카네가 성폭력으로 임신한 아이를 낳겠다고 선언한 것으로 볼 때, 가지의 말은 타당성이 있다고 생각된다. 이후 두 사람은 노부오의 부모가 있는 친고로 마을로 돌아와서, 아카네는 노부오와 결혼하여 평범한 여자로 살아간다.

이렇게 노부오는 자신 때문에 인생이 바뀌어버린 아카네에 대하여 죄의식을 느낀다. 무엇보다 그는 아카네에게 씻을 수 없는 상처가 될 성폭력 사주를 했다. 그는 사법시험에 합격해서 원하는 일을 하고 있을 아카네가 자신의 성폭력 사주 사건으로 현재 이런 상태라는 죄의식을 가지고 있다고 볼 수 있다.

두 번째로 노부오가 죄의식을 가지고 있는 사람은 자신이 죽인 도루(トル)이다.

도루는 노부오가 밤업소에서 만난 여자이다. 그녀는 비록 비정상적인 성관계였지만, 불능이었던 노부오를 만족시켜 줄 수 있는 여성이었

9 같은 책, p. 181.

다. 그녀는 불능에 고민하는 노부오의 약점을 커버해 줄 수 있는 여자였다.

> 도루는 나의 약점을 그것이 의미하는 것을 그 과거와 미래까지를 사귀고 나서 곧 직감했다. 아카네 같은 사람보다 훨씬 깊이 파악하고 있었다. 그녀는 나의 과거도 현재도 아무것도 모른다. 혀를 통해서만 나를 깊게 이해한다. 그것은 나를 편안하게 했다. 불능을 알고 있으면 그 외 숨길 것과 보충할 것 등 무엇 하나 없지 않은가. 적어도 잠시 동안은 그랬다. 마음속으로부터 도루와 만나는 것이 즐거움이었고, 함께 있을 수 있어서 기뻤다.[10]

이즈모에서 교토로 아카네를 만나러 갈 때 처음으로 자유를 느낀 노부오가 두 번째로 자유를 느끼는 장면이다. 불능인 노부오의 고민을 해결해 줄 수 있는 사람이 나타난 것이다. 그를 진정으로 이해할 수 있는 사람이 등장한 것이다. 도루는 노부오에게 가장 필요한 것을 해줄 수 있는 여자였다. 노부오는 '불능을 알고 있으면 그 외 숨길 것과 보충할 것 등 무엇 하나 없지 않은가'라고 말한다. 그가 얼마나 불능으로 콤플렉스를 느끼고 있는 가를 알 수 있는 대목이다. 노부오에게 '불능'은 그의 정체성이기도 하였다.

불능이라는 콤플렉스를 가지고 있는 그에게 도루는 편안함을 주었다. 처음에 노부오는 자신이 도루의 애인으로서 어울리는 남자인가 하

---

10 같은 책, p. 191.

고 생각할 정도로 그녀를 좋아한다. 그러나 2년간의 만남을 통하여 노부오는 점차 자신과 도덕관이 다른 도루를 이해하지 못하게 된다. 단지 불능을 치료하기에는 그와 도루와의 정신과 육체의 갭이 너무도 컸던 것이다. 도루와의 관계는 서서히 파멸로 치닫는다.

노부오는 누구에게도 함부로 명령 어투로 말하지 않는 사람이었지만, 그녀에게 명령 어투로 말한다. 그는 '자신이 내뱉은 말투에 오싹했다'고 말한다. 노부오는 이것을 '태어나서 한 번도 경험하지 않은 종류다.'라고 설명한다. 그는 그녀의 방에서 '주먹을 치켜 올린 채, 숨을 거칠게 쉬며 방을 세 번 돌고 자신도 잘 알 수 없는 욕을 큰소리로 두 번 내뱉고 나오'기도 한다. 노부오의 숨겨져 있던 다른 성격이 나타난 것이다. 요컨대 노부오의 그림자(影)가 출현한 것이다. 융(Jung)은 사람의 숨겨져 있는 다른 성격을 그림자라는 개념으로 인식한다.[11] 융 심리학에서 그림자는 자아 콤플렉스의 어두운, 아직 살지 못한, 억압된 측면이라고 말할 수 있다.[12]

노부오는 자신의 마음과는 반대로 행동한다. 노부오는 오히려 냉소적인 반응으로 도루를 대한다. 자신도 모르는 자신의 그림자가 나타난 것이다. 그런데 노부오가 도루에게 화를 내는 것은 사실은 도루에게 내는 것이 아니고, 자기 자신에게 내는 것이라고 할 수 있다.

---

11 그림자란 무의식의 열등한 인격이다. 그것은 나, 자아의 어두운 면이다. 다시 말해 자아로부터 배척되어 무의식에 억압된 성격측면이다. 그래서 그림자는 자아와 비슷하면서도 자아와는 대조되는, 자아가 가장 싫어하는 열등한 성격을 지니고 있다. (이부영 (2004) 『우리 마음속의 어두운 반려자 그림자』 한길사, p. 41)

12 위의 책, p. 71.

노부오가 도루에게 이러한 행동을 보이는 것은 두 가지 이유이다.

첫 번째는 노부오가 도루에게서 자기 자신을 발견했기 때문이다. 그는 도루에게서 자신의 약한 모습을 본다. 노부오는 도루에게서 뭐라고도 말할 수 없는 '가련함'을 느낀다. 노부오는 도루가, '자신이 아니고 자신의 쪽을 보고 기다린다.'고, 그녀의 비굴함을 이야기한다. 그리고 이러한 도루의 비굴한 태도가 불능으로 콤플렉스를 느끼는 자신의 모습과 오버랩되었다고 볼 수 있다.

두 번째는 두 사람 관계의 의미 문제였다. 도루는 그에게 가장 필요한 성적(性的) 문제를 해결할 수 있는 능력을 가지고 있는 여자이다. 무엇보다 도루는 그를 사랑한다고 말한다. 그러나 그녀는 노부오의 이름도 모른다. 또한 그도 그녀의 이름을 모른다. 도루의 본명을 한 번 들은 적이 있지만 그는 기억하지 못한다. 이름은 그 개체를 지정하고, 정의내리며, 인식하게 하고, 의미를 부여하는 매개체이다. 그런데 그런 이름조차 생각나지 않는다는 것은 두 사람의 관계가 허상(虛像)이었다는 것을 나타낸다고 할 수 있다.

노부오는 이러한 관계를 이해할 수 없었다. 그의 도덕(道德)관념으로는 서로의 이름도 모르면서 그가 가장 중요하게 생각하는 행위를 하고 있다는 사실을 인정하지 못하는 것이다. 무엇보다 노부오는 자신을 사랑한다는 도루를 이해하지 못한다. 노부오는 정상적인 성관계를 할 수 없는 자신에게 집착하는 도루를 이해할 수 없었다.

하지만 아카네와 마찬가지로 노부오는 도루 역시 자신이 그렇게 만들었다고 생각한다. 자신을 만나지 않았으면 도루가 그렇게 비굴하게 행동할 리가 없었을 것이라고 생각하면서 도루에게 죄의식을 느끼는 것이다. 무엇보다 자신은 도루를 죽인 살인자였다.

그는 도루가 자신의 마음에 들지 않는다는 이유로 그녀를 죽인다. 도루는 비록 매춘을 하고 있어도 그를 만나지 않았다면 현실적으로 아무 문제없이 살아갈 여자였다. 그런데 그는 도루의 인생에 관여하여 결국에는 그녀를 죽여 버리게 되는 것이다. 그녀는 단지 노부오의 마음에 안 든다는 이유로 아무런 죄도 없이 죽는다. 그러므로 도루에 대한 노부오의 죄의식은 당연하다고 할 수 있다. 노부오는 도루가 죽은 장소에 가서 꽃을 놓아두거나 한다. 그녀가 죽은 날에는 1분간의 묵도도 바친다. 그녀에 대한 죄의식으로부터 나온 행동이다.[13]

마지막으로 그가 죄의식을 느끼고 있는 사람은 자신의 딸이 되어 있는 지세(知世)이다.

지세는 노부오가 아무런 생각 없이 그저 아카네를 욕보이게 하기 위하여 계획한 사건으로 태어난 아이였다. 노부오가 아카네에게 의도한 일은 평범한 인간이라면 도저히 생각할 수 없는 도덕적으로 잔혹한 범죄행위였다. 단지 아카네가 그것에 대하여 죄의 책임을 묻지 않았을 뿐이다. 아카네는 자신이 어떠한 일을 당할지를 알면서 그곳에 갔다. 요컨대 지세는 태어나지 않았어야할 아이였다.

13 아카네도 도루도 모두 노부오의 불능이 원인이 된 문제였다. 존 샌포드가 간파하듯, 성은 엄청나게 복잡한 심리적이고 정신적인 문제다. 왜냐하면 육체적인 충동은 사랑, 개인적 관계, 그리고 영적 에너지 같은 가장 까다로운 문제들과 결합되어 있기 때문이다. (존 샌포드 지음, 심상영 옮김 (2010) 『융 심리학과 치유』 한국심층심리연구소, p. 179)

지세는 노부오의 성폭력 사주로 태어났지만 어린이의 밝음을 간직한 아이였다. 그러한 지세를 노부오는 사랑한다. 그는 다른 사람이 지세와 같이 있는 것에 대하여 '내 아이이기도 하다. 너무 제멋대로 하는 짓은 내버려두지 않겠다.'와 같이 지세에 대해 강한 소유욕을 보이기도 한다. 하지만 언젠가 자신이 한 일에 대하여 지세가 알게 될 날이 올 지도 모른다. 세상에는 비밀이 없기 때문이다. 그는 자신의 잔혹한 사건에 의해 태어난 지세에 대하여 죄의식을 느낀다.

지세 미안해. 아빠는 어찌 할 도리가 없는 남자야. 지세에게는 절대로 말할 수 없는 일이 가득 있어.[14]

노부오가 지세에게 죄의식을 느끼는 장면이다. 노부오는 지세에게 절대로 말할 수 없는 지세 탄생의 비밀을 안고 있다. 만일 지세가 그 사실을 안다면 결코 용서하지 않을 것이라는 것도 알고 있다. 이러한 사실은 지세가 커갈수록 그에게 명확한 모습으로 다가올 것이다. 그리고 지세에 대한 노부오의 죄의식도 그만큼 커져갈 것이다.

---

14 玄月 (2003) 『おしゃべりな犬』 文芸春秋社, p. 226.

4. 죄와 벌, 그리고 신(神)

죄의식으로 고민하는 노부오가 자신의 죄에 대하여 상담한 사람은 카라반이었다. 프랑스계 캐나다인 목사였던 카라반은 한국각지에서 15년간 교회에서 근무한 뒤, 막 일본에 왔던 것이다. 노부오는 그에게 아카네 사건과 도루의 살인 등 자신의 모든 일을 고백한다. 또 카라반도 자신에게 일어난 사건들을 이야기하면서, 두 사람은 신의 존재와 죄(罪)와 벌(罰)의 문제에 대하여 토론한다. 그런데 두 사람은 신의 존재에 대하여 근본적인 인식 차이를 보인다. 요컨대 카라반은 '신을 믿고는 있지만, 신의 손(神の手)의 존재를 이미 인정하지 않는다.'고 하는 반면, 노부오는 '신을 믿지 않지만, 신의 손과 같은 존재를 확실히 느끼고 있다'고 말한다.

> 카라반은 신을 믿어도 신의 손의 존재를 부정한다. 나는 신을 믿지 않는데도 신의 손과 같은 존재를 확실히 느끼고 있다. 나는 저 두 개의 죽음만을 말하고 있는 것이 아니다. 최초의 7인이 광장의 우물을 파 올렸던 때부터 시작된 나의 모든 것에 그 존재를 느껴 왔다.[15]

노부오는 자신의 삶이 친고로 마을의 최초의 7인이 광장의 우물을 파 올렸던 때부터 시작되었고, 또 그때부터 자신의 모든 것에서 '신의 손'의 존재를 느껴왔다고 말한다. 친고로 마을에 우물이 생긴 것은 노부오가

15 같은 책, p. 257.

태어나기도 전의 일이다. 하지만 그는 자신이 태어나기도 전인 그때부터 '신의 손'의 존재를 느낀다고 말한다. 노부오는 두 개의 죽음뿐만 아니라 최초의 7인으로부터 그리고 친고로 마을이 세워진 순간부터 미리 예정되어 있는 그의 존재, 그의 생 전체를 통틀어 '신의 손'과 같은 것을 느껴왔다고 말하고 있다.

여기에서 두 개의 죽음은 마을 청년과 도루의 죽음을 가리킨다. 그런데 신은 두 사람의 죽음을 과연 원했을까. 노부오는 두 사람의 죽음이 과연 신의 의지인가 하고 생각한다. 신이 그들의 죽음을 바랐을 리는 없다. 두 사람의 죽음은 사고사였다. 하지만 만약 신이 있었으면 그들은 사고를 당하지 않았을 것이다. 그들의 죽음은 운명이었다. 결국 노부오에게 신은 없고, 신의 손만이 존재할 뿐이다. 여기에서 노부오가 말하는 신의 손은 신의 의지를 가리키기도 하지만, 피할 수 없는 운명(運命), 다른 방도 없이 그렇게 될 수밖에 없는 필연을 말한다고 볼 수 있다. 노부오가 말하는 '신의 손'은 미리 정해져 있는 운명과, 죄에 대한 벌 즉 원죄의식(原罪意識)을 말한다.

한편 목사인 카라반이 신을 믿지만 신의 의지를 의심하는 것은, 그의 아들이 어머니를 죽인 사건을 겪었기 때문이었다.

> 신은 아무것도 바라지 않는다. 내 이야기는 왜 내가 그렇게 생각하게 되었는가를 설명하기 위해서입니다. 나는 그 소년을 만든 것이 신이라고는 도저히 믿을 수가 없었다. 신앙심이 깊다고 할까 정신이 강인한 사람이라면 그 소년의 태어남도 사건도 신의 의지라고 믿고, 보다 신을 두려워하겠

지만 나는 할 수 없었다. 신은 존재한다. 그러나 신은 아무것도 하지 않는 것입니다. 내가 할 수 있는 것은 일어나버린 슬픈 사건의 당사자를 위해서 기도할 뿐입니다. 죽은 사람을 위해서도 살아남은 사람을 위해서도.[16]

카라반은 '신은 존재한다. 그러나 신은 아무것도 하지 않는'다고 말한다. 그가 신의 손의 존재를 믿지 않는 이유이다. 하지만 인간의 자유의지가 아니라 다른 선택지가 없는 필연성에 공감하면서, 신의 손의 존재를 믿지 않기란 논리적으로 불가능하다. 카라반은 목사이기에 필연성을 양심에 따른 행동으로 생각하고, 또 죄의식에 대해서도 깊이 절감하고 있다. 그는 '신은 모든 것을 보고 있다'고 하면서, 그러므로 자신은 '항상 양심에 비추어서 행동하도록 되었다'고 말한다.

그는 노부오에게, '자기 자신의 죄를 받아들이는 컵의 크기는 한정되어 있는 것입니다. 위에서 채워도 넘칠 뿐. 그런데 넘친 물은 증발하는 것이 아니다. 기억의 주름에 단단히 배어있는 것이다.'라고 말한다. 요컨대 카라반은 사람마다 자신의 죄를 받아들이는 컵의 크기가 한정되어 있다고 인식한다. 즉 죄의식에 대한 사람들의 생각은 각각 다르다는 것이다. 그러나 죄의식에 대한 사람들의 생각이 각각 다르다고 할지라도 그 죄의식은 언제까지 남아있다는 것이다. 그에 의하면 죄의식은 결코 사라지지 않는다. 죄의식은 사라지지 않고 그 사람의 기억의 주름에 단단히 배어 있다.

16 같은 책, p. 269.

이렇게 보면 카라반도 사실상 '신의 손'의 존재를 어떤 의미로든 인정하고 있다고 할 수 있다. 죄의식(이것은 죄에 대한 벌이라고 할 수 있다)이 언제까지 남아있는 것은 신이 아무것도 하지 않는 것이 아니고, 신의 손이 작용하기 때문이다. 그렇기 때문에 그는 노부오와 마찬가지로 받아야 할 벌에 대해서도 깊이 공감하고 있는 것이다. 단지 두 사람의 차이는 그 벌에 대한 인식차이이다. 노부오에 대해 '나에게는 당신이 벌을 바라고 있는 듯이 보인다. 하지만 아무리 바란다고 해도 벌은 일생 찾아오지 않을지도 모른다. 그리고 그것이야말로 받아야 할 벌인 것이다.'라는 카라반의 말은, 죄에 대한 벌이 반드시 감옥에 간다는 물리적인 행위만이 아니더라도 양심에 남아있는 벌의 무게가 오히려 더 클 수 있다는 것을 이야기하고 있는 것이다.

신을 믿는 것과 신의 손의 존재에 대해 두 사람의 생각은 대조를 이루고 있는 것처럼 보인다. 하지만 카라반 역시 삶의 와중에 일어나는 여러 사건들에 있어서, '선택지는 애초부터 하나밖에 없고, 그리고 그 단 하나를 하는가 마는가의 문제는 처음부터 존재하지 않는다'고 생각한다. 이렇게 보면 결국 카라반도 노부오와 시각을 같이 하고 있다고 볼 수 있다. 말하자면 노부오와 카라반은 그들 삶에서 벌어진 여러 사건들에 있어서 선택의 자유에 대해 말하기보다는 그 필연성에 대해 공감하고 있다. 신을 믿지만 신의 손의 존재를 믿지 않은 카라반도, 신을 믿지 않지만 신의 손을 느끼는 노부오도 죄와 벌에 대한 생각은 다르지 않다고 볼 수 있다.

이렇게 사실상 두 사람은 현상에 대해 결과론적으로는 비슷한 판단을 내리고 있다. 신의 존재 유무는 그리 중요한 문제가 아니다. 그리고 죄를 인정하든, 인정하지 않든 그것 역시 중요한 것이 아니다. 신을 믿지 않는 노부오 역시 벌에 대해서는 예감하고 있고, 그들이 악행(惡行)에 대해 숙명적인 태도를 고수하고 있다는 것으로 미루어볼 때, 이것은 사실상 같은 현상에 대해 다른 이름을 붙이고 있는 것에 불과하다.[17] 문제는 받아야 할 벌이며, 결과적으로 노부오는 언젠가 닥쳐올 벌에 대해 느끼고 있다. 두 사람의 차이는 카라반은 벌을 기다리는 것이고, 노부오는 결국 자신이 선택하여 벌을 받게 되는 것이었다.

카라반과 노부오의 대화를 읽다보면 계속 혼란스러움을 느끼게 되는데 이것은 노부오 스스로 자신의 말을 중언부언하고 있기 때문이다. 노부오는 카라반의 말에 공감하는 듯 하다가 이내 그 생각을 뒤집는다. 자신이 저지른 죄에 대한 벌을 기다리고 있는 노부오는 삶의 갈피를 못 잡고 방황하고 있다.

> '신이 바란 것이다.' 라고 하면, 어쩔 수 없다고 하고 싶다. 처음부터 용서되어 있다고 하는 카라반의 말이 너무나도 핵심을 찔렀기 때문에 반발했던 것뿐이다. 아니, 그것은 절대로 틀린다. 그런 것이 아니다. 그러면 어떤 것인가? 나는 도대체 무엇을 하고 싶은 것인가? 어떻게 되고 싶은 것인가?[18]

---

17 카라반이 죄라고 부르는 것에 대해 노부오는 그렇게 부르지 않는다. 그러나 그로 인해 받는 벌이 자신이 저지른 일 때문이라는 것은 공감하고 있으므로 죄라고 부르든지 부르지 않든지는 큰 문제가 아니다.

18 같은 책, p. 257.

노부오의 이런 식의 중언부언은 아카네나 지세에 대한 생각에서도 나타난다. 그런데 특히 카라반과의 대화에서 그는 극단적인 혼란을 보이며 자신의 생각을 정리하지 못하고 횡설수설하게 된다. 그에게 도대체 의미가 있는 것이 존재치 않기 때문이다. 그가 아카네를 통해 도루를 통해서 혹은 지세를 통해 의미를 갖고 구원을 얻으려 해도 의미는 그에게와 닿지 않고 계속 미끄러져 버린다. 다만 그는 설명할 수 없는 초조감(그는 이것을 공동감(空洞感)이라고 말한다)으로 곧 닥칠 좋지 않은 결과만을 생각하고 공포를 느낄 따름이다. 노부오에게는 이제 갈 곳이 없었다.

강박관념과 초조함에 지친 노부오는 아카네에게 기대려고 한다. 그러나 노부오는 아카네가 변했다고 생각한다. 원래 지세의 탄생과 아카네의 사법시험 합격 선언은 같은 상황에서 이루어진 일이었다. 지세를 낳을 결의를 했던 때, 아카네는 반드시 사법시험을 합격해 보인다고 선언했던 것이다. 요컨대 지세를 낳는 것은 그녀가 사법시험을 패스하는 것을 조건으로 성립된 암묵적인 거래였던 것이다. 비록 성폭력을 당해서 임신했다고 해도 사실 아카네가 아이를 낳을 이유는 없었다. 오히려 이런 경우에는 아이를 낙태하는 것이 당연하다고 할 수 있다. 그런데 그녀는 아이를 낳겠다고 선언한다. 그리고 이와 병행하여 사법시험 합격을 공언했던 것이다. 즉 지세와 사법시험 합격은 교환조건이었던 것이다.

지세와 아카네의 사법시험 합격, 이것은 당시 두 사람에게 있어 암묵적인 약속이었다. 이것은 번복해서는 안 되는 약속이었다. 아카네가 반드시 지켜야할 약속이었다. 그런데 아카네는 지세를 낳았지만, 사법시험 공부를 하지 않는다. 그녀는 지세가 세 살이 되면 시험공부를 시작한다고 했지만 공부를 시작하지 않는다. 시험공부를 시작하지 않느냐는 노부오의 말에, 아카네는 시험을 볼까 말까 조금 더 시간이 필요하다고 말한다. 이러한 아카네의 모습을 보고 노부오는 그녀가 그 사건을 극복했다고 생각한다. 그리고 노부오는 그녀에게 인간적인 믿음을 버리게 되게 되는 것이다. 아카네는 강한 여자이니까 그것이 가능했을 수도 있다. 하지만 약속이 완성되지 않은 이상, 노부오는 그 사건을 극복할 수 없었다. 그의 양심은 그것을 인정할 수 없었던 것이다. 이것은 지세의 존재에 대한 의미이기도 했다.

도루의 죽음도 마찬가지였다. 도루는 흔적도 없이 사라졌다. 아무도 알지 못한다. 어떠한 살인 증거도 남아있지 않다. 또 지세가 노부오의 딸이라는 사실도 아무도 의심하지 않는다. 모두가 인정한다. 그러므로 죄에 대한 벌은 필요 없었다. 그러나 노부오 스스로가 자기 자신의 죄를 속일 수는 없었다. 그가 자신이 생각하는 벌로 나가지 않을 수 없었던 이유이다. 노부오는 자살을 함으로써 스스로 자신에게 벌을 내린다.

지세는 태어나지 않았어야 할 아이였다. 지세는 노부오가 아무생각도 없이 아카네를 욕보이게 하기 위하여 계획한 사건으로 태어난 아이였다. 그런데 그는 이렇게 태어난 지세를 누구보다도 사랑하고 있다. 아카네를 욕보이게 하기 위하여 계획한 사건으로 태어난 아이를 자신이 누구보다 사랑하고 있는 것, 이것은 벌이었다. 요컨대 '구체적인 벌이 없는 것이 벌(罰)'이라고 카라반이 말하는 벌이다. 그는 지세를 누구보다도 깊게 사랑하기에 이미 죄에 대한 벌을 받은 것이다. 하지만 벌은 이것으로 끝나지 않았다. 노부오는 꿈에서 지세의 얼굴을 떠올리지 못한다.

생각나지 않는다. 어떻게 해도 지세의 얼굴이 생각나지 않는다! 뭔가 즐거운 일을 생각하려고 하면, 지세 없이는 무리였다. 무슨 일이 있어도 매일 반드시 말을 주고받고, 뺨을 만지고 일곱 살이 된 지금도 뽀뽀를 하는데도, 벽 하나를 사이에 둔 저편에서 새근새근 잠자고 있을 지세의 얼굴이 전혀 생각나지 않는다. 이 정도의 공포가 또 있을까! 나는 너무 두려운 나머지 울기 시작한다. 덜덜 떨면서 소리 없이 운다.[19]

노부오는 지세의 얼굴이 생각나지 않자, '공포를 느끼며 덜덜 떨면서 소리 없이 운다.' 그만큼 노부오는 지세를 깊고 깊게 사랑하고 있었다. 노부오는 지세를 위해서라면 목숨을 바칠 각오도 있었다. 그런데 결국 얼굴이 기억나지 않은 지세는 '가 버리는' 것이다. 그는 지세가 존재했는가조차 의문스럽게 생각한다. 지세가 존재하지 않았으면 잃을 것조차 없기 때문이다.

이렇게 마지막 의미로 남아있던 지세마저 사라져 버리자, 노부오는 마지막 희망을 잃어버린 채 죽음을 향해 나아갔던 것이다. 결국 그가 있을 곳은 어디에도 없었다. 그가 처음으로 자유를 느꼈던 아카네에게 실망하고, 자신의 불능을 치료해주었던 도루에게 구원받지 못하고, 그리고 사랑하는 지세에게까지 버림받았다고 생각한 노부오가 있을 곳은 없었다.

19 같은 책, p. 274.

5. 결론

지금까지 현월의 『말 많은 개』를 통해서 노부오라는 인간에 대하여 살펴보았다.

자신의 성적 불능으로 아카네에게 콤플렉스를 느끼던 노부오는 그녀에게 복수하기 위해서 집단 성폭행을 사주하는 사건을 일으킨다. 하지만 아이러니하게도 그 사건은 자신이 생각하는 것과 정반대의 결과를 가져온다. 그 사건으로 얻은 지세를 자신이 누구보다도 사랑하게 된 것이다. 노부오는 지세를 생각하며 원죄를 느낀다.

결국 이것은 원죄의식(原罪意識)으로 귀결된다고 볼 수 있다. 그의 부모가 친고로 마을사람들에게 했던 일, 자신이 아카네에게 했던 잔혹한 일, 그리고 아무 죄도 없는 도루를 죽인 일들이 지세를 통하여 그에게 원죄로써 나타나게 된 것이라고 생각된다. 노부오는 여기에서 결코 벗어날 수가 없었던 것이다.

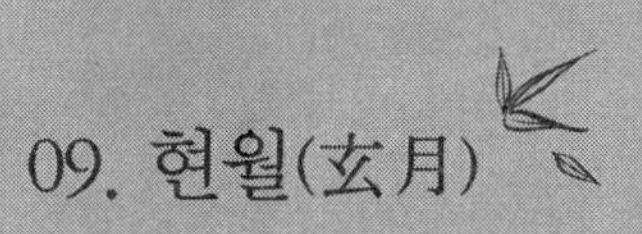

09. 현월(玄月)

『이물(異物)』론

1. 서론

현월(玄月) (1963-)은 현재 일본에서 가장 활발하게 활동하고 있는 재일 한국인 작가이다. 그는 2000년 『그늘의 집(蔭の棲みか)』이 아쿠타가와 상을 받으면서 본격적으로 일본문단에 데뷔하였다. 그 후 현월은 일련의 작품을 통하여 재일 한국인 사회라는 소수집단에서 벌어지는 부조리를 파헤치며, 인간의 근원적 악과 폭력을 주시해왔다. 현월은 작가 자신의 정체성의 발로이기도 한 재일 한국인의 군상(群像)을 작품에 투영시키면서도 동시에 인간의 존재양상을 정확히 포착하는데 성공했기에, 그의 작품은 보편성을 획득하고 있다고 할 수 있다.

본서에서는 그의 작품 중에서 『이물(異物)』을 중심으로 일본에서 살고 있는 재일 한국인들의 현재에 대해 고찰해 보려고 한다. 재일 한국인이 겪는 일본사회의 차별이 주 내용이었던 대부분의 재일 한국인 문학작품들과는 달리, 현월의 『이물』에서는 일본인과 재일 한국인, 재일 한국인 1세와 2세, 그리고 올드커머(Old comer)와 뉴커머(New Comer)라는 새로운 갈등 구조가 등장하고 있다.

작가는 이 작품을 통해 이물감(異物感)은 일본인과 재일 한국인 사이뿐만 아니라, 재일 한국인 각각의 그룹 사이에도 분명히 존재한다고 말하고 있다. 본 연구에서는 이러한 갈등 구조를 『이물』 내부의 인물들이 어떻게 받아들이고, 또 대응하고 있는지 살펴보도록 하겠다.

2. 일본인의 '이물' —재일 한국인

『이물』은 『군상(群像)』(2005년 2월호)에 발표된 후, 2005년 4월 고단샤(講談社)에서 단행본으로 출간되었다. 현월의 『이물』은 그 제목에서 알 수 있듯이 일본 내의 재일 한국인, 재일 한국인 내, 그리고 뉴커머 등 외부의 여러 형태의 이물감에 대해서 작가 특유의 인간 내면의 폭력성을 남성주의적 성(性)이라는 코드를 이용하여 풀어낸 작품이라고 할 수 있다. 작품 내에서 시점이 여러 번 바뀌고 시(時)계열이 매우 복잡하게 엉켜 있으며, 이야기의 배경으로 등장하는 황사(黃砂)처럼 작품의 느낌은 전체적으로 '혼탁하다'라고 표현할 수 있다. 이러한 혼탁함 속에서 나오는 이물감은 A : B의 단순한 양자구도에 그치지 않고 복잡한 다자구도를 가지고 있으며, 이것이 또 작품에 혼탁함을 더해준다.

『이물』에서 나타나고 있는 갈등 구조는 다음의 세 가지로 분류하여 분석할 수 있다. 그것은 전형적인 갈등 구조인 '일본인과 재일 한국인', '재일 한국인 1세와 2세', 그리고 이 작품을 통해 새롭게 등장한 구조인 '올드커머와 뉴커머'의 갈등이다.

우선, 재일 한국인 문학에서의 전형적인 갈등 구조인 '일본인과 재일 한국인'의 갈등에 대하여 생각해 보기로 한다. 재일 한국인 문학에서 '일본인과 재일 한국인'이라는 갈등은 전형적으로 다루어져 왔다. 『이물』에서도 역시 그러한 면이 나타난다. 하지만 이 작품의 경우는 조금 다르다. 왜냐하면 『이물』의 무대는 재일 한국인이 많이 사는 마을이기 때문이다. 마을에는 옛날부터, 적어도 80년 전에는 마을 주민 반수 가까이가 재일 한국인이었다.

이 작품의 주인공 이케야마 마사토(池山真人)는 재일 한국인 2세로, 일본에서 태어나고 자란 일본인에 더없이 가까운 인물이다. 그는 '기본적으로 자상하고 때로는 우유부단하기도 하다. 친한 친구와 호의를 가진 사람을 위해 애쓰는 것을 마다않지만, 반대로 한 번 적이라고 판단하면 노골적으로 드러내는' 성격으로 묘사되어 있다. 그는 사토(佐藤)를 비롯한 일본인 그룹과 다른 자리였지만 우연히 같은 술집에서 술을 먹게 된다. 그런데 사토는 이케야마를 배려하는 아쓰시(敦史)에게 그의 본심을 드러낸다.

> "뭐야, 재일 한국인이군. 너 한국인 따위에게 왜 배려하냐? 잘난 도련님인 주제에." "야, 충고해두지만, 이 마을에서 그런 식으로 말하지마." "어깨에 힘 좀 주지 마. 나한테도 재일 한국인 친구가 있고 차별 같은 거 안 해. 단지 저 새낀 맘에 안 들어. 건방지게 나를 부르고. 발이 넓다고 하지만, 일본이 먹여 살려 주는 거지. 처지를 알아야지."[1]

사토는 자신에게도 재일 한국인 친구가 있고 차별 같은 것은 하지 않는다고 말하지만, 재일 한국인은 일본이 먹여 살려 준다는 인식을 가지고 있다. 그의 '처지를 알아야지'라는 말에서 그가 재일 한국인과 일본을 분리하여 생각하고 있다는 것을 알 수 있다. 그에게 있어 재일 한국인은

1 현월(2005) 『異物』 강담사, p. 124(이후 본문에서의 인용은 쪽수만을 표시한다).

자신과 같은 일본인이 아니다. 그는 겉으로는 차별을 하지 않는다고 말하지만, 그의 마음속에는 자신들과 재일 한국인이 다르다는 생각이 뿌리박혀 있다고 볼 수 있다.

단지 『이물』에서 일본인의 태도 구분이 어려운 것은 이야기의 배경이 되는 마을의 특성에 있다. 『이물』의 배경이 되는 마을은 예전부터 재일 한국인이 많이 살고 있었던 곳으로 노골적인 차별은 존재할 수가 없는데, 그렇기 때문에 사토와 같이 차별 같은 것은 하지 않는다고 말하면서도 실제로는 차별을 하고 있는 이중적인 태도를 가지게 되었다고 할 수 있다.

그는 이케야마와 재일 한국인을 '그놈들(あいつら)'이라고 말하면서 일본인인 '우리들(おれら)'과 구별한다. 그는 재일 한국인이 많은 마을에서 자라서 재일 한국인을 무시하지는 못하지만, 위화감(違和感)을 느끼며 일본인과 구별하여 재일 한국인을 이(異)집단으로 취급하고 있는 모습을 보여준다. 이렇게 『이물』에 등장하는 대부분의 일본인은 재일 한국인을 드러내놓고 차별하지 않는다. 하지만 일본인들에게 '그놈들'인 재일 한국인은 친구이면서도 '우리들'과 완전히 같지는 않은 존재들이라고 인식된다. 재일 한국인이 많이 사는 마을의 특수한 형편상, 표면적으로는 차별을 하고 있지는 않지만, 그들은 '우리들'인 일본인과 '그놈들'인 재일 한국인을 마음속으로 다른 존재로 구분하고 있는 것이다.

한편 재일 한국인 문학에서 전형성이란 재일 한국인에 대한 일본인의 태도를 보여주는 데에 있었는데, 『이물』에서는 특이한 경우가 나타난다. 그것은 재일 한국인 문학에서 대부분의 주인공들의 모습과는 달리,

재일 한국인으로서의 정체성이 확고하면서도 일본인보다 더욱 일본인답게 행동하는 모습을 보여주는 주인공 이케야마 마사토의 존재이다.

> 4학년 때 하리모토 이사오(張本勲)의 일본 햄 파이터스로부터 거인(巨人)으로의 이적이 결정된 것을 감독으로부터 들으며, 감정을 잘 드러내지 않는 아이로서는 드물게, 모두의 앞에서 펄쩍펄쩍 뛰었다. "무엇이 그렇게 기쁜 거냐?" 라고 묻자, 이케야마는 대답했다. "너희들도 알잖아, 그가 우리와 같은 걸. 이런 기쁜 일이 또 있을까?[2]

이케야마 마사토는 재일 한국인으로서의 정체성을 가지고 있으면서도 자신들을 같은 일본인으로 대하지 않는 일본인들에게 노골적인 적대감을 드러낸다. '쟤는 재일 한국인에 대한 뒷담화나 비하를 용서 못했지. 내가 아는 사람만 해도 세 명은 반죽음이었어.'에서 알 수 있듯이, 그는 자신을 무시하는 일본인을 가만두지 않는다. 이러한 재일 한국인의 정체성과 자신들을 차별하는 일본인에 대한 적대감은 재일 한국인 문학에서의 전형적인 부분이라고 할 수 있다.

마을사람들은 이케야마에게 적대적인 존재가 되는 것을 두려워하는데, 여기에서의 '적대적인 존재'는 이케야마가 '우리들'이라고 부르는 재일 한국인(정확히는 올드커머)을 '그놈들'로 대하는 일본인이거나, 혹은 일본인에게 자신들을 '그놈들'로 보이도록 만들지도 모르는 위험한 존

---

2 p. 133~134.

재인 뉴커머이다. 그런데 이케야마가 자신을 '그놈들'로 부르는 일본인에게 적대적인 감정을 가지는 것은 이유가 있었다. 그는 일본인보다 더 일본인 같은 면을 가지고 있는 사람이었기 때문이다.

> 쇼와(昭和) 천황이 죽었을 때도 울고 있었지. 나는 그것을 직접 본건 아니지만 본인이 고백했지. (중략) 나는 오사카의 평균적인 일본인이지만, 내가 아는 한, 쇼와 천황이 죽어서 눈물을 흘린 일본인은, 할아버지 한 명이나 두 명이었어. (중략) 왜 이케야마씨는 자신이 운 것을 말한 걸까요? 운다, 는 것은 약점이잖아요. "그렇지, 걔는 어떤 경우라도 남한테 약점을 보여주지 않아." "자신이 운 것을 스스로 밝힌 것에는 뭔가 이유가 있었겠지. 그렇지."[3]

다른 재일 한국인 문학에서의 '재일(在日)'의 모습과 가장 뚜렷하게 구분되는 부분이 바로 '일본인보다 더 일본인다운' 이케야마의 모습일 것이다. 그는 재일 한국인으로서의 긍지와 자부심을 가지고 있고 또 누구보다도 강한 사람이지만, 쇼와 천왕이 죽었을 때 울었다고 말한다. 일본인도 울지 않는데 재일 한국인인 그가 운 것이다. 또한 그는 광적인 황실 마니아로 아이코짱이 태어났을 때는 텔레비전 앞에서 눈물을 흘리기도 한다.

이케야마 마사토는 감정이나 약점을 남에게 드러내지 않는 인물이지

3 p. 131～132.

만, 어째서인지 자신의 이러한 모습만은 노골적으로 드러낸다. 이케야마가 재일 한국인으로서의 자존심과 긍지와는 별도로, 평균적인 일본인보다 더 일본인다운 모습을 일부러 더 보여주는 것은 자기 자신이 일본인에게 '그놈들'로서 구분되는 것을 거부함에 기인한다고 할 수 있다. 이케야마는 확실한 '우리들'로서의 정체성을 가지고 있으면서도 타인에 의해 그러한 '우리들', 즉 타인에게의 '그놈들'이 되는 것을 거부하고 있기 때문에 재일 한국인을 차별하는 일본인을 싫어하고, 또 자신들을 '그놈들'로 만들 수 있는 뉴커머들을 싫어하는 것이라고 할 수 있다. 그는 일본에서 문제를 일으키는 뉴커머로 인해 자신마저, 또한 '그놈들'로서 일본인에게 함께 취급되는 것이 싫은 것이다.

『이물』의 일본인은 특수한 배경인 마을의 영향으로, 재일 한국인을 완전히 다른 존재로 보지는 않는다. 그러나 이들에게 있어서 재일 한국인은 친구이자 이웃이지만, 완전히 같은 존재는 아닌 '그놈들'이다. 또 재일 한국인은 이러한 그들의 인식을 무시하기도 한다. 현월은 재일 한국인이 많이 사는 마을이라는 배경을 통해 보통의 일본사회에서보다 좀 더 미묘한 이들의 갈등관계를 보여주고 있다. 요컨대 일본인은 재일 한국인에게 이물감을 느낀다. 일본인보다 더 일본인 같은 이케야마에게도 이물감을 느낀다. 일본인에게 재일 한국인은 자신들과 어울리지 않는 이물인 것이다.

3. 재일 한국인 1세에게 있어서의 '이물' - 재일 한국인 2세

이 대부분의 재일 한국인 1세가 1910년대 일제의 식민지 지배가 시작된 즈음 우리나라에서 가난해서 못 배우고, 처지가 어려워서 일본으로 건너간 사람들이라는 것은 일반적으로 알려진 사실이다. 재일 한국인 1세는 주로 막노동이나 보따리 장사와 같은 일을 하며, 강인한 생활력으로 일본사회에서 살아남았다. 따라서 이런 재일 한국인 1세는 자식들이 자신들의 인생순환을 겪게 하려는 것을 최대한 막으려고 노력해왔던 것이 현실이었다. 재일 한국인 1세들의 이러한 역할로 오늘날 재일 한국인들은 일본사회에서 현재의 위치를 갖게 되었고, 세대를 거듭할수록 그들의 지위는 향상되고 있다고 할 수 있다. 하지만 이런 재일 한국인 1세들의 노력에도 불구하고 그들의 자식들은 일본이라는 사회에 귀속되어버리는 현상이 발생하기도 했다. 일본 사회 내의 재일 한국인에 대한 차별적 태도와 인식들이 2세들로 하여금 새로운 해결책을 찾게 하였고, 그러한 해결책으로써 모국을 버리고 생활의 터전이 있는 일본으로의 귀화가 다반사로 나타나는 사회적 양상을 가져온 것이다. 이러한 사회적 분위기는 『이물』의 내용에도 영향을 끼쳤는데 작품 내에서는 재일 한국인 1세들이 2세들을 자신과 다른 존재들로 인식하고, 갈등하는 부분이 나타나고 있다.

그러나 일본에서 나고 자란 아들은 다르다. 마사토는 언젠가는 일본인으로서 살아갈 것이라고 이케야마 노보루(昇)는 야마시타(山下)에게 말한

적이 있다. (중략) 야마시타는 그때, 이케야마 노보루 자신이 장래에 귀화할 생각이 있다고 생각했었다. 하지만 지금 생각해보면 자신과 아내가 죽은 후라는 것을 깨달았다.[4]

재일 한국인 1세인 이케야마 노보루는 자신의 아들인 이케야마 마사토가 장래에 일본인으로 살아갈 것이라고 야마시타에게 말한다. 재일 1세대는 귀화라는 것을 자신의 조국인 한국에 대한 배신으로 생각하는 세대이다. 그러나 그는 자신의 아들인 마사토가 일본인으로 살아갈 것이라고 말한다. 즉 자신은 그렇지 않지만 아들은 일본사회에서 살아가기 위해서 귀화하는 것을 당연하다고 생각한다. 그는 재일 1세인 자신과 재일 2세인 아들은 다른 존재라고 인정한다. 여기에 자신과 아들 사이에 이물감이 생기는 것이다.

그는, 재일 한국인 2세인 이케야마 마사토는 자신과는 다른 삶을 일본에서 일궈나갈 것이라고 생각하며 다른 부류, 즉 '이물'이라고 느끼고 있는 것이다. 이와 같은 재일 한국인 1세와 2세간의 거리감은 아래에 제시하는 본문에서 더욱 심층적으로 나타난다.

야마시타의 이야기로부터 이케야마의 우익적인 경향은 아버지의 강한 영향이었다는 것을 알 수 있었다. 그러나 이케야마 노보루는 배타적이었으나 폭력적이지는 않았다. 일본인처럼 살았지만 죽고서는 한국식으로 화

4 p. 184.

> 장되었다. 한편, 일본에서 나고 자란 이케야마 마사토는 귀화하지 않고 전형적인 재일 한국인 1세인 어머니와 마을에서 상점을 하고 있다. (중략) 반대로 보면, 아버지의 억압에 대한 반발을 밖으로 폭발시켰다는 것을 알았다.[5]

이 부분에서 아버지인 이케야마 노보루의 우익적인 영향을 강하게 받은 이케야마 마사토가 아버지에 비해 폭력적이고 매우 배타적이라는 것을 알 수 있다. 실제 작품 내에서도 이케야마 마사토는 갱단 친구 기무라와 함께 하며 폭력적이고, 자신과 다른 부류의 사람들에 대한 적대적인 배타심을 가진 인물로 묘사되고 있다. 이케야마 마사토는 뉴커머인 순신이나 제주도에서 건너오는 사람들에 대해 매우 배타적이며, 그들을 달갑지 않은 존재로 인식한다. 아버지의 억압에 대한 반발을 밖으로 폭발시켰다는 것에서 알 수 있듯이, 그는 재일 한국인 1세인 아버지와 다른 모습을 보여줌으로써 재일 한국인 1세와의 거리감을 보여주고 있는 것이다.

한편, 재일 한국인 1세인 데루가(輝賀)와 오오가(大賀)의 어머니가 자식들에 대하여 느끼는 이질감도 이와 비슷한 감정이라고 할 수 있다. 그녀는 자신의 자식들이 자신과 다르다는 것에 심한 이질감을 느낀다.

> 그리고 더 한가지의 걱정은 아이들이 심히 차가운 것이었다. 가깝게 사

5 p. 204.

는 넷째 딸아이는 시댁만 신경 쓰고 위의 세 명은 대학에 들어가서 수십 년 동안 정월에도 가끔씩 밖에 돌아오지 않는다. 각자 경제적인 자립을 하고 있기에 돈을 달라고 하지는 않지만 부부로 온천에라도 다녀오라고, 패키지 여행쿠폰 하나 준 전례가 없었다. 손자가 몇 명 있는지 확실히 알지 못한다. 그리고 위의 세 명은 부모의 허락 없이 일본으로 귀화했다. 넷째는 일본인과 결혼할 때 국적을 바꾸었고, 데루가는 야구계의 일을 쉽게 하고자, 일단 부모에게 허락을 구하고 귀화했다. 이제는 제주도 호적이 남아있는 사람은 오오가 뿐이다. 자신도 아이들도 평생 일본에서 살아간다고 장남이 태어난 때에 정했으니까 자연스러운 결과라는 것은 머리로는 이해가 되어도 몸으로는 괴로운 것이었다.[6]

이 부분은 재일 한국인 1세인 데루가와 오오가의 어머니가 느끼는 자식들에 대한 이질감을 보여주고 있는 것으로, 자신들은 일본에서 어렵게 생활하면서도 생각지도 않았던 일본으로의 귀화를 너무나도 쉽게 수용해버리는 자식들에 대한 거리감이 가슴 깊은 상처가 되어 버린 것을 보여주고 있다. 그녀는 이러한 현실이 '머리로는 이해가 되어도 몸으로는 괴로운 것이었다'고 한다. 일본에의 귀화는 생각해본 적도 없는 재일 1세대에게 있어서 자신들 자식들의 귀화가 얼마나 이질감으로 다가오는가를 알 수 있는 것이다. 하지만 이것은 90년대 이후로 매년 1만 명에 이르는 재일 한국인들이 일본으로 귀화를 하고 있는 현실과 상응하는 것이

6 p. 103~104.

다. '이해가 된다'는 용어의 사용으로 재일 한국인 2세의 귀화가 비난의 대상이 아닌, 안타깝지만 어쩔 수 없는 자연스러운 현상임을 보여주고 있다고 할 수 있다.

어려운 시절 험한 일을 겪고 어렵게 생계를 유지해 온 1세대들에게 있어 일본은 조국을 빼앗은 나라로 인식되고 언젠가는 그 아픔을 돌려주어야 할 나라로 인식되지만, 그들의 자식들인 2세들은 다르다. 재일 한국인 2세들은 일본 사회에서 일본인들에게서 느껴온 이물감을 귀화라는 방법을 통해서 극복하려고 한다. 그러므로 1세들은 이러한 2세들에게 자신들과 다른 심각한 이물감을 느끼게 되는 것이다. 그리고 이런 양상은 세대 간의 벽을 형성하고, 그 벽은 조국을 생각하는 사람들과 현재 생활하고 있는 국가에 있는 사람들 간의 벽을 형성하게 되어, 같은 피를 가지고 있으면서도 다른 민족으로 인식하는 양상으로까지 확장되는 것이다.[7]

7 『이물』이라는 작품에서 나타난 재일 한국인 1세와 2세간의 갈등, 즉 이민 1세대와 2세대 간의 갈등은 일본에만 국한된 것이 아니다. 1950년대 말부터 진행된 브라질로의 이민에서도 이런 부분들이 나타나는데, 브라질 이민 첫 세대들은 새로운 생활터전을 마련하기 위해 다방면으로 애쓰고 브라질 사회에 참여하기 위한 노력도 많이 하였다. 그리고 그 뒤를 잇는 2세대들은 브라질 사람들과 같은 학교를 다니고 같이 생활하면서 동화되어 갔다. 그런데 여기서 2세대들은 두 부류로 나눠진다. 1세대의 길을 따라 모국에 대한 애정을 갖고 한국어를 열심히 배우며 브라질 속에 터전을 마련하는 부류와 브라질 사회에 대한 적응을 미룬 채, 한국에서 새로이 넘어오는 뉴커머인 1.5세대(브라질 이민 1.5세대는 주로 한국에서 적응을 하지 못한 학생들이 주류가 되며, 한국의 비행청소년들이 대부분 브라질의 1.5세대로 이민을 가는 경우가 많다.)의 나쁜 영향을 받아 브라질 내에서도 폭력단의 길로 빠지는 부류이다. 이와 같은 1.5세와 가까운 2세대들은 이미 브라질 사회 내에서도 1세대와의 두꺼운 벽을 형성하고 있다. (전경수(1989) 「브라질 한국이민의 문화화 과정과 자녀교육」 『라틴아메리카연구』 한국라틴아메리카학회, p. 128~p 153) 따라서 『이물』에서 보여준 재일 한국인 1세와 2세간의 갈등은 한 국가에만 국한된 현상이 아닌 이민국 전체에서 보이는 부분이라고 볼 수 있으며, 『이물』의 현월 또한 이러한 부분을 반영하였다고 생각된다.

한편 현월은 『그늘의 집(陰の棲みか)』에서도 재일 한국인 1세와 2세와의 현격한 간격을 이야기한다.

재일 한국인 1세와 2세가 무엇보다 다른 점은 역사인식이라고 할 수 있다. 재일 한국인 2세인 다카모토(高本)는 재일 1세인 서방에게 다음과 같이 말한다.

> 이 나라하고 역사문제를 마무리 짓는 건 우리 세대 이후에는 불가능해요. 그걸 영감 세대 사람들 자신의 손으로 죽기 전에 마무리 지어달라는 거예요. 우리들은 아니 나는 너무 무력해요. 적당한 돈과 사회적 지위를 유지하는 것만으로 만족해하며 마음도 몸도 풀릴 대로 풀려 버렸어요. 이 나라하는 꼴에 이러쿵저러쿵 불만을 토로할 자격이 없는 게 아닌가하는 생각에 빠질 때마다 어찌할 바를 모르고 술이나 퍼마시고 그리고 나서 깨끗이 잊어버리고 다시 아무렇지도 않게 하루하루를 살아가지요. 그런 식으로 되풀이하는 거예요.[8]

다카모토는 재일 한국인 2세대의 역사인식을 대표한다. 그는 자신들의 세대는 이미 일본과의 역사문제에 대해서 관심도 없고, 또 그것을 해결할 어떠한 의지도 없다고 말한다. 그리고 1세대인 서방에게 그들 세대에서 역사문제를 마무리 지어 달라고 말하는 것이다. 2세대는 일본에서 태어나, 일본어를 모어로 하고 일본문화 속에서 자라온 세대이다. 사실

---

8 현월(2000) 『그늘의 집(陰の棲みか)』 문예춘추사, p. 89.

상 그들이 일본인과 다를 것은 없다. 그들이 양국 간의 역사문제에 관심이 멀어져 있는 것은 당연하다. 재일 한국인 2세대들에게는 민족적 정치적 정체성과 관련된 일본과의 관계보다 자신들이 일본이라는 나라에서 무엇을 하면서 어떻게 먹고 살아가야 하는가라는 현실적인 문제가 중요한 것이다. 다카모토는 서방에게 일본정부가 전후 보상금문제는 거론하지 않고, 단지 일시금으로 얼마를 줄 것이라고 하면서 이 나라에서는 그 정도가 고작이라고 말한다. 그는 일본정부에 대하여 이미 어떠한 기대도 하고 있지 않다. 그는 자신들은 이미 일본정부의 전후 보상금문제를 주장할 의지가 없으며 위로금이라도 타면 그것으로 역사문제가 모두 해결된다고 생각하고 있는 것이다. 다카모토의 생각은 현실에 안주하는 대부분의 재일 한국인 2세대의 공통된 생각이라고 할 수 있다.[9] 재일 한국인 1세대가 그들을 '이물'로서 생각할 수 있는 점이다.

4. 올드커머의 '이물' —뉴커머

이 작품의 시작으로 볼 수 있는 인물은 바로 제주도에서 일본으로 건너왔던 재일 한국인 1세인 이케야마 노보루이다. 일본사회에 편입되려는 노력의 일환으로 교육칙어를 외우고 천황에 대한 충성심을 보이는 것을 넘어서서 전쟁이 끝나고도 다른 일본인들조차 무덤덤한 그때, 그는

9 본서 1장 「현월(玄月) 『그늘의 집(陰の棲みか)』–'서방'이라는 인물 –」을 참조.

황국소년(皇國少年)으로서의 면모를 계속 유지한다. 이것은 그만의 특수한 경우로, 사회에 적응하고 사회의 룰에 복종하는 형태를 넘어서는 인간 본연의 그 무엇이 만들어낸 결과라고 생각된다. 군중심리학[10]에 의하면 인간은 집단에의 소속감을 통해서 심리적 안정을 찾는다고 한다. 일본의 재일 한국인 1세들에게는 재일사회와 일본사회라는 두 개의 집단이 존재하며, 비교적 어린 시절에 일본에 정착하게 된 이케야마 노보루는 자신의 정체성(正體性) 구축의 일환으로 당시 일본의 군국주의에 충성하게 된 부분이 있는 것으로 보인다. 그의 경우가 일반적이라고 할 수는 없지만, 대체로 재일 한국인 1세들은 그 시점에 계속 머무르려고 하는 즉, 시대의 흐름에서 이탈되는 정체(停滯)를 보여주는 면이 있다.

그에 비해, 재일 한국인 2세들에게 있어서의 한국은 부모를 통해 간접적으로 접할 수밖에 없는 국가이다. 그렇기 때문에 재일 한국인 2세들은 재일 한국인 1세에 비해서 '선택'에 대해서 자유롭다. 특히 어려서부터 조선인으로서의 정체성을 교육받는 북조선 계에 비해서, 한국계 2세의 경우는 처음부터 일본식 교육을 받았음으로 재일 한국인 1세에게 있어서는 자신의 자식임에도 불구하고 본질적으로 다른 아이덴티티를 가지고 있는, 자신과는 다른 '이물'이라는 느낌을 받게 되는 것이다. 작품에서도 귀화, 귀국 등을 선택하거나 또는 재일 한국인 1세에게 물려받은 아이덴티티를 고수하는 등 여러 양상의 재일 한국인 2세들이 등장한다. 이렇게 재일 한국인 1세와 재일 한국인 2세간의 이물감의 본질은 '선택

10 군중의 독특한 행동 양식이나 정신 상태를 연구하는 학문. 사회 심리학의 한 분야이다.

에 대한 인식'이라고 말할 수 있다. 일본으로 건너와 나름의 아이덴티티를 형성하고 살아가는 재일 한국인 1세와 일본사회에서 '이물'로 취급받는 상태에서 일본인으로의 선택을 할 수 있는 재일 한국인 2세간의 이질감은 이 작품 속에 나오는 이물감의 극치라고 할 수 있다.

그런데 이 작품이 재일 한국인 1세에게 있어서의 재일 한국인 2세의 아이덴티티 규명에서 그쳤다면 재일 한국인 2세는 선택의 자율을 보장받는 특권층으로 받아들여질 가능성이 크다. 사실, 일본인에게 있어서도 재일 한국인은 하찮은 존재보다는 두려운 존재로 인식되는 경향이 있다. 일본사회에서 사회적인 성공을 거둔 재일 한국인들이 증가하면서 일본인들에게 그들은 '부자 재일 한국인', '재일 한국인 특권층'으로 불리는 경우를 볼 수 있다. 일본인으로서만 살아가야 하는 자신들에 비해 이들은 '선택을 할 수 있다'는 상대적 선택의 부재(不在)에 대한 피해의식이라고 생각된다. 하지만 실상은 재일 한국인이 겪는 정체성에 대한 혼란이 주는 스트레스와 일본사회로부터의 편견, 차별이 더 극심하다고 볼 수 있어, 재일 한국인 2세 이후의 세대들은 그리 순탄치 않은 운명을 짊어지고 살아간다고 할 수 있다. 이러한 현실과의 괴리를 풀어내기 위해 작가는 뉴커머를 작품 내에 등장시킴으로써 재일 한국인 2세의 아이덴티티 규명을 완성하려고 한다.

일본에는 2009년 약 220만 명의 외국 국적의 사람들이 거주하고 있다.[11] 그중 26.5%인 약 58만 명이 한국 · 조선 국적을 가진 재일 한국인이

11 일본 법무성(2010년도판) 『출입국관리』

다. 재일중국인은 68만 명이다. 재일 한국인은 일본에 온 시기에 따라, 크게 두 개의 그룹으로 나누어진다. 첫 번째는 일본이 조선을 식민지로 하고 있던 시기(1910-1945)전후에 일본에 온 사람들과 그 자손들로, 올드커머로 불린다. 또 하나의 그룹은 주로 1980년대 이후, 일, 결혼, 유학 등으로 일본에 온 사람들과 그 가족들로, 뉴커머로 불리는 사람들이다. 올드커머의 대부분이 장래에도 일본에 거주할 의향을 가진데 반해서, 뉴커머는 일본에 영주할 사람들과 몇 년 안에 본국으로 돌아갈 예정의 사람으로 나누어진다.[12]

『이물』에서는 재일 한국인 사회에 새롭게 등장한 뉴커머와 올드커머의 갈등 양상을 그리고 있다.[13] 지금까지 올드커머인 재일 한국인의 삶을 다룬 작품들은 많았지만, 새로운 삶의 터전으로 일본을 선택한 뉴커머들과의 모습과 갈등을 그린 작품은 많지 않다. 현월은 작품에서 이러한 새로운 갈등 구조를 등장시키며, 뉴커머와 기존의 한국인사회와의 관계와 갈등을 조명한다. 그는 이러한 두 그룹 간의 갈등관계를 통하여 두 그룹 간의 충돌이 불가피한 경우와 서로 공생해야만 하는 당위성 사이에서 고민한다.

앞에서 말했듯이 그는 이 작품에서 이물감은 일본인과 재일 한국인 사이뿐만 아니라, 재일 한국인 세대 사이에서도 분명히 존재한다고 말하

12 이키코시 나오키(生越直樹)(2011)『재일코리안 학생의 언어사용 -민족학교에서의 앙케트조사에서(在日コリアン生徒の言語使用ー民族学校でのアンケート調査から)』한국외대 일본연구소 국제심포지움, p. 71.

13 재일 한국인 또는 재일 조선인(在日朝鮮人)은 일본에 거주하는 한국인이며, 대체로 일본법 상 올드커머는 특별 영주자로, 뉴커머는 일반 영주자 신분으로 거주하고 있다.

고 있다. 그리고 이것은 올드커머와 뉴커머 사이에도 존재한다. 여기에서는 『이물』에서 올드커머 사람들이 뉴커머와의 갈등을 어떻게 받아들이고, 또 대응하고 있는지 살펴보도록 하겠다.

먼저 올드커머와 뉴커머간의 갈등이 시작된 배경과 그 이유를 작품 속에서 찾아보기로 하자. 뉴커머는 '최근 십 수 년 사이에 한국과 중국동북부의 조선족 자치주에서 상당히 많은 수의 사람이 정착했다. 그들은 불황인 일본에서도 특히 심각한 오사카(大阪)에서 강인하게 적은 돈을 모아 일본인이나 재일 한국인과 결혼하여 당당하게 가정을 가진' 사람들로서 묘사된다. 작품에서 뉴커머는 '새로운 1세'로 명명된다.

> 새로운 1세들은 예전 1세의 아이나 손자에 해당하는 2세나 3세와 거의 동세대다. (중략) 사실 동세대라고 해도 접점이 거의 없다. 그들은 같은 피가 흐르고 있다고 해도 문화와 언어가 다르다……. 또 새로운 1세들 중에는 불법체류자가 적지 않게 있었다. 지연, 혈연에 기대어 마을에 와, 열심히 일하거나 혹은 적당히 놀고 비자가 끊긴 뒤에도 엉거주춤 눌러 앉았다.[14]

올드커머의 2세나 3세와 뉴커머는 거의 동세대(同世代)임에도 불구하고 접점이 거의 없는데, 이러한 둘 간의 갈등은 문화, 언어적 차이에 의한 것이다. 재일 한국인이 일본에 거주하게 된 역사적 경위는 뉴커머와

14 p. 153.

다르다. 뉴커머가 청소년기 이상을 한국에서 자라고 일본으로 건너온 사람들인데 반해, 기존 재일 한국인은 일본에서 태어나 자랐기 때문에 문화적, 역사적 배경이 달라 서로 대화가 원만할 수 없는 것이다.

뉴커머의 등장으로 마을의 양상은 급변한다. 먼저의 1세들은 교육다운 교육을 받은 이들이 거의 없는데, '한국에서 교육을 받은 20대, 30대가 제대로 된 한국어를 마을 이곳저곳에서 말하고 다니게 되는' 것이었다. 일본어와 한국어의 지방(주로 제주도) 사투리가 섞여 있는 마을사람들은 유창한 서울 표준어를 사용하는 뉴커머들에게 같은 한국어이지만 언어적으로도 상당한 차이를 느끼는 것이다.

작품에서는 몇 페이지에 걸쳐 재일 한국인의 역사를 설명한다. 즉 재일 한국인은 백 년 정도 전 한일 합병 이전부터 시작되어 80년 이후 버블경기로 뜨거운 일본을 목표로 유입된 새로운 집단까지 긴 시간 동안 이어져왔다고 설명하고 있다. 긴 시간 다른 방식으로 생성된 재일 한국인들이 각자 다른 사상과 삶의 방식을 가지는 것은 당연한 것이며, 그들 사이에는 차이가 생길 수밖에 없다.

재일 한국인 1세대는 일본에서 많은 고통을 겪으며 그들만의 사회를 구축하였다. 그런데 올드커머에 있어서 뉴커머의 도래는 자신들이 힘들게 만들어온 재일 한국인사회가 위협 받는다는 점에서 탐탁지 않을 수밖에 없다. 그리고 뉴커머들의 생활 방식, 일본사회에 정착하는 방식은 올드커머에게 그들이 '이물'로서 취급 받게 하는 큰 이유가 된다. 올드커머와 다른 정착 방식과 오버스테이를 지속해온 순신과 같은 불법체류자, 그리고 영주권을 잃지 않기 위해 남편과 이혼을 하지 못하는 순신의 누나와 같이 올드커머에게 눈엣가시 되는 그들의 생활 방식과 생각의 차이는 올드커머와 여러 면에서 비교되면서 갈등요소를 만들어 내는 것이다. 즉 현월은 두 그룹 간의 문화적, 언어적 측면에서 차이가 있기 때문에 둘 간의 이해와 대화가 생겨날 수 없었다는 것과, 뉴커머들의 정착에서 보이는 생각의 차이와 생활 방식의 문제가 이들 간의 갈등의 배경이 되었다고 말하고 있다.

이러한 배경에서 시작된 올드커머와 뉴커머의 갈등은 작품 곳곳에서 드러나고 있다.

이 작품에서 재일 한국인인 데루가와 그의 어머니가 저녁에 법회를 끝내고 절의 부엌에서 식사를 하는 장면이 나오는데 거기에 새로운 1세대의 40대 여성이 나온다. 하지만 데루가의 어머니는 그 여성들과 눈도 마주치지 않을 정도로 그녀들을 싫어한다. 이러한 데루가의 어머니가 절에서 보인 행동에서 올드커머가 뉴커머에게 보이는 경계와 반목의 시선을 찾아볼 수 있다. 구세대의 전형으로 재일 한국인 1세대인 데루가의 어머니에게 있어 뉴커머의 존재는 자신들이 힘들게 마련해온 일본에서의 삶의 터전을 위협하는 얄미운 존재로 느껴질 수밖에 없는 것이다.

마을의 1세 여자들은 어릴 적에 건너온 일본에서 살아남기 위해 동향인과의 연결을 중시하고 종교에 대한 믿음이 컸다. 그리고 타지에서 남편 자식들을 위해 1세대 여자들은 누구보다 열심히 일하고 절약하며 삶의 터전을 마련해 왔다. 1세대 올드커머들은 뉴커머들이 이런 자신들의 고충과 눈물의 배경을 이해하지 못한다고 생각하고, 생활 방식의 차이와 종교적 믿음의 차이에서 비롯한 이질감을 품는 것이다.

한편 뉴커머를 '이물'로 느끼며 분노의 격렬한 감정을 노골적으로 드러내는 사람은 재일 한국인 2세대인 이케야마 마사토이다. 이케야마가 가지는 반목(反目), 분노(怒り), 증오(憎悪)는 작품 곳곳에 등장하며 구체적인 행동으로 나타나고 있다. 구로가와(黒川)는 이러한 이케야마를 다음과 같이 이야기한다.

> 이케야마는 옛날부터, 저 녀석들이 싫다. 자신도 부모가 이민이지만, 새롭게 온 이들을 구별하고 있다. 시대나 경위가 다른 것을 함께 하고 싶지 않다고……. 이케야마는 재일 한국인으로서의 자존심과 긍지를 가지고 있다. 그것은 강렬한 것이다. 그런데 그 '재일 한국인' 중에는 그놈들은 절대 들어가지 않아……. 재일 한국인 중에는 이케야마 같은 녀석이 적지 않게 있는 듯하네.[15]

이케야마는 뉴커머들을 자신과 구별하고 '그놈들'로 부른다. 이것은 일본인이 재일 한국인을 '그놈들'로 부르며, 자신들과 구별하고 두려워하는 것과 같은 상황이라고 할 수 있다. 그는 노골적으로 그들을 자신과는 다른 존재, 재수 없는 존재로 규정하며 경계의 선을 긋고, 그들에 대한 증오를 과격한 행동으로 뿜어내고 있다. 그 이유로써 그는 '지금 저 자식들은 철도 없고 해가 없어 보이지만, 머지않아 위협적인 존재가 된다.'고 인식하기 때문이다. 이케야마는 그에게 아무런 잘못도 하지 않았는데도

15 p. 146.

'너희들, 눈에 거슬려'라고 하면서, 그들이 마시고 있는 테이블을 뒤집거나 가게를 부수어 버리기도 한다.

재일 한국인으로서의 강한 자존심과 긍지를 지닌 이케야마에게 순신으로 대표되는 불법체류를 지속하며 매춘 알선과 같은 더러운 짓을 하는 뉴커머들, 술에 취해 난리를 피우던 어린 무리의 뉴커머들, 거만한 태도로 자신은 돌아가면 그만이라는 생각을 가지고 뻔뻔한 짓을 저지르는 불고기 집의 조선족 남자와 같은 뉴커머들은 없어져야 할 재일 한국인 사회의 해로운 존재로 느껴지는 것이다. 올드커머들에 비해 자유롭고 '구김살이 없는 세대'로 행동 양태도 '당당'한 뉴커머들이, 정의로운 성격의 이케야마에게는 용납할 수 없는 달갑지 않은 존재로 느껴지는 것이다. 그는 이들을 재일 한국인으로 인정조차 하지 않는다. 이케야마가 그들을 얼마나 싫어하고 있는지 알 수 있다.

이케야마의 평상시의 온후한 모습에 반해 그들을 대하는 적대적 감정의 극명한 표출은 일종의 시위 행위라는 인상을 주위 사람들에게 느끼게 한다. 그의 내부에 동거(同居)하는 강한 분노와 터무니없는 비애(悲哀)는 정의(正義)라는 이름으로 내세워지고 있지만, 더 세심히 살펴보면 그들에 대한 두려움도 섞여 있다고 할 수 있다. 그들이 위험한 존재가 될 것이라고 생각하며 뉴커머에게 울분을 터트리는 장면은 지금까지 자신이 쌓아온, 힘들게 유지해온 자신의 터전을 그들에게 빼앗기거나 해를 당할 것이라는 분노와 두려움에서 온 것일 것이다. 굴러온 돌이 박힌 돌을 빼낸다 라는 속담처럼 이케야마는 굴러 들어온 울퉁불퉁한 뉴커머라는 돌이 자신이 힘겹게 자리 잡은 이 땅에서 자신의 존재를 위협할 것이라고 생각하는 것이다. 이케야마는 무엇을 저지를지, 무엇을 생각하고 있을지 모르는 위협적인 뉴커머들을 '이물'로서 보고 있다고 할 수 있다.

이렇게 치열한 자기 정체에 대한 고민과 혼란 속에서 일본사회 속에서 나름의 위치를 확보한 올드커머들에게 있어서 뉴커머들은 황사와도 같은 부정적인 존재로 인식된다. 자신들이 애써 쌓아 올린 사회적 지위에 무임승차하고, 때로는 그것에 흠집을 내는 경우가 있기 때문이다. 자신들이 애써 쌓아 올린 이미지가 그들에 의해 퇴색된다는 것이다. 작품에서 등장하는 뉴커머인 순신은 재일 한국인 2세이자 올드커머인 이케야마 마사토에게 우려를 하게 만드는 존재인 것이다. 그리고 그런 감정은 적대감으로 발전하여 순신에게 대립의 각을 세우게 되는 것으로, 이것은 일본인이 재일 한국인을 바라보는 부정적인 인식과 부분적으로 상통하다고 생각된다. 작가는 재일 한국인 2세를 일본인이 재일 한국인을 바라보는 '갑'의 입장에 위치시킴으로써, 작품 속의 이야기를 역사적으로 발생된 비극의 단편이 아닌 인간 본성의 발현으로 확장시킨다.

지금까지 살펴보았듯이, 현월의 『이물』은 뉴커머라는 새로운 개념을 다루었다는 점에서 다른 재일 한국인 문학, 혹은 재일 한국인을 소재로 하고 있는 문학작품과는 다르다. 무엇보다 크게 세 가지 분류로 각각의 입장에서 서로에게 가지고 있는 의식을 '이물감'으로 파헤쳐 놓으며, 작품 내내 느낄 수 있는 그 혼탁함은 작품의 분위기를 한층 깊게 한다고 할 수 있다. 인간은 사회적인 동물이며 기본적으로 인간은 여러 집단에 동시에 소속된다. 그리고 각 집단에서 갖는 정체성은 저마다 다르고, 그에 대한 인식도 그렇다. 작가는 『이물』에서 이(異)집단과의 경계와 갈등으로 희박해지는 '재일 한국인'으로서의 정체성을 자각하고 강화하는 모습을 통해 이와 매우 닮아있는 인간 사회의 모습을 다시 한 번 생각해보게 한다. 현월은 일련의 작품에서 '재일 한국인 사회'라는 소수집단의 모습을 보여주면서 동시에 인류 보편적인 요소를 놓치지 않는 특징을 『이물』에서도 분명히 드러내고 있다고 할 수 있다.

5. 결론

지금까지 현월의 『이물』을 중심으로 일본인에게 있어서의 재일 한국인, 재일 한국인 1세에게 있어서의 재일 한국인 2세, 그리고 올드커머에게 있어서의 뉴커머라는 세 가지 분류로 작품 내에 나오는 이물감(異物感)의 실체에 대하여 살펴보았다. 살펴본 것과 같이 일본에서 사는 재일 한국인은 일본인과의 관계, 그들 각각의 세대 간의 대립, 그리고 올드커머와 뉴커머들의 갈등 등 여러 가지 문제를 안고 있다고 할 수 있다.

그러면 현월은 일본에서의 재일 한국인들의 미래를 어떻게 보고 있을까.

결론적으로 말해, 현월은 재일 한국인들에게 희망을 가지고 있다. 현월은 '새로운 1세'인 뉴커머들에게 대해 "그들 중에는 나쁜 짓을 하는 사람도 있다. 그러나 대부분의 사람은 선량하다."라고 말한다. 뉴커머들은 문제를 일으켜서 올드커머와 갈등하기도 하지만, 그들은 일본에서 어디에도 호소할 곳이 없는 약자이다. 그리고 일본인의 '그놈들'이라는 용어에서 알 수 있듯이 정도의 차이가 있지만, 올드커머와 뉴커머는 모두 일본사회에서 약자인 것이다. 그러므로 그들은 함께 갈 수밖에 없다고 생각된다. 같은 소수집단이기 때문이다.

현월은 『이물』에서 그들이 사이좋게 지내는 이유로써, 마을사람들은 자신들도 이주민이기 때문에 기본적으로 관용적이며 '그들이 문제를 일으키지만 않으면 관심도 없다.'라고 하면서, 그것이 가능한 것은 '그들 사이에 이해가 대립하고 있지 않기 때문이다.'라고 덧붙인다. 요컨대 기존의 마을사람들과 '새로운 1세'들은 일하는 영역이 다른 것이다. 현월은 이러한 '새로운 1세'들에게서 재일 한국인 사회의 희망을 보고 있다. 그는 이러한 '새로운 1세'들에 의해, 마을에 신진대사(新陣代謝)가 행하여지고, 활성화될 수 있다고 보고 있는 것이다. 현월이 이야기하고 있듯이 기존의 마을사람들과 '새로운 1세'들은 서로 도와가면서 사이좋게 살아갈 수 있을 것이다.

10. 현월(玄月)

『이물(異物)』

—다카시의 경우—

1. 들어가며

현월(玄月)은 이념에 대해 강조하지 않던 아버지 밑에서 자라서 비교적 조국은 어디인가 라는 질문에서 자유로울 수 있었지만, 이중 국적자가 가지는 정체성 혼란은 피해갈 수 없었다. 그는 완전한 한국인도 아니고 그렇다고 일본인도 아닌 '옷걸이에 어중간하게 걸려 있는 존재', 디아스포라의 삶이 작가가 되는 데 많은 영향을 끼쳤다고 말한다. 하지만 그는 재일 한국인이라는 레테르에 얽매이지 않고 인간의 본성을 관철하는 작품들을 발표하며 주목을 받고 있다.

『이물(異物)』(2005년 4월, 講談社)은 재일 1세대에서 재일 3세대에 이르기까지의 재일 한국인 사회를 바라볼 뿐 아니라, 그 속에 사는 인간들의 군상을 시간을 넘나들며 마치 퍼즐을 맞추듯 이야기를 풀어나가고 있는 작품이다. 현월은 그 속에서 기존 재일 한국인들과 뉴커머 사이의 충돌, 1세대와 2, 3세대 간의 단절과 해체되는 가족의 모습, 또 그 사이에서 폭력적인 환경에 방치된 채 자라는 아이들의 모습을 보여주며, 그들이 왜 그러한 행동을 취할 수밖에 없었는지에 대해 말한다.

특히 다카시(タカシ)는 아버지의 부재 속에서 폭력, 매춘 등의 환경에 무방비하게 노출된 채 있는 어린이다. 다카시는 아버지의 부재로 인하여 다른 사람에게의 동일시 과정을 거쳐 자신이 생각하는 정의를 관철한다. 그러나 그가 생각하는 정의는 잘못된 폭력이었고 모두에게 비극의 결과를 가져오게 된다.

본서에서는 어린이인 다카시의 행동에 대한 분석을 통해 재일 한국인 사회와 아버지의 부재, 그리고 어머니의 매춘이라는 주위 환경이 그에게 미친 영향에 대하여 생각해 보고자 한다. 그리고 이러한 고찰을 바탕으로 다카시의 심리와 행동을 이해하고, 폭력성과 환경적인 요인의 영향 관계에 대하여 생각하고 싶다.

2. 부성(父性)의 부재와 남성성의 확립

현월은 『부산일보』와의 인터뷰에서 '재일 한국인이라는 내 위치가 소설을 읽게 한 것 같다'[1]라고 밝히고 있다. 그는 부양할 가족이 생기면서 생계를 위해 쓰기 시작한 소설들이 주목을 받기 시작했고, 이제는 재일 한국인 문제를 보편적인 인간문제로 인식하는 작가가 되었다. 『이물』은 언뜻 재일 한국인 사회의 특수성이 폭력성으로 발전되어 있는 작품이라고 보기 쉽지만, 반드시 그렇게 볼 수만도 없다. 그 속에는 인간의 본성에 대한 고찰이 담겨 있기 때문이다. 단지 이 작품에서 그들이 살고 있는 사회가 재일 한국인 사회일 뿐이다.

『이물』에서 다카시는 초등학교 5학년인 어린이다. 다카시가 사는 곳은 재일 한국인들이 많이 사는 마을이다. 이 마을은 예전부터 적어도 80년 전에는 마을 사람 반수 가까이가 한국인이었다. 인간의 본성에는 악

1 『부산일보』와의 인터뷰 중. 부산일보사, 2007년 10월 22일.

함과 선함이 공존한다. 이러한 인간의 본성을 형성하는 데 환경적 요인은 무척 중요하다. 다카시 역시 이러한 주변 환경의 영향을 많이 받았다고 할 수 있다.

『이물』은 이쿠타 마사요(生田真代)와 이케야마 마사토(池山真人)의 관계로부터 모든 일이 시작된다. 우선 이 작품에 등장하는 주요한 인물들에 대하여 간략히 살펴보자.

이쿠타 마사요는 다카시의 어머니이다. 그녀는 마을 의원의 딸이었으나 아버지가 죽은 후 의지할 곳 없이 힘든 삶을 산다. 다이가와의 사이에서 다카시가 태어나지만 그와 헤어지고 마을로 다시 돌아온다. 그녀는 이케야마에게 집을 제공받아 살게 되지만, 수입이 없었기 때문에 다이가 및 그 주변 인물들의 소개로 몸 파는 일을 하게 된다. 여성적인 매력이 넘치는 여자이다.

이케야마 마사토는 이쿠타 마사요의 소꿉친구이다. 마사요와 서로 좋아하는 마음을 품고 있었으나 이루어지지 못한 관계이다. 그는 기본적으로 상냥하지만 강한 정의감으로 화를 내면 불같은 성격이기도 하다. 아버지가 돌아가신 이후 어머니와 한국 식료품점을 운영한다. 마사요가 마을로 돌아온 직후에는 다카시와 그녀의 뒤를 돌봐주었으나, 점점 관계가 소원해진다.

다카야마 다이가(高山大賀)는 다카시의 친아버지이다. 어린 시절부터 동네의 소문난 말썽꾼으로 여자를 지나치게 좋아하며 매우 난잡한 삶을 사는 남자이다. 나중에 다카시와 만나지만 아버지로서의 애정은 보이지 않는다. 다카야마 데루가(高山輝賀)는 다이가의 동생이다. 프로야구 선수까지 되지만 그 이후 일이 잘 풀리지 않아 결국 은퇴하고 부인과도 이혼한다. 마사요와 잠시 동거한 적이 있으며, 그 이후에도 그녀를 계속해서 사모하게 된다. 이 일로 형 다이가와 마찰을 일으키다 결국 그를 죽이고 만다.

순신은 일본에 불법 체류하고 있는 한국인이다. 뛰어난 일본어 실력과 매력적인 용모로 사람들의 호감을 산다. 하지만 실은 약삭빠르고 장삿속이 밝은 성격으로 마사요를 이용해 돈을 벌려고 하다가 이케야마 마사토의 눈 밖에 난다. 조카인 정자(貞子)의 친구 다카시와는 매우 친밀한 관계로 삼촌과 같은 역할을 한다.

한편 『이물』에서 다카시에게는 재일 한국인 사회라는 환경과 함께 아버지의 부재(不在)라는 정서적 요인이 동시에 존재한다. 그의 아버지는 부재중이었다.

말할 것도 없이 가정에서 부모의 역할은 더없이 중요하다.[2] 아버지는 어머니와 더불어 아이의 교육과 훈육에 있어서 상호적인 역할을 수행하기 때문에 아이에게 정서적 심리적 안정감을 제공한다. 또 갖가지 필요한 덕목을 두루 가르치는 존재로서, 아버지의 훈육 방식에 따라 아이는 도덕 서열과 윤리성에 대한 가치 체계를 세우게 되며 객관적이고 적극적

2 이는 프로이트의 주장 역시 잘 뒷받침해주고 있다. 프로이트는 유아와 어린이에게 부모나 다른 보호자가 끼치는 영향력이 얼마나 결정적인지를 우리로 하여금 깨닫게 했다. 그러한 과정 이후에야 비로소 또래집단이나 사회가 이들의 교육과 사회화를 담당하기 시작하기 때문이다. (레슬리 스티븐슨. 데이비드 L.헤이버먼, 『인간 본성에 관한 10가지 이론』, 갈라파고스, 2006, p. 426)

인 생활 방법을 기를 수 있게 된다.[3] 아버지의 부재는 요구 대상의 상실과 자녀들이 대면하는 사회적 문제와 어려움을 극복하는 데 도움을 받을 수 있는 이상적이고 공정한 한쪽 지지자의 상실을 의미한다. 여기서 아버지의 부재는 아버지의 육체적 부재뿐만 아니라 심리적, 정신적인 모든 부재를 포함한다.

결과적으로 아버지의 부재는 아들의 아버지와의 동일화와 자신의 남성적 정체성을 구축해 나가는 것을 방해하게 된다. 어떤 경우에 부성적 사랑이 결핍된 아들은 여성적 가치에만 관심을 쏟게 되고 따라서 모성적 지배권을 벗어날 수 없게 되거나 성적으로 남성(男性)이 되는 것을 거부하기도 한다.

아버지가 부재인 다카시는 자기 방어기제로써 동일시(同一視) 과정을 거치며 자신의 정체성을 확립하여 가게 된다. 동일시(identification)는 정신분석학에서 쓰이는 용어로 자기가 좋아하거나 존경하는 사람의 태도, 가치관, 행동 등을 자기의 것으로 받아들여 가는 과정을 말한다.[4] 그래서 자기도 모르는 사이에 그 사람의 행동과 말투, 사고방식과 닮게 된다.[5]

---

3 엘리자베트 바뎅테 저, 최석 옮김, 『XY남성의 본질에 대하여』, 민맥출판사, 1993. p. 273.

4 『위키백과』 http://ko.wikipedia.org/ (2014. 7. 14)

5 주로 프로이트의 이론 중 자아 형성의 과정은 '동일시 기제'에 의한다. 동일시란 일종의 모방으로써, 한 개인이 다른 사람을 믿고 그를 좋아하여 그의 특성을 받아들임으로써 그것을 자기의 일부로 받아들이는 과정을 말한다. 대개 사람은 자신의 욕구를 자신보다 더 잘 충족시켜 주는 사람을 모델로 삼아 그와 동일시한다. 남자아이는 남성성을 발달시키기 위해 자신을 어머니로부터 분리하고, 아버지나 다른 남성과 동일시함으로써 분리와

아버지가 부재였던 다카시의 동일시의 대상은 이케야마 마사토, 즉 그가 마사토 아저씨로 부르는 남성이었다. 앞에서 설명했듯이 이케야마 마사토는 다카시 어머니의 초등학교 동창으로, 그는 마사요를 위해 나중에는 그녀의 살인죄를 대신할 정도로 헌신하는 남성이었다. 다카시는 이러한 마사토 아저씨를 자신의 동일시의 대상으로 선택한다.

아버지가 부재인 다카시에게 가장 오래된 어른 남자에 대한 기억은 마사토 아저씨였다. 다카시는 마사토 아저씨가 유치원 입학식에 넥타이를 매고 와준 것을 그때는 당연하다고 생각했지만 이후 뚝 집에 오지 않게 되었다. 무엇보다 그때까지도 집에 와도 좀처럼 올라오지 않고, 집에서 밥을 함께 먹었던 기억도 거의 없었다. 마사토 아저씨는 자신과 어머니를 자주 밖으로 데리고 나가는 주었는데, 백화점 옥상의 키즈랜드에 가고 레스토랑에서 밥을 먹고 집 앞에서 헤어졌다. 공원에서는 매일 같이 놀아주었다.

하지만 다카시는 유치원에 들어간 이후 마사토 아저씨와 제대로 이야기한 적도 없었다. 그 이전의 기억도 이미 풍화되어 단편적인 추억이 겨우 마음 한 구석에 있을 뿐이었다. 하물며 마사토 아저씨는 다카시가 어떤 아이로 성장했는지 전혀 모를 것이었다. 그러나 그래도 그는 상관없었다. 무엇보다 그는 마사토 아저씨를 이해하고 있었다. 마사토 아저씨에 대해서 다카시가 확고한 동경의 마음을 품는 것은 그가 정의를 실

독립에 의거한 정체성을 형성한다. 남자에게 있어 성숙은 분리 과정에 의해 달성되므로 모자 관계는 남성성 형성 단계에서 언제든지 포기할 수 있는 것으로 간주된다.

행하는 '가끔 어린이 귀에도 들어오는 소문'으로 뒷받침되었다. 다카시는 '마사토 아저씨는 변함없이 마사토 아저씨의 정의를 관철하고 있는 것이다'라고 생각하는 것이다.

마사토 아저씨가 정의를 관철하는 것을 보며 다카시는 그에게 정의를 관철하는 행동을 배운다. 어머니와 요원한 관계가 된 마사토 아저씨와 다카시는 직접적인 접촉을 가지는 경우는 없었다. 흔히 아버지의 도덕적인 결핍, 가정 내의 언어, 물리적 폭력 행사, 혹은 무능들을 관찰할 기회가 생기면 그러한 아버지는 동일시 대상으로서의 권위를 잃게 된다. 하지만 마사토 아저씨와는 직접적인 접촉이 없었기에 그럴 위험도 없었다. 다카시는 그를 자신의 동일시 대상으로 선택한다.

초등학교 3학년 때 공원에서 남자를 때리고 있는 마사토 아저씨에게 그는 소리친다.

> "더 때려!"
>
> 다카시는 소리쳤다. 뒤돌아본 마사토 아저씨가 무서운 얼굴로 노려보았지만, 전혀 무섭지 않았다. 철봉을 둘러싸고 있던 것은 다카시만이 아니고, 중학생이 몇 명 있었다. 그래서 무섭지 않은 것은 아니었다. 마사토 아저씨는 올바른 일을 하고 있는 것이고, 자신은 그것을 알고 응원하고 있는 것이다. 아무리 무서운 얼굴을 하고 있어도 나에게 뭔가 해가 미칠 리는 없을 것이다. 마사토 아저씨는 갑자기 웃었다.[6]

6 玄月, 『이물(異物)』, 講談社, 2005, p. 86.

마사토 아저씨가 폭력을 행사하고 있었지만 다카시는 마사토 아저씨가 올바른 일을 하고 있다고 인식한다. 그는 '마사토 아저씨는 변함없이 마사토 아저씨의 정의를 관철하고 있는 것이다'라고 생각하는 것이다. 다카시는 '마사토 아저씨가 무서운 얼굴로 노려보았지만, 전혀 무섭지 않았'다고 한다. 마사토 아저씨가 자신의 동일시의 대상이었기 때문이었다. 자신의 이상화의 모델이 자신에게 나쁜 일을 할 리는 없다고 생각하는 것이다. 다카시는 마사토 아저씨를 자신의 남성성을 확립시킬 모델로서 바라보고 있다.

이렇게 다카시에게는 마사토 아저씨가 아버지 대신에 아버지 역할모델이 된다. 어린 시절 동일시(이상화)의 대상은 맹목적인 존경으로 열망된다. 자신의 동일시의 대상이 평범한 인간이 아닌 다른 세계에 살고 있는 비범한 사람으로 인식되는 것이다. 그러므로 그는 마사토 아저씨는 자신과 같은 어린 아이 때부터 '자신이 넘치고 반 누구보다도 강하고 고민 따위는 거의 없었을 아이'였을 것이라고 멋대로 상상하는 것이다. 다카시는 자신의 동일시의 대상인 마사토 아저씨에게 정의를 관철하는 법을 배운다.

> 마사토 아저씨처럼 나는 나의 정의를 관철할 것이다.
>
> 강해지고 싶다. 누구에게도 지지 않는 정신력을 가지고 싶다. 자신의 생각을 가지고 실행하고 결과를 얻는 힘을 가지고 싶다.
>
> 갑자기 전신에 힘이 넘쳐서 뛰어 오르듯이 일어섰다. 그런데 이 갑자기 얻은 힘을 사용하는 방법을 모르겠다. 볼을 찰 기분은 아니다. 도대체 나의

생각 나의 정의라는 것은 무엇인가.[7]

그런데 다카시에 있어 마사토 아저씨가 부성에 가장 가까운 인물이며 그의 동일시의 모델이었지만. 하지만 아이러니하게도 마사토 역시 치명적인 부성의 결핍을 겪은 인물이었다. '부성(父性)의 부재'는 반드시 아버지가 없어서 나타나는 현상은 아니다. 아버지의 역할을 못할 때 역시 '부성의 부재'가 발생한다.

마사토의 아버지인 이케야마 노보루(池山昇)는 마사요의 아버지와 일종의 거래로써 마사요를 이케야마 집안으로 들이기로 했는데, 당사자인 마사토와 마사요의 눈앞에서 그러한 내용의 대화가 공공연히 이루어졌다. 딸을 거래 대상으로 삼은 마사요의 아버지나, 마사요를 범한 것으로 추측되는 이케야마 노보루 역시 자식들에게 있어서는 도덕적으로 결핍된 아버지 상인 것이다. 마사토와 마사요, 단 한 글자가 다른 이 이름들은 결핍된 부성으로 인해 어긋나버린 인생을 가진다는 점에서 비슷한 운명을 암시하는 것이다. 단지 성적으로 조숙한 다카시와 성적 불능을 가진 마사토, 그리고 스스로 몸을 파는 마사요의 모습을 보면 그 결핍(缺乏)의 결과는 매우 극단적이라고 할 수 있다. 문제는 이러한 결핍이 마사요에게서 그녀의 아들에게로 이어진다는 것이다. 결핍된 부성을 가진 마사요였는데 그러한 자신의 아이도 또다시 결핍된 부성을 가지게 된다.

다카시의 아버지인 다이가 역시 결핍된 부성을 가진 사람이었다. 다

7 같은 책, p. 212.

이가와 데루가의 아버지는 물질적으로나 감정적으로나 자식에게 인색했으며, 자식의 교육에도 무관심했기 때문에 다이가 위의 형제들에게서 외면 받았다. 다이가의 아버지는 다이가의 위의 형제들에 대한 죄악감으로부터 두 사람에게는 교육에 돈을 쓰려고 했다. 하지만 두 사람 모두 상해와 절도를 반복하며 소년감별소에 들어갔다. 두 사람에게는 아버지가 있었지만 그들에게 아버지의 존재는 희미한 것이었다.

두 사람이 마사요를 둘러싸고 유교문화권의 기본적인 가치에서 상당히 일탈된 모습을 보이는 것도 이러한 배경과 관계가 있다고 할 수 있다. 심리학에서 아버지의 존재는 어머니의 애정과 구속, 근친상간적 요소로부터 벗어나게 하는 기제이기 때문에 다이가와 데루가가 겪은 부성의 부재가 마사요와 다카시를 둘러싼 두 형제의 불분명한 관계 형성에 영향을 미쳤다고 추측할 수 있는 것이다. 이렇게 다카시 주위에 있는 사람들은 모두 '부성의 부재'를 경험한다. 재일 한국인 사회에서 '부성의 부재'는 많은 사람들이 경험하는 일이었다고 말할 수 있다.[8]

8 한편, 이러한 '부성의 부재'는 현월의 다른 작품에서도 나타난다.
『나쁜 소문(悪い噂)』(文藝春秋, 2000)에서의 료이치(涼一)의 경우가 그러하다. 이 작품에서 료이치는 아버지를 가지고 있지만 그의 아버지는 노름을 하거나 가족에게 행패를 부릴 뿐으로, 아버지로서의 역할을 하지 못하는 사람이었다. 이러한 아버지에 대해 료이치는 '부성의 부재'를 느끼고 있었다. 그런데 어느 날 또다시 가족에게 행패를 부리는 아버지를 뼈다귀(骨) 삼촌이 커다란 프라이팬으로 단 한 번에 제압한다. 이것을 보고 료이치는 뼈다귀 삼촌을 자신의 동일시의 대상으로 생각하게 되는 것이다. 이 작품에서 역시 료이치는 뼈다귀 삼촌을 대상으로 동일시 과정을 거쳐간다.

3. 다카시의 아버지

마사토 아저씨에게서 아버지 상(像)을 찾던 다카시에게 아버지와 숙부라는 사람이 동시에 등장한다. 아버지의 존재를 일깨워 주는 사람은 다름 아닌 아버지를 때린 숙부 데루가였다.

자신을 숙부라고 소개하는 데루가는 마사요와 결혼해서 고향집에서 살아가려고 하는 인물이다. 느닷없이 나타난 아버지와 그 아버지의 위치를 빼앗아 다카시의 아버지 노릇을 하려는 숙부의 등장은 다카시에게 이전에 없던 혼란한 감정을 불러일으킨다. 그런데 막상 아버지는 아들인 다카시를 알아보지 못하고 동생인 데루가에게 얻어맞은 채 비틀거리며 지나친다. 하지만 마침내 다이가와 마주하게 된 다카시는 본능적으로 이 사람이 아버지임을 느낀다.

> "오, 다카시 아니냐. 커서 이제 전혀 몰라보겠네."
>
> 남자는 마음속으로 기쁜 듯이 다카시의 머리를 손으로 북북 쓰다듬었다. 다카시는 어른이 이렇게 할 때 언제나 머리를 흔들고 손에서 피했지만, 그럴 기분이 되지 않았다. 머리에 손이 닿는 순간에 남자로부터 마사토 아저씨와 비슷한 느낌을 받았던 것이다. 왜일까. 두 사람은 너무 다른데 말이다.[9]

다이가는 다카시가 한 살이 되기도 전에 그를 떠났다. 하지만 다카시

9 같은 책, p. 276.

는 처음 만난 자신의 아버지에게서 자신의 동일시 대상이었던 마사토 아저씨와 비슷한 느낌을 받는다. 그의 아버지가 자신의 남성성의 모델인 마사토 아저씨와 전혀 다른 데도 불구하고 비슷하다는 느낌을 받는 것은 혈연관계에서 오는 본능적인 느낌 때문이었을 것이다. 그래서 그는 자신의 머리를 흔드는 아버지의 손길을 피하지 않는다.

다카시는 지금이 되어 이렇게 아버지와 아들로서 당연한 것처럼 마주보고 있는 것이 이상하게 생각되었지만, 숙부라고 하는 남자에게 '앞을 비틀비틀 걷는 남자가 네 아버지다'라고 들은 때부터 아버지의 존재를 받아들이고 있었다. 그것은 이상한 일이었지만, 다카시는 자신이 이 남자와 어머니 사이의 아이라고 자연스럽게 인정하고 있는 것이었다.

이렇게 다카시는 마사토 아저씨와 같은 동일시의 대상이 아닌 혈연관계의 남성, 지금껏 자신 앞에 모습을 드러낸 적이 없는 다이가를 아버지로 받아들이는 것이다. 다카시가 이상화의 모델이 아니라 다이가를 실제 자식과 부모 관계로 인식하는 것이라고 할 수 있다. 그는 아버지의 존재를 이해한다.

그래서 다카시는 아버지가 언제까지 자신을 끌어들일 것인지는 모르지만, 어디까지라도 행동을 같이 해주어도 좋다는 기분이 든다. 그는 아버지가 이 마을에 눌러앉아, 무엇을 하려고 하는 것인가를 지켜보고 싶어졌다. 아마 남자로서는 최악이지만 아버지의 정의를 보고 싶었다. 다카시는 마사토 아저씨에게 보았던 정의로운 모습을 아버지에게서 보고 싶었던 것이다.

아버지 다이가는 다카시를 심부름 보낸 사이 라면집에서 의자로 머리를 얻어맞는 강도 사고를 당한다. 구급차에 실려 가던 다이가는 뇌출혈 중에도 구급차에서 뛰어내려 주부의 미니 바이크를 강탈해 돈을 훔쳐간 남자를 잡으려고 한다. 다카시는 그러한 아버지를 보며 마사토 아저씨에게서 발견한 것과 같은 정의관을 아버지에게서 발견한 것이라고 생각해서 기뻐한다. 드디어 두 눈으로 관찰하고 탐구할 수 있는 남성성의 모델이자 동일화 대상인 혈연관계의 아버지가 다카시에게 투영된 것이다. 그는 '몸이 조금씩 떨리고 있는 것은 기쁨 때문이라는 것을 곧 알았다. 무엇을 하려고 하든 아버지는 자신의 정의를 관철하려고 하고 있는 것이'라고, 자신의 정의를 관철하려는 아버지의 정의로운 행동에 대하여 기쁨을 느끼는 것이었다.

다카시는 친아버지를 만나 자신에게는 최악의 아버지였지만, 그래도 마사토 아저씨와 같은 정의를 기대한다. 비록 자신에게는 최악의 사람이었지만 잘못된 일에 대해 정의로운 행동으로 심판할 수 있는 보편적인 감정을 가진 사람이라고 보았던 것이다. 하지만 그는 얼마 지나지 않아 아버지가 자신의 정의를 구현하기는커녕 보잘것없는 인물이라는 것을 깨닫고 실망하게 된다. 그리고 자신의 정의를 실행할 결심을 하게 된다.

> 아버지는 동생에게 맞은 뒤 여기저기 도망쳐 다니고 있다. 완전히 패배자다. 그것이 자신의 일처럼 분했지만 그것을 한탄하거나 아버지를 힐책하거나 해도 어쩔 수가 없다. 왜냐면 그 남자는 그러한 남자인 것이다. 그 이상도 이하도 아니다. 구급차에서 도망친 아버지를 보았던 때, 아버지에게도 관철해야만 하는 정의가 있는 것이다라고 기뻐했지만, 쌀알 정도도

아닌 것을 곧 알았다.

그러나 아들인 나에게는 그것이 있다. 마사토 아저씨와 같은 확고한 정의가 있다. 지금 자신이 행사해야만 하는 정의는 아버지 대신 숙부를 해치우는 것이다. 그리고 그것은 패배자인 아버지를 위한 것이 아니고 어디까지나 나를 위한 것이다. 나는 내가 생각한 것을 생각한 대로 완수할 수 있다.[10]

아버지에 대한 다카시의 기대는 곧 실망으로 바뀐다. 숙부인 데루가가 아버지 다이가를 '인간으로서 최저이고, 성인으로서는 상식이 없는 놈'이라고 말했듯이, 아버지는 다카시의 이상과는 거리가 먼 사람이었다. 그는 마사토 아저씨처럼 경찰차에 압송되어 가는 한이 있더라도 자신의 정의를 관철시키는 것이 아니라, 경찰과 동생으로부터 도망 다니며 고향집에서 숨죽인 채 숨어 있는 패배자에 불과한 사람이었다. 아버지에게는 정의를 관철시키려는 의지가 없었다.

아버지에게 실망한 다카시는 자신이 직접 정의를 실행하려고 생각한다. 하지만 다카시가 생각하는 정의는 올바른 정의가 아니었다. 무엇보다 그가 생각하는 정의는 폭력적인 방법이었다.

다카시의 폭력적인 행동은 크게 세 가지로 나타난다. 즉, 정자에 대한 심한 성추행, 숙부인 데루가 집에 대한 방화, 리에코(理絵子)에게 몸을 부딪쳐 언덕으로 밀쳐 떨어뜨린 행동이다. 그런데 이렇게 도저히 어린이라고는 상상할 수 없는 그의 잔인한 생각과 행동은 어디에서 왔을까. 그는

10 같은 책, pp. 302~303.

우선 이러한 폭력을 폭력으로 인식하지 못한다. 오히려 자신의 정의를 구현하는 행동이라고 생각한다. 교육이 잘못되어 있기 때문이다. 무엇보다 어린 다카시는 정상적인 교육을 받을 환경을 가지고 있지 못했다. 이것은 모두 어른들의 죄이다. 다카시도 이것을 알고 있었다.

다카시는 재일 한국인 사회[11]와 아버지의 부재, 그리고 어머니의 매춘이라는 폭력적인 환경에 익숙해져 지내왔다. 이러한 환경의 영향으로 그는 폭력이 올바르지 않다는 것을 인식하지 못한다. 단적인 예로 자신이 우상이라 여기는 마사토 아저씨가 사람을 때려도 그것이 죄인지 모른다. 다카시는 폭력적인 환경과 정상적인 가정교육을 받지 못했기 때문에 폭력적인 성향을 가지게 되었다고 볼 수 있다. 무엇보다 이것은 자신의 가정을 팽개친 다카시의 아버지, 다이가의 책임이 가장 크다고 할 수 있을 것이다. 사람의 인성은 어렸을 때에는 부모들의 교육으로 이루어지기 때문이다.

4. 다카시의 정의와 폭력성

『이물』에서 이케야마 마사토와 마사요는 어린 시절부터 서로 연모하던 그들의 관계가 점점 소원해지던 도중에 마사요 아버지의 죽음을 계기로 이루어질 수 없는 사이가 된다. 여기에 다이가가 합세하여 마사요와

11 다카시의 할아버지인 다이가의 아버지는 이 마을의 환경이 아이들에게 좋지 않은 것을 잘 알고 있었다.

질긴 악연을 맺고, 그것으로 인해 이케야마 마사토와 다이가의 관계도 틀어지게 된다. 마사요를 둘러싼 남자는 이 두 사람뿐만이 아니었다. 데루가를 비롯한 여러 남자들이 그녀의 매력에 군침을 삼키고 그녀에게 접근한다.

마사요와 주위 남자들이 조심했다고는 하지만 아들인 다카시는 아마 이러한 주위 환경을 어렴풋하게나마 눈치채고 있었을 것이다. 그리고 그것이 그의 생각과 행동에 적지 않은 영향을 미쳤을 것이다. 이것은 다카시가 죄에 대해 생각하는 부분에서 잘 나타나고 있다. 다카시에 의하면, 자신의 주위에서 어른들이 모두 죄를 짓고 있었던 것이다.

순신이 남자를 가로막고 아이는 죄가 없는데, 같은 말이 다카시에게 들렸다. 이 말을 듣고 다카시는 죄에 대하여 생각한다.

> 죄? 어린이인 내게 죄는 없지만 어른인 당신들에게는 있는 것인가? 맞아서 도망치고 있는 아버지와 때린 눈앞의 숙부와, 나를 무시하면 좋았는데 쓸데없는 짓을 한 순신은 죄가 있는 것인가. 그러면 물론 어머니도 죄가 있을 것이다. 그리고 죄가 없는 것은 아이인 나뿐. 만약 내가 도망치고 있는 저 남자를 울면서 쫓기라도 한다면 나의 죄 없음은 더욱 보강되겠지. 그리고 어른들은 더욱더 자신의 죄의 깊음을 알게 되는 것이다. 이 빈정거리는 숙부도 따라 울지도 모르겠다. 그런데 여기서 말하는 죄라는 것은 무엇인가?[12]

12 같은 책, p. 214.

다카시는 어른들의 죄에 대하여 생각한다. 다카시에 의하면 가족부양을 포기한 아버지, 아버지를 때린 숙부, 어머니의 매춘 등 어른들의 모든 것이 죄이다. 다카시는 자신의 주위에서 벌어지는 어른들의 추악한 죄에 대한 응징의 의미로써, 자신이 정의의 심판을 실행할 생각을 한다. 다카시는 '만약 뒤늦게 반성을 한다고 해도 죄는 없어지지 않는 거지요'라며, 자신의 '정의(正義)' 실행을 정당화한다. 다카시의 정의 실행의 첫 번째 목표는 숙부의 집이었다. 그는 숙부의 집에 불을 지름으로써 자신의 정의를 관철한다.

다카시는 혈연관계라는 본능으로 아버지에게 따뜻한 정을 느꼈지만 아버지 다이가는 그가 생각하는 아버지 상이 아니었다. 그는 아들에 대한 아버지의 정도 없고, 정의를 행할 용기도 없는 단순한 패배자에 불과한 사람이었다. 그러므로 다카시는 아버지를 때린 숙부에게 자신이 직접 정의를 행사하기로 한다. 다카시는 아직 어린 나이이지만 아버지를 대신하여 자신이 직접 정의의 심판자가 된다. 그는 마사토 아저씨에게 배운 정의에 대한 확신으로 아버지의 고향 집인 숙부 집에서 일을 일으킨다.

신나를 마시고 취한 다카시는 아버지를 혼자 보내고 다시 숙부네 집으로 돌아온다. 그가 반드시 방화를 하겠다는 생각을 가지고 숙부네 집으로 돌아온 것은 아니었다. 불은 다카시가 의도적으로 지른 것은 아니었다. 담배 한 대를 피우고 뒷걸음질 치는 다카시의 발에 채여서 신나 통이 쓰러져 불이 붙은 것이다. 하지만 숙부에 대한 정의실행을 생각하고 있는 다카시가 무슨 일을 저질러도 그것은 이상한 일은 아니었다.

순간 불길이 퍼져갔다. 불길은 소리를 거의 내지 않았다. TV에서 보았던 마그마가 신속하게 지면을 덮어가는 영상이 머리에 떠올랐다. 문과 불길 사이는 두 걸음 정도밖에 안되었지만 공포는 없었다. 불길 저쪽에 숙부가 뭔가 소리치고 있는 것이 다카시에게는 아무런 의미도 없었다. 단지 낮게 퍼져가는 불길을 바라보며 아름답다고 생각했다.[13]

불길이 가까이 있어도 다카시는 무섭다는 생각을 하지 않는다. 오히려 그는 '불길을 바라보며 아름답다'고 생각한다. 불길이 번지면 죽을 수도 있는데 그는 불길이 아름답다고 생각한다. 다카시가 자신이 한 방화에 대하여 어떠한 생각도 없다는 것을 알 수 있다. 그는 고작 초등학교 5학년이었다.

애초에 '부성의 부재' 속에서 자란 다카시에게 아버지의 혈연의 정은 무리한 요구였다. 그는 처음으로 만난 아버지에게 부성의 존재를 기대했지만, 아버지는 그의 기대에 부응할 수 있는 사람이 아니었다. 그는 패배자에 불과한 사람이었다. 다카시가 믿을 사람은 이제 자기 자신밖에 없었다. 그러므로 다카시는 오직 자신을 위해 정의 실행을 하는 것이다. 불을 지르는 행위는 비겁한 아버지와 몸을 팔아 자신을 부양하는 어머니에 대한 반작용으로써, 자신의 정의관을 완성시켜 나가려는 강력한 의지 표현이었다. 또 그것은 '부성의 부재'인 자신의 정체성이기도 했다.

그리고 다카시는 또 하나의 자신의 정의를 구현한다.

13 같은 책, pp. 304~305.

그는 정자에 가했던 심한 성추행에 대한 속죄(贖罪)로써 정자가 싫어하는 리에코를 응징한다. 여기에서 다카시의 정의는 속죄의 의미가 된다. 그는 리에코가 정자의 삼촌인 순신을 마사토 아저씨에게 팔아넘긴다고 생각하여 몸을 부딪쳐서 그녀를 언덕으로 밀쳐 떨어뜨린다. 그리고 이러한 폭력적인 행동을, '그러한 것을 속죄라고 하는 것이야. 너도 자신이 했던 일이 나쁘다고 생각하면. 그 속죄를 하면 좋겠지. 그런가. 나는 나의 정의를 행하면 좋은 거고'라고, 속죄라는 이름으로 정당화한다.

그런데 다카시가 생각하는 정의의 심판은 어떠한 결과를 낳았을까. 그 결과는 실로 참혹한 것이었다.

다카시가 행한 방화(放火)로 아버지 고향집인 숙부네 집이 전부 타버리게 된다. 또 그것은 숙부 데루가가 아버지 다이가를 살인하는 계기가 되었고, 정자에 대한 속죄를 위해서 리에코에게 한 행위는 리에코에게 목이 부러지는 큰 부상을 입히게 된다. 또 이러한 다카시의 행동에 충격을 받은 어머니 마사요가 숙부 데루가를 살해하는 비극을 불러일으킨다. 그리고 어머니 마사요를 대신하여 자신의 동일시의 대상이었던 마사토 아저씨가 살인죄로 감옥에 가게 되는 것이다.

이것이 다카시가 자신의 정의를 위해 행한 행동의 결과였다. 무엇보다 다카시의 정의는 잘못된 정의였다. 정의로 대변하는 그의 행위가 폭력적인 행동이었기 때문이다. 그의 정의는 폭력적인 방법이었기에 모두에게 폭력이 폭력을 부르는 악순환이 되었던 것이다. 그의 행동으로 아버지 다이가가 죽고, 숙부도 죽었다. 그리고 리에코는 큰 부상을 입고 자신의 우상이었던 마사토 아저씨는 감옥에 갔다. 이러한 결과는 다카시에게도 큰 정신적 충격으로 다가와 앞으로 그가 살아가는데 커다란 트라우마가 될 것이다.[14] 다카시에게 주어진 폭력적인 주위 환경이 모두에게 참혹한 결과를 초래했다고 할 수 있다.

인간들에게서 나타나는 폭력적인 성향은 선천적인 본성에서 비롯된 것인지 아니면 성장하면서 주위의 환경으로부터 받는 여러 가지 영향에 의한 후천적 요인인지에 관해서는 성선설이나 성악설과 마찬가지로 많은 대립적 의견들이 존재해 왔다. 그러나 폭력적 성향이 인간 모두에게 내재되어 있다 하더라도 이것이 밖으로 표출되느냐 마느냐의 문제는 후천적인 영향이 크다고 할 수 있다.

인간의 본성을 철학적 이론으로 설명하면 성악설을 주장한 홉스, 성선설을 주장한 맹자, 백지설을 주장한 로크까지 여러 학자들의 설이 있어 왔다. 어느 주장이 옳다고 쉽게 단정 지을 수는 없다. 그러나 맹자의 의견 중 주변 환경에 따라 선하게 발현되느냐 아니냐의 여부는 『이물』에서의 다카시의 행동 분석에 있어 타당한 주장이라고 생각된다.[15]

인간은 누구나 다양한 욕구와 욕망을 가지고 있으며 이를 충족시키

---

14 어린 시절에 생긴 트라우마는 평생 자신의 일생을 좌우한다. 현월의 『말 많은 개 おしゃべりな犬』(文芸春愁, 2003)의 노부오(ノブオ)가 그런 경우이다. 어린 시절 집단촌에서의 기억은 그가 죽을 때까지 떨쳐버릴 수 없는 상처였다.

15 모든 씨앗은 생명을 가지고 있고, 싹틀 가능성이 있다. 그러나 밭에 뿌려진 씨앗은 싹이 트겠지만, 바위 위에 떨어진 씨앗은 싹이 트지 못하고 말라 버릴 것이다. 즉, 주변 환경에 따라 싹이 트거나 트지 않는다는 말이다. 맹자는 씨앗과 마찬가지로 인간의 본성도 주변 환경에 따라 선하게 발현되느냐의 여부가 결정된다고 생각했다. 그래서 교육이 중요하다고 강조한다. 교육을 통해 인간의 본성 안에 있는 선한 마음의 단초를 계속 키워 나감으로써 선한 사람이 될 수 있다는 것이다. (황상윤, 『유쾌한 철학, 소소한 일상에게 말을 걸다』, 지성사, 2009. p. 129.)

려고 노력하는 과정을 삶이라고 본다면 그 욕망의 절충과 좌절을 경험하면서 사회적 존재로 성장하여 간다. 이런 과정에서 자연스럽게 생기는 심리적인 압박과 억눌려진 욕구를 해소하는 방법 또한 개인마다 큰 차이를 가지게 된다. 어떤 이는 운동으로 풀기도 하고 또 어떤 이는 음악을 통해 심신의 안정을 찾기도 한다. 또 이를 해소하는 출구를 폭력이라는 그릇된 방법으로 찾는 사람도 있다. 자신의 희망과 요구를 사회적으로 적절하고 성숙한 방법으로 표현하는 법을 찾지 못하는 경우이다. 그들은 신체적, 언어적, 성적 학대를 사용하여 자신의 억눌려진 분노와 욕구를 드러내고 나아가서는 이러한 폭력에 성취감이나 우월감을 맛보기까지 한다.

『이물』에서 나타나는 다카시의 폭력 성향도 역시 이와 맥락을 같이 한다고 보인다. 폭력적 성향을 개인적인 관점에서 보면 가해자들의 성격이나 개인적인 기질, 정신 병리학적인 문제로 볼 수 있다. 하지만 작품 속에의 다카시의 폭력 성향은 이러한 개인적인 차원보다는 그가 속한 특수한 환경의 영향이라고 생각된다. 재일 한국인 사회와 아버지의 부재, 그리고 어머니의 매춘 등 그가 처한 특수한 환경이 그를 폭력적 성향으로 향하게 했을 것이다. 다카시는 자신의 내부에서 일어나는 심리적 압박과 좌절을 타인에 대한 공격의 형태로 나타나게 되었던 것이다.

인간이 가지는 가장 강한 욕구는 생존(生存)의 욕구이다. 생명체로서의 인간이 자신의 생명을 인정받는 것은 가장 기본적인 조건이기 때문이다. 그러나 다카시는 이런 기본적인 욕구의 좌절과 거부를 경험한다. 그는 유아기 부모의 사랑이라는 것으로 표현되는 생명체의 인정, 그리고 사회적으로 자리매김하며 자존감을 형성하게 되는 과정을 박탈당한 것이다. 일본 내의 소수집단인 재일 한국인 사회와 아버지의 부재, 그리고 어머니의 불안정한 삶이 그의 사고방식과 행동들을 타인에 대한 원망과 공격으로 나타나게 한 것은 단순한 우연이 아니다. 현재도 미래에 대한 희망도 가지지 못한 다카시라는 인간이 세상에 대해 자신의 존재를 주장하는 방법을 폭력이라는 행동으로 표출하게 되는 것은 자연스런 현상일 것이다. 재일 한국인 사회라는 사회문화적 장벽과 그가 가진 불안정한 가정 모두 거대한 힘으로 어린 다카시의 존재의 욕구를 억압하여, 그의 올바른 성격 형성에 혼란을 주는 상호작용을 하였다고 볼 수 있다.

다카시는 아직 어린 아이였지만 정자에게 심한 성추행을 하고, 숙부집에 방화를 하고, 리에코를 언덕으로 밀쳐 떨어뜨리는 폭력을 행사한다. 보통의 어린 아이로서 하기 어려운 폭력적인 행동이다. 문제는 다카시가 이러한 자신의 폭력을 정의로써 인식하고 있다는 것이다. 다카시는 이러한 폭력이 잘못된 행동인지를 인식하지 못한다. 그를 둘러싼 환경이 폭력적인 환경이었기 때문이다. 이러한 관점에서 볼 때, 『이물』에서 다카시의 행위는 개인적인 문제라기보다는 그를 둘러싼 사회문화적인 환경 문제로 해석되어야 한다. 어린 다카시에게 재일 한국인 사회와 '부성의 부재'와 불안정한 가정형편 등은 과히 폭력적인 환경이었다고 할 수 있다.

그런데 이러한 '부성의 부재'는 재일 한국인만의 현실이 아니었다.

다카시의 어머니인 일본인 마사요도 역시 '부성의 부재'를 경험한다. 그리고 그녀의 경우는 재일 한국인 남성들이 겪은 '부성의 부재'보다 훨씬 더 잔인한 것이었다. 마사요의 아버지는 아내가 죽어서 그런지도 모르지만 무자비한 아버지였다. 그녀의 아버지는 그녀가 외동딸이었지만 무관심했다. 딸이 공부를 잘 하여 사립중학에 간다고 해도 반대했다. 그는 그녀를 인간 취급했지만 인간으로 보지 않았다. 마사요의 아버지는 마사요를 툇마루 밑에 사는 벌레정도로 생각했다. 요컨대 '부성의 부재'와 불안정한 가정이라는 문제는 재일 한국인 사회만이 가지고 있는 문제가 아니다. 일본 사회에서도 얼마든지 '부성의 부재'와 불안정한 가정이 발생하는 것이다.

5. 나가며

본서에서는 현월의 『이물』에서 나타난 다카시의 행동에 대하여 분석해 보았다.

다카시를 통해서 인간의 본성에 따른 행동, 특히 그중에서도 폭력적인 행동은 환경의 영향이 가장 크다는 것을 알 수 있었다. 재일 한국인 사회와 '부성의 부재', 그리고 불안정한 가정 등은 다카시를 폭력에 노출되기 쉬운 성향으로 만들었다고 할 수 있다.

한편 다카시가 죄에 대해 고민하고 자신만의 잘못된 정의를 만들었던 것에는 아버지 부재의 영향이 크다. 재일 한국인 1세대의 부성의 부재는 너무나도 확연한 것이었다. 재일 한국인 1세대가 비주류로서 타지 일본에서의 성공을 위해 포기해야 했던 부성은 다시 결핍된 부성을 이어받은 2세대를 낳았고, 또다시 3세대로 이어져 다카시의 비극을 불러일으켰다. 이렇게『이물』에서 '부성의 부재'라는 사회적 문제는 이어진다.

표면적으로 강력한 남성성을 상징하는 이케야마 마사토는 다카시의 동일시 대상이 되어 어린 다카시의 정의관에 중대한 영향을 미쳤다. 하지만 마사토의 정의는 올바른 정의가 아니고, 결핍된 부성에 대한 과잉된 남성성의 표출 행동이었다. 마사토를 우상으로 한 다카시의 정의가 올바른 정의가 될 수 없는 이유이다. 또한 다카시 주변에 있는 사람들은 모두 정상적으로 어른이 되지 못한 사람들이었다. 그들의 일관성 없고 이기적인 행동은 다카시의 정서에 혼란을 불러왔다. 그들도 재일 한국인 사회에서 '부성의 부재'를 경험하고 성장한 사람들이기 때문이었다. 요컨대 다카시에게 형성된 정체성은 재일 한국인 사회라는 특수한 마을 환경, 부성의 부재, 그리고 어머니에 대한 반감 등으로 복잡하게 얽혀 있다고 볼 수 있다. 다카시를 둘러싼 이러한 환경이 그의 폭력성을 조장한 원인이라고 생각된다.

그런데 일본 사회도 재일 한국인 사회와 다르지 않다. 인간의 본성과 주위 환경에 의한 영향, 그리고 아버지의 부재, 불안정한 가정 등 소외로부터 생겨나는 폭력성은 재일 한국인 사회와 일본사회가 다르지 않다. 현대사회는 경쟁적인 자본주의의 특성상 점점 폭력성으로 물들어 가고 있다. 점점 개인화, 고립화되어가는 현대 사회 속에서 제2, 제3의 다카시는 언제 어디서라도 생겨날 수 있다. 이것이 재일 한국인 사회를 묘사한 현월 작품이 단지 재일 한국인만이 아니고 일본인들에게 폭 넓게 읽히는 이유이다.

11. 현월(玄月)

『권족(眷族)』

―도메를 중심으로―

1. 서론

현월(玄月)은 재일 한국인 2세 작가로 본명은 현봉호(玄峰豪)이다. 오사카시 이쿠노구 출신으로 오사카 시립 남고등학교를 졸업했다. 그는 다양한 직업을 경험한 후, 오사카 문학학교에서 동시집 『백아(白鴉)』를 발행하면서 집필 활동을 시작했다. 1998년 『무대 배우의 고독(舞台役者の孤独)』으로 일본문단에 등단했으며, 1999년에 발표한 『그늘의 집(蔭の棲みか)』으로 제122회 아쿠타가와 상을 수상했다.

현월은 그의 작품들에서 재일 한국인, 특히 재일 한국인의 정체성과 그 소수성(minority), 그리고 그로부터 나타나는 인간 본성에 대해 말하고 있다. 그러나 다른 재일 한국인 문학 작가들이 유지해오던 재일 한국인 문학의 특성과는 달리, 그는 재일 한국인에 대한 어떠한 해결책도 제시하거나 강요하지 않는다. 다만 그는 재일 한국인을 소재로 하여 인간이 가지는 본성을 그만의 담담한 시각과 태도로 이야기를 풀어내고 있다.

그의 작품인 『권족(眷族)』(『문학계』, 2007년)에서도 그러한 인간의 본성과 재일 한국인(재일 제주인)의 현실이 여실히 드러나 있다. 그는 권족의 기둥이자 모든 이야기의 시초인 도메(トメ)를 중심으로, 전전(戦前)시대부터 현대에까지 걸친 권족의 역사를 통해 권족 내에서 일어나는 혈통의 문제, 얽히는 계보, 방대한 재산 등 인간의 보편적 성향과 본성에 대해 말하고 있다. 또한 이 작품은 그가 어렸을 때부터 보아온 재일 제주인의 특성이 그대로 녹아들어 있다는 점에서 더욱 가치가 있다.

『권족』에서 찾아볼 수 있는 논점들은 권족에서 유일한 일본인인 도메의 재일 제주인에 대한 내적 갈등, 권족 순수혈통과 차남의 혈통과의 대립, 그리고 후대로 끊임없이 이어지는 피(血)의 연(緣) 등이 있다. 그리고 이러한 모든 사건과 모순점들의 중심에는 도메가 있다. 본서에서는 『권족』에서 나타나는 도메의 자아, 그리고 그에 따른 도메의 행동이 권족에 미치는 영향 등의 인과관계를 살펴보고, 현월이 이야기하는 순혈의 문제에 대하여 고찰해 보려고 한다.

2. 본론

1) 도메의 자아와 정체성

『권족』은 일본인 증조모인 도메를 중심으로 한 재일 한국인 다카미쓰 가(高光家)의 역사가 애정, 증오, 간통, 근친상간을 교착시키면서 시대를 거듭하고 시간을 넘어서 표현되어 있는 방대한 작품이다. 도메는 16세부터 48세에 이르기까지 거의 매년과 같이 자식을 낳아, 20명 이상의 자식이 있다. 유산한 5명의 딸들을 제외하고는 모두가 아들이었지만 다케데쓰(武哲) 한 명을 제외하고 모두 죽었다. 작품에는 권족(ケンゾク)의 일대기가 중심인물인 도메, 도메의 살아남은 유일한 아들 다케데쓰, 다케데쓰의 아들 다케시(武史), 다케시의 아들인 고지(孝治), 그리고 고지의 딸까지 5대에 걸쳐 묘사되어 있다.

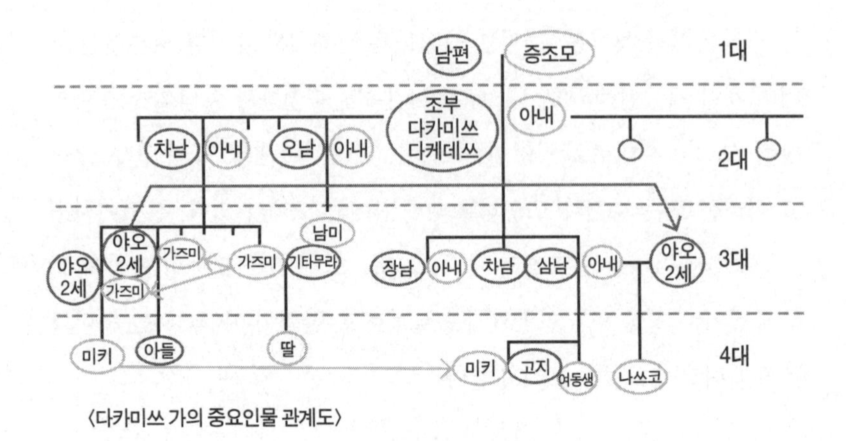

〈다카미쓰 가의 중요인물 관계도〉

도메는 『권족』에서 유일한 일본인이다.

매년 같이 아이를 낳은 도메는 밥도 청소도 제대로 하지 못하며 아이들이 입는 옷 또한 제대로 신경 쓰지 않지만, 아이들은 모두 어머니가 초인적으로 일하는 모습을 보았고, 무엇보다 어머니의 애정을 느끼며 자란다. 그녀의 자식들은 도메의 초인적인 모습에서 그녀를 절대적인 어머니로 인식하고 있었고, 도메가 권족의 아내로 일본인은 절대 안 된다고 했을 때 아무런 의문 없이 그 말을 받아들였다. 도메는 다카미쓰 가의 기둥이자 지배자로서 군림한다.

철학에서의 자아란 감각, 사고, 행동 등을 모두 망라하여 현재를 경험하고 있는 그 불변의 당사자를 말한다. 마르틴 하이데거(Martin Heidegger, 1889~1976)는 그의 저서 『존재와 시간(Sein und Zeit)』(1927)에서 존재(存在)에 대해 논하며, 현존재(Dasein)는 세계 안의 다른 존재자들과 관계맺음을 통해 존재 양식을 가지며, 이로 인해 현존재의 고유성은 타인들의 존재 양식 속으로 해체되어 버린다고 말한다. 또한, 현존재는 이러한 비본래적인 존재 양식으로부터 불안과 공포를 느낀다고도 말하고 있다. 마틴 하이데거가 말하는 존재 양식이란 자아와 그에 따른 행동방식이다. 즉, 어떤 사람의 자아는 그 사람이 살아가면서 겪는 주변 환경과 인간관계에 영향을 받아 형성되는 것이라는 것이다. 또한 설령 본질적으로 가지고 있던 자아가 있더라도 주변 환경과 관계에 의해 변할 수 있으므로, 이는 본래적인 존재 양식과 다를 수 있다는 것이다.[1]

이와 같은 하이데거의 '본래적 존재 양식'의 주장으로 미루어 볼 때, 권족에서 유일한 일본인인 도메가 재일 제주인과 결혼하면서 20명이 넘는 자식들을 낳고, 그 안에서 계속 재일 제주인의 혈통과 풍습을 유지하려 했던 과정에서 내적 혼란을 겪었을 것은 어찌 보면 당연한 일이다. 후에 결국 그녀의 이러한 행동으로 인해서 권족 내에 모순점이 끊임없이 일어나는데, 도메는 그것을 은폐하기 위해 또 다른 일들을 저지르게 된다. 그로 인해 문제점이 감출 수 없을 만큼 커져버리는 그 일련의 과정에서 도메는 분명 자신이 유지하고 만들어낸 권족 전체의 혈통과, 자신만이 일본인이라는 사실 사이에서 방황하며 극심한 내적 갈등을 겪었을 것이다. 하지만 그녀는 결국 재일 제주인, 즉 제주도의 존재 양식을 철저히 따르고 만들어낸 '불완전한 자아'를 그녀 자신의 정체성으로서 확립하고 일생을 살아간다.

1 마르틴 하이데거(Martin Heidegger) 저, 전양범 옮김, 『존재와 시간』 동서문화사, 2008, p. 149～150.

도메는 그와 같은 불완전한 정체성을 가지는 동시에, 끊임없이 권족 내의 모순점을 은폐하고자 노력한다. 그렇게 권족 내에서 재일 제주인의 피, 이른바 순혈을 이어가기 위해 그녀가 감내한 수많은 노력은 그녀가 생전에도, 사후에도 권족을 지배하게 하는 핵심 요인이 된다. 그것은 권족을 위한 일이기도 했지만, 그녀 자신을 위한 일이기도 했다. 즉, 그렇게 부단한 노력으로 재일 제주인의 혈통을 유지하려 한 것은 그녀가 권족 내에서 살아남기 위한, 그리고 자신의 존재 의의를 찾기 위한 수단이었다고 할 수 있다.

> 죽기 10년 전, 88세의 도메는 마지막 힘을 짜내듯, 두 가지 일을 했다. 하나는 가즈미(和美)의 아이를 처리하는 것이었고, 다른 하나는 뒤를 잇게 할 다케데쓰 장남의 신부감을 찾아내는 것이었다. 양쪽 모두 꽤 성공한 것처럼 생각되었다. 적어도 춘미(チュンミ)에 대해서는 지금 상태로 보면 잘 되어가고 있다.[2]

이것이 바로 그녀가 권족 내 재일 제주인의 피를 지키려 행하는 일의 대표적 예이다. 우선, 춘미는 88세의 도메가 제주도에까지 가서 구해온 며느리였다. 그녀는 자신의 고유성[3]인 일본 국적을 가진 며느리들을 데려오기보다, 굳이 제주도까지 방문하여 며느릿감을 골라 일본으로 데리

---

2 玄月 『眷族』 講談社, 2007, p. 187(이후 이 작품에는 쪽수만을 기입한다).

3 앞에서 언급한 마틴 하이데거의 '현존재의 고유성'을 말한다.

고 온다. 그녀가 며느리들을 제주도에서 데려옴으로써 권족 내 재일 제주인의 혈통은 더욱 굳건해지고, 그것은 즉 그녀로 하여금 자신이 권족을 존재하게 하는 사람이라는 의식을 갖게 한다. 바로 이러한 의식이 그녀가 권족을 지배하는 힘의 원동력인 것이다.

한편, 도메가 재일 제주인의 혈통에 집착했던 또 다른 이유는 그녀의 차남이 권족의 피가 흐르는 자식이 아니라 외부인의 피가 흐르는 자식이었기 때문이다.

도메는 그녀가 17세였던 때에 교토(京都)에서 생면부지의 남성에게 강간을 당하게 되는데, 그때 임신하여 낳은 아이가 바로 차남이었다. 즉, 그녀가 재일 제주인의 혈통에 집착한 것은 단순히 그녀가 일본인이기 때문에 그녀의 피를 여러 세대에 걸쳐 옅게 하기 위해서이기도 하지만, 외부에서 낳아온 아들인 차남의 피를 옅게 만들기 위한 것이었다. 강간을 당하여 외부의 피를 가진 차남을 낳게 된 일이 그녀로 하여금 더욱 강하게 순혈주의를 표방하게 하는 하나의 계기가 되었던 것이다. 위 인용문에서 나오는 가즈미는 '더럽혀진 피'를 가진 차남의 혈통이었다. 마지막까지 도메는 그 혈통의 계보를 처리함으로써 권족의 순혈을 지키려고 했던 것이다.

권족 내에서 도메의 영향력은 절대적인 것이었다. 하지만 앞에서 언급한 바와 같이 그녀가 비본래적인, 즉 일본인의 특성보다는 자신이 후에 형성한 재일 제주인으로서의 자신의 존재 양식에 대해 불안(不安)을 느끼는 부분도 나타난다. 또한, 도메는 그러한 불안과 함께 자신이 일본인의 혈통을 옅게 하기 위해 행했던 과거의 행동으로 인해 나타나는 권족 내의 모순점들에 대한 문제도 인식하고 있었다. 그러므로 그녀는 그녀의 행동을 정당화해줄 권족 외부의 존재를 필요로 하게 된다. 요컨대 외부로부터 그녀의 권력의 정당성을 인정받는 것이었다. 여기에 굿과 탁선(託宣)을 하는 무당인 모리오카(盛岡) 아주머니가 등장한다.

도메가 권족에서 막대한 영향력을 가지는 이유는 무엇보다 사업의 성공이었다고 생각할 수 있다.

그런데 이러한 권족의 사업성공 뒤에는 무당인 모리오카 아주머니가 있었다. 모리오카 아주머니는 '대대로 무당의 가업이 이어져온 집안으로, 눈앞의 사람 일을 한눈으로 꿰뚫어볼 수 있는 사람'이었다. 도메는 권족 중 누군가가 병에 걸렸을 때 굿을 통하여 낫게 하려는 시도는 하지 않았지만, 그녀는 권족의 여러 가지 문제나 미래에 대한 결정 등을 할 때, 꼭 무당에게 찾아가 점(占)을 보고 무당의 결정에 따르게 된다. 도메는 권족과 관련된 결정, 특히 권족의 미래에 대한 결정 등은 언제나 무당과 논의하여 그 뜻을 거스르지 않았다.

권족이 부자가 되는 결정적인 부분을 차지하는 것이 바로 부동산 투자를 통한 이득이었다. 회사가 커진 계기는 모리오카 아주머니의 점에 따라 산 호쿠세쓰(北摂)의 땅을 판 이익이었다. 도메는 순조로웠다고는 해도 아직 영세공장이었던 때에 본 적도 없는 호쿠세쓰의 습지를 용케도 대량으로 산 것이다. 그것은 모리오카 아주머니의 조언 때문이었다.

땅은 도메조차 한 번도 방문하지 않았다. 멀리 떨어진 호쿠세쓰의 갈대가 더부룩하게 자란 습지(湿地)로, 신뢰하는 무당에게 집에서의 방향과 거리만 지시받고, 뒤는 자신이 등기부를 조사해 몇 명의 소유자와 교섭하여, 흩어져 있어도 그 주위에서 살 수 있는 만큼의 땅을 샀던 것이었다.(p. 15)

도메는 무당에게 자신이 알지도 못하는 땅에 대한 이야기를 듣게 되는데, 그녀는 도메에게 그 땅에 투자를 하라고 한다. 도메는 그 투자가 많은 위험을 가지고 있다는 것을 알고 있음에도 불구하고, 무당의 말에 따라 지금까지 고무공장을 하며 벌어온 돈의 대부분을 부동산 투자에 쏟아부어버린다. 그리고 한동안 권족은 많은 돈을 부동산에 투자한 여파로 넉넉하지 못한 삶을 보내게 된다. 어려운 삶으로 인해 도메는 그 땅에 투자 했다는 사실도 잊은 채 살아가게 되지만, 결국 일본 부동산 경기의 성장과 함께 많은 돈을 벌게 된다. 이 사건으로 인하여 도메는 무당에 대한 신뢰가 커져서 더욱더 의지하게 되고, 권족에 관한 중요한 일이라면 무조건 무당과 상의하여 결정하는 권족 특유의 습관이자 규율을 만들어내게 된다.

그런데 도메는 권족의 부동산 투자나 파친코 사업과 같은 물질적인 것에만 무당에게 의존한 것이 아니었다. 권족의 순혈을 지키는 가장 중요한 자식의 결혼문제도 무당에게 의논했다.

모리오카의 아주머니에게 상담하지 않고 결혼할 수 있는가 하고. 도메가 자신의 결혼을 모리오카 아주머니에게 상담하는 것은 당연했다.(p. 159)

도메는 자식의 일에 대해서도 무당에게 조언을 구하였다. 도메의 아들들이 아직 어렸을 때, 뒤에 도메를 이어 권족을 지배하게 되는 다케데쓰가 일본인 여자 친구를 집으로 데려왔다. 주위 사람들과 자기 가족이 자신의 어머니인 도메만 빼고 한국인이었기 때문에, 결혼까지도 생각하고 있던 일본인 여자 친구를 집에 데려가서 소개를 하는 것은 굉장히 부담스러운 일이었다. 다케데쓰가 일본인을 데리고 와서 소개하였을 당시에 도메는 지금까지 계속 한국인이었기 때문에 한 명쯤 일본인이어도 상관없지 않을까라고 스스로 생각을 하였다. 하지만 나중에 도메는 일본인과는 절대 결혼할 수 없다고 다케데쓰에게 선언하는데 이유는 간단했다. 무당인 모리오카 아주머니가 일본인과 결혼해선 안 된다고 했기 때문이었다.

결국 다케데쓰는 일본인 여자 친구와 헤어지게 된다. 사실 그는 둘이서 사랑의 도피를 할 수도 있었겠지만 하지 않았다. 이는 권족의 일원인 다케데쓰 역시 어쩌면 논리적으로 타당하다 할 수 없는 도메의 말, 즉 무당의 지침에 순응했기 때문이라고 할 수 있다. 결국 도메는 무당의 말에 따라 권족 내에 일본인의 피를 허용하지 않고, 권족의 순수성(순혈)을 유지할 수 있었다. 이러한 여러 가지 과정 속에서 둘 사이의 관계는 더욱더 결속하게 되고, 권족 내의 도메의 지배력을 확장시키는 결과가 되었던 것이다.

이렇게 바로 무당인 모리오카 아주머니의 점이 도메의 의지처이자, 도메의 행동을 정당화해주는 권족 외부의 존재였다. 그런데 모리오카 아주머니가 영력(靈力)이 뛰어나서 앞의 모든 일을 예측하고, 그 때문에 도메의 의지처가 되어 도메가 나아갈 방향을 제시해주는 것은 아니었다.

장래 호쿠세쓰의 습지에 신도시가 생기고 만국 박람회가 열려 고속도로가 지나가는 것 등을 모리오카 아주머니도 알 리가 없었다.(p. 164) 무당인 모리오카 아주머니의 역할은 바로 도메의 의지를 그저 잘 알고 이해해주며 확인하고 정당화해주는 것이었다.

> 모리오카 아주머니의 점이 맞을 확률은 어느 정도였을까. 다른 사람이라면, 반반 정도였을지도 모른다. 도메의 경우, 점의 지시대로 잘 한다면 빗나가는 일이 없었다. 모리오카 아주머니가 도메와의 궁합이 좋고, 특히 영력을 발휘할 수 있었기 때문일까?(p. 165)

확률이 반반 정도인 점이 도메에게만 완벽히 맞을 가능성은 없다. 일의 처리는 도메가 이미 마음속으로 결정하고 있었던 것이다. 도메는 자신이 나아갈 방향이나 어떤 사건에 대한 해결책, 행동 방침을 항상 알고 있으며 스스로 결정해둔다. 즉 무당이 정해주지 않는다는 것이다. 단지 도메는 자신의 일본인으로서의 존재양식을 버리고 재일 제주인으로서 행동하며 그 혈통을 이어나가려고 하는 과정에서 생기는 불안함을 무당을 통해 정당화하려고 했던 것이다. 모리오카 아주머니는 도메가 찾고 있는 대답을 속속들이 알고 있었다.

한편, 도메가 의지하고 있는 무당인 모리오카 아주머니와 모리오카 아주머니의 후계자인 이코마(生駒) 아주머니는 권족 외부적 특성과 내부적 특성을 모두 가지고 있다는 점에서 더욱 그 존재가치를 지닌다. 무당들이 혈통적으로 권족 외부의 존재들이라는 점에서 그들이 해주는 조언이나 탁선은 객관성을 가지게 되는데, 바로 이 객관성을 가진다는 점이 무당들의 외부적 특성이자 강점으로서 작용한다. 또 다른 강점인 무당들의 내부적 특성은 그들이 권족 내부의 문제점과 모순점들을 도메만큼 잘 알고 이해하고 있다는 것으로, 바로 이것이 그들로 하여금 도메가 죽고 나서도 그녀의 의지를 권족 내에 탁선하는 이유가 된다. 이러한 점들로 미루어 볼 때, 도메가 자신의 행동을 정당화시켜줄 개체로서 무당을 선택한 것은 당연한 일인지도 모른다. 또한 무당이라는 존재 자체가 극히 한국적이라는 점에서도 도메의 정체성과 행동 양식에서 재일 한국인적인 모습을 엿볼 수 있다.

도메는 자신의 존재 가치를 확인하기 위해, 그리고 외부인의 혈통인 차남의 피를 엷게 하기 위해 끊임없이 권족 내의 순혈, 즉 재일 제주인의 피를 고집한다. 하지만 아무리 자신이 재일 제주인의 순혈을 유지하고 계승하기 위해 제주도에서 며느리를 구하는 등의 노력을 기울여도, 그녀는 그녀 자신이 권족 내의 순혈을 흐리고 있다는 사실을 인지하고 있었다. 그렇기 때문에 그녀는 속으로 불안해하며 내적 갈등을 겪는 것이다. 이 갈등은 그녀가 권족 내에서 일어나는 모든 사건들 내부에 존재하는 모순점 또한 인지하고 있다는 점에서 더욱 심화된다.

그렇기 때문에 그녀는 이를 무당이라는 외부적 존재를 통해 해소하는데, 무당들은 도메가 앞으로 갈 길을 확인해주며 공고히 해주는 역할을 한다. 이로 인해 도메의 불안전한 자아에서 나오는 행동은 정당화되고, 그녀의 정체성으로서 확립된다. 무당은 외부로부터 권족에 대한 도메의 지배를 유지해주는 '소도구'였던 것이다. 이렇게 외부로부터의 도움으로 도메는 권족 내부에서 그녀의 지배를 공고히 할 수 있었다. 권족에서 도메의 권위는 죽고나서도 계속된다. 조부인 다케데쓰가 도메의 유품이 들어있는 광을 때려 부수려고 할 때, 여자들이 광을 부수는 일은 자신들이 죽은 뒤에 하라고 할 정도로, 도메의 권족에 대한 지배는 신앙(信仰)과 같은 것이었다.

2) 도메 후세대에서의 대립 구도

권족의 후세들은 도쿄에서부터 한국, 그리고 미국에까지 퍼져있다. 그런데 『권족』에서 권족 사람들은 다음과 같은 특징을 가진다.

> 물결선처럼 가늘고 작은 눈과, 얇고 조금 위쪽를 향한 윗입술, 콧날이 직각에 가깝게 굽어 있는 매부리코. 권족의 남자도 여자도 약간의 예외를 제외하고 이 세 가지 모두인가, 적어도 하나의 특징을 반드시 가지고 있다. 거실 벽에 액자에 넣어 장식해 둔 권족의 선조는 얼굴을 조형하는 유전자가 대단히 강력한 것 같다.(p. 47)

강력한 유전자를 가진 권족 사람들은 남자와 여자를 불문하고, '물결선처럼 가늘고 작은 눈', '얇고 조금 위를 향한 윗입술', 그리고 '콧등이 직각에 가깝게 굽어 있는 매부리코' 가운데 적어도 하나의 특징을 반드시 가지고 있다. 이러한 특징은 권족 사람과 권족이 아닌 사람들을 구별하는 표식이기도 하였다.

도메의 20여 명의 자식들과 그 후손은 대부분 이러한 특징을 가지고

있었다. 그러나 차남은 여기에 해당되지 않았다. 그는 도메가 교토의 강가에서 강간당해 얻은 아이였기 때문이었다. 도메는 차남을 강간으로 인해 낳았다. 이후 그 사실을 숨기기 위한 노력 덕분에 차남은 권족 내에서 무사히 2남 1녀를 낳게 된다. 모든 것은 순조로워 보였으나, 결국 차남의 계보에 속해 있는 이들이 어딘가 다르다는 것을 눈치채는 이들이 생겨나기 시작한다. 이 작품의 주요 서술자인 나쓰코(夏子)도 이러한 사실을 알게 된다. 차남의 둘째 아들인 일명 야오 2세(八尾おっちゃん)는 나쓰코의 부모님과 친하게 지내는데, 나쓰코는 어느 날 자신이 야오 2세와 닮았다는 사실을 눈치채게 된다.

> 나쓰코는 전신의 털이 거꾸로 서는 것을 느꼈다. 야오 아저씨는 결혼도 하지 않고 출세도 할 수 없는 낙오자이지만, 눈이 야무진 미남이다. 그리고 어머니와도 사이가 좋고, 아버지가 계시지 않을 때에도 집에 오는 경우가 있다. 어쩌면 예의 권족의 특징을 하나도 갖고 있지 않은 자신은 ……(p. 87)

사실 나쓰코는 차남의 둘째 아들인 일명 야오 2세의 딸이다. 야오 2세가 나쓰코의 부모와 가까이 지내던 시기에 나쓰코의 부친이 집에 없을 때, 야오 2세의 방문으로 그녀가 생겼던 것이다. 이를 아무도 말해 주지 않았음에도, 나쓰코는 자신이 권족 내의 다른 사람들과 다르게 생겼다는 것을 알게 된다. 앞에서 설명하였듯이 '예의 권족의 특징'이 없기 때문이다. 즉 그녀에게는 권족 내부의 이른바 순혈을 가진 사람들의 특징인 '물결선처럼 가늘고 작은 눈', '얇고 조금 위를 향한 윗입술', 그리고 '콧등이 직각에 가깝게 굽어 있는 매부리코'의 특징이 하나도 없는 것이었다. 순혈이 아닌 사람들에게서 나타나는 특징은 그녀가 차남의 피를 가진 야오 2세에 대해 '눈이 야무진 미남'이라고 묘사하고 있는 것으로 미루어 볼 때 확연한 차이가 있음을 알 수 있다.

이러한 나쓰코는 도서관의 여자인 가즈미에 대해서 '그 여자의 얼굴은 전형적인 차남의 혈통이 아닌가? 나쓰코는 이번에는 환희에 몸을 떨었다. 권족의 다른 여자와는 얼굴도 분위기도 다른 여자는 야오 아저씨의 사촌일까. 역시 사촌임이 틀림없다. 그리고 나쓰코와도 가까운 피의 관계가 있다.'(p. 88)며, 그녀는 가즈미도 역시 차남의 혈통이라는 사실을 인식한다. 가즈미도 역시 권족의 특징을 하나도 가지고 있지 않기 때문이었다.

그런데 이러한 권족 내부의 순혈을 가진 사람과 그렇지 않은 사람들이 외형적으로 다르다는 것을 인지한 사람은 비단 나쓰코 뿐만이 아니었다. 나쓰코의 오빠인 고지도 이것을 인식한다.[4] 미키(ミキ)는 권족 외부의 사람으로서 고지의 아이를 낳게 된다. 그러나 미키가 사실은 가즈미와 그녀의 첫째 오빠인 야오 1세와의 사이에서 태어난 아이라는 사실을, 고지는 가즈미와 미키의 외형적 특징으로 인해 깨닫게 되는 것이다. 심지어 그는 이후에 자신의 여동생조차 비슷한 외모를 가지고 있다는 것을

4 작품에서 차남의 혈통을 인식하는 사람들이 도메의 수많은 아들 중에서 오직 한 사람 살아남은 다케데쓰의 직계인 점도 의미심장하다.

눈치채게 된다. 미키가 외부의 사람들에게 입양된 것은 도메가 행한 일인데, 이렇듯 확연한 외형적 차이 때문에 더욱 그리할 수밖에 없었을 것이다.

그런데 차남의 혈통이 다르다는 것이 시사하는 바가 단순히 외형적으로 차이점이 있다는 사실 뿐만은 아니다. 이들은 남들과 같은 평범한 삶을 영위하지 못한다. 우선 차남 본인부터도 정상적인 삶을 살지는 못했는데, 차남은 그가 어렸을 때부터 일했던 어머니 도메의 고무공장에서 여직원과 바람을 피우다 그 현장을 아내에게 발각당하여 그 자리에서 살해당한다. 또 차남의 피를 이어받은 세 자녀들도 마찬가지로 도화살(桃花煞)[5]을 가지고 살아가는데, 이들 세 자녀들은 사촌의 아내에게 아이를 갖게 하거나, 그들 사이에서 아이를 갖는 등 근친상간(近親相姦)을 상습적으로 행한다. 그렇기 때문에 더욱 차남의 혈통이 '더럽혀진 피'라는 일종의 편견 요소로서 권족 내의 사람들에게 작용하는 것이다.

예를 들어 여기에서 차남의 막내딸 가즈미를 살펴보자. 차남의 세 자녀들은 모두 정상적이지 못한 성적 취향을 갖고 있다. 그중에서 가장 많은 사건을 일으키는 인물은 바로 가즈미이다. 그녀는 그녀의 첫째오빠인 야오 1세와의 사이에서 미키를 낳고, 둘째오빠인 야오 2세와의 사이에서도 아이를 낳는다. 심지어 그녀는 식물인간 상태에서도 아이를 임신한다.

---

5 여자가 한 남자의 아내로 살지 못하고 여러 남자와 상관하거나 남편과 사별하도록 지워진 살.

대학생 때 그녀가 낳은 미키는 다른 집안으로 입양되고, 이후 가즈미는 일본인인 기타무라(北村)와 결혼을 하게 되어 권족 내에서는 출가한 여인이 된다. 권족 내에서 출가한 여자는 이미 권족이 아니다. 이후 잘 사는 듯 보였으나, 그녀는 둘째 오빠인 아이를 낳다가 식물인간 상태가 된다. 그런데 그녀는 식물인간 상태가 되어서도 둘째 오빠의 아이를 갖게 된다.

"그래, 가장 재미있는 이야기를 해 보자. 식물인간 상태의 가즈미, 임신했다고 한다."

다케시는 머릿속이 액체질소로 충만한 듯한 기분이 되었다. 그런데 가슴은 몹시 크게 울리고 있었다. 뭔가 말하려고 했지만 거친 숨결이 나올 뿐이었다.(p. 302)

다케시는 권족의 제사에 참가한 사람에게 가즈미가 식물인간 상태에서 임신했다는 이야기를 듣는다. 가즈미가 식물인간 상태에서도 임신을 했다는 것은 사실 굉장히 잔혹한 일이지만, 위 인용문에서는 그러한 사건이 매우 냉소적인 어투로 표현되어 있다. 이렇듯 이들이 계속 저지르는 근친상간은 앞서 언급했던 재일 제주인의 혈통을 이어가고자 하는 도메의 노력을 무색하게 만든다. 차남의 혈통들은 마치 순혈에 가까워지고자 하는 도메의 노력에 반항이라도 하듯 계속 이러한 일들을 저지르고, 그렇기 때문에 더욱 혈통이라는 카테고리로 묶여 차별을 당한다. 『권족』에서 차남의 피를 이어받은 사람들은 '태어날 때부터 간통벽을 가졌다'라는 표현도 보이고 있을 정도로 권족 내에서 그 혈통에 속박당하고 있다.

도메는 자신이 일본인임에도 불구하고 권족의 순혈(純血)을 지키려고 노력한다. 도메는 권족의 순혈을 지키기 위해서 제주도에까지 가서 장남의 며느리를 구하였다. 그만큼 도메가 권족의 순혈을 지키려고 애썼던 이유는 강간을 당해 낳은 차남의 '더럽혀진 피'에 대한 강박관념(强迫觀念) 때문이었을 것이다. 앞에서 살펴보았듯이 실제로 차남의 혈통은 근친상간 등 여러 가지 문제가 있기도 했다.

그런데 도메가 그토록 순혈을 지키고자 했던 권족 내부의 사람들은 과연 차남의 혈통과 달리 정상적인 사람들만 있었던 것일까.

권족 내에서 이른바 순혈을 가진 여러 사람들을 살펴보면 그 혈통의 분류라는 것이 그렇게 의미가 있는지에 대한 의문이 든다. 대표적 예로 순혈을 가진 사람들 중 조부의 직계로 다케시의 아들인 고지의 경우를 보면, 그는 순혈을 이어받았으며 권족 유전자의 특징을 가지고 있는 순수 재일 제주인임에도 불구하고 이상한 성적(性的) 취향을 가지고 있다. 그는 어린 남자아이에게 성적 호기심을 느끼는 것이다. 수영장에서 일하는 그는 남자아이의 몸을 만지며 성적 흥분을 느낀다.

클래스의 반 정도는 남자아이들이다. 수영복 위로부터이지만, 마음껏 만졌다. 아이들은 헤엄치는 데에 필사적이어서 만져도 눈치채지 못했다. 풀 안에서는 계속 발기하고 있었다. 수영복은 비키니 타입이 아니면 안 되

었기 때문에 처음에는 곤란했다.(p. 216)

순혈인 고지는 자신의 성적 취향이 평범하지 않다는 것을 어려서부터 이미 알고 있었다. 그는 단순히 남들에게 알려지는 것을 두려워 할 뿐, 자신의 그러한 성적 취향에 대해 자괴감을 갖거나 수치스러워 하지는 않는다. 더욱이 자신이 단순히 동성을 좋아하는 것이 아니라 어린 남자 아이를 좋아한다는 사실까지 깨닫고, 심지어 자신이 어렸던 지난 날로 돌아갈 수 없음에 눈물까지 흘린다. 인용문에서 나타나듯, 그는 자신이 흔히 말하는 쇼타 콤플렉스(Shota Complex)[6]라는 사실을 즐기고 있다. 결국 그는 성추행을 하면서 어린 남자 아이를 살해한 혐의로 경찰에 수감된다.

이렇듯 성적으로 정상적이어야만 할 순수 혈통의 고지는 비순혈의 사람들과 다를 바 없이 정상적이지 못한 성적 취향을 가지고 있다. 권족 내 일부 비순혈을 혐오하는 사람들은 차남의 피를 이어받은 사람들이 태어날 때부터 더러운 피를 가지고 있다는 등의 주장을 펼치고 있지만, 순혈이라고 해서 정상적인 성적 취향을 가지고 있지는 않은 것이다. 성적 취향은 혈통으로 결정되는 것이 아니며, 순혈과 비순혈의 구분은 의미가 없다는 것을 알 수 있다. 즉 권족 내에서 순혈로 대표되는 다수파와 차남의 혈통으로 대표되는 소수파의 구분과 대립은 의미가 없는 것이다. 작가 현월은 이 작품을 통하여, 권족의 재일 제주인의 순혈과 차남 혈통의

6 쇼타 콤플렉스(Shota Complex) : 어린 남성에게 이성적 호감을 느끼는 경우, 약칭 쇼타콤.

관계는 혈통의 문제가 아니고, 개인적인 성향의 문제라고 말하고 있는 것이다.

3) 순혈과 비순혈

도메는 재일 제주인의 혈통을 물리적으로만 유지하려 하지 않았다. 그녀는 전통적 요소나 관습, 사상 등의 추상적 관념들 또한 제주도에 맞추려 했는데, 대표적인 것이 점과 제사(チェサ)의 풍습이다. 권족은 1년에 큰 제사를 세 번 지냈다. 이러한 제사에 권족의 자손들은 도쿄(東京), 한국, 그리고 미국에서까지 왔다. 권족에서 지내는 제사의 권위와 그 규모를 알 수 있는 것이다. 앞에서 말했듯이 그녀는 점과 무당에 대한 신뢰가 깊었는데, 권족 내부에 있는 그녀의 후손들도 이러한 영향을 적지 않게 받았다.

> 아이가 예정대로 태어나면 이 이름으로 하라고 말한 것이다. 여자 아이라고 알고 있어서, 아미라든가 나기사라든가 몇 개쯤 이름을 생각하고 있었다. 위의 두 아이도, 이코마의 아주머니에게 보이라는 아버지의 의향에 거역하고 스스로 이름을 붙이고 있었다. 그런데 태어나보니 아내가 나쓰코를 고집하기 시작했다. 그 이유는 지금도 모른다. 다케시는 원래 명명(命名)에 별로 흥미가 없었고, '다케' 만 붙이지 않으면 되었다.(p. 304)

위의 인용문은 나쓰코가 태어났을 때, 다케시와 그녀의 아내가 나쓰코의 명명 때문에 고민했던 일화가 담겨있는 문장이다. 사실 나쓰코는 나쓰코의 모친과 도메 차남의 둘째아들인 야오 2세의 사이에서 태어난 아이이다. 그렇기 때문에 나쓰코의 모친은 그 사실이 드러날까 불안해 할 수밖에 없었고, 먼저 낳은 두 아이 때와는 다르게 무당인 이코마의 아주머니가 추천했던 이름인 나쓰코를 고집했던 것이다. 이를 통해서 권족 내의 사람들이 자신들도 모르는 사이에 얼마나 무당에 의지하고 있는지를 알 수 있다. 이는 모두 도메의 영향이라고 할 수 있다.

도메가 정립하여 후세대에까지 영향을 미친 많은 것들 중 대표적인 또 다른 요소는 바로 권족 내의 남성상과 여성상이다. 도메는 '여자는 배제. 남자는 한국인 아내밖에 인정하지 않고, 거스르면 권족으로 간주하지 않는' 방식을 고수한다. 이렇게 도메는 권족의 남자가 우선시 되어야 하며, 권족 내의 여자는 결혼을 해서 출가하면 이미 권족이 아니라는 생각을 가지고 있다. 이는 극히 한국적이며 유교적인 것이다. 그런데 한 가지 주목해야 할 점은 도메가 남성중심의 사상을 표방하고 있지만, 사실 권족을 지배(支配)하고 움직이는 것은 여성인 도메라는 사실이다. 이는 바로 유교적 사상에 제주도적 특징이 결합된 것이라고 볼 수 있다. 예로부터 제주도의 여자들은 기가 세며 성격이 강한 것으로 일컬어지고 있다. 또한 제주도 여자들은 재일 한국인 문학에서도 강한 성격으로 묘사되어 있는데, 이러한 점으로 미루어 보면 도메의 행동은 제주도적 요소에도 영향을 받은 것이라 볼 수 있다.

앞서 권족의 여성상들 중 하나가 바로 권족 내의 여자는 결혼해서 출가하면 이미 권족이 아니다 라고 언급하였는데, 이는 유교적 사상의 영향이며 대표적인 인물로 가즈미를 들 수 있다. 가즈미는 비록 권족 내에서 근친상간을 저지르며 아이를 남기기도 하였으나, 결국 일본인인 기타무라와 결혼하여 권족 외부로 나가 출가외인이 된다. 그녀가 굳이 왜 잘생기지도 않은 일본인을 남편으로 맞아들여야만 했는가에 대해서는, 지리적 요인과 권족 내의 혈통에 대한 의식이 작용한 것으로 볼 수 있다. 권족 사람들이 살며 활동하는 본거지가 일본의 오사카이기 때문에 일본인 남편을 얻기가 쉬웠으며, 혈통적인 요소 또한 작용하여 가즈미가 권족 외, 즉 재일 제주인의 혈통을 벗어나기 위해서는 일본인 남편이 필요했던 것이다. 가즈미의 이러한 결혼에는 도메의 힘이 작용한 부분도 있는데, 사실 가즈미가 그녀의 첫째오빠와의 사이에서 낳은 딸인 미키를 외부로 보낸 것도 도메이다. 도메의 이러한 행동의 기저에는 혈통을 중시하는 재일 제주인의 유교적 사상이 내재되어 있다.

하지만 권족 내의 순혈을 지키려는 도메의 노력은 결국 무산된다. 미키가 권족 내로 들어오기 때문이다. 미키는 가즈미의 딸로 도메에 의해서 외부로 입양되어 권족 외부의 다른 사람의 손에 길러지지만, 고지의 아이를 낳으면서 다시 권족 내에 들어오게 된다. 그녀는 어떤 운명의 힘으로서 권족 내에 들어온 것으로, 이는 권족 내에 순혈을 지키려고 한 도메의 노력이 무의미한 것임을 보여준다.

도메가 권족 내의 순혈을 지키려고 한 노력은 처음부터 무의미한 일이었다. 그녀가 일본인이었기 때문이다. 도메는 일본인이었고, 그러므로 그녀의 아이들 또한 일본인인 그들의 어머니의 피를 가지고 있었기 때문이다.

다카미쓰 가의 혈통을 더럽히고 있는 유일한 인간. 증조모 이후는 몇 대를 거쳐도 피가 더럽혀져 있는 것이다. (중략) 물통의 물에 그림물감이 한 방울 똑 떨어지듯이.(p. 13~14)

권족 1대인 그녀가 일본인인 이상, 권족 내의 피의 흐름은 '물통의 물에 그림물감이 한 방울 똑 떨어지듯이' 섞인 정도가 아니다. 물통의 물의 반인 것이다. 권족 내에서 유일한 일본인인 도메는 자신의 존재 의미를 재일 제주인의 순혈과 권족의 권위에서 찾았다. 그러나 자신이 구축한 막대한 부로 인하여 권족의 권위는 이루었을지 모르지만, 권족의 순혈은 처음부터 불가능한 것이었다. 자신이 일본인이었기 때문이다.

차남의 혈통은 그들 사이에서 아이를 갖는 등 근친상간을 상습적으로 행한다. 그렇기 때문에 더욱 차남의 혈통은 일종의 편견요소로서 권족 내의 사람들에게 작용한다. 권족 내에서 차남의 혈통은 '차남 쪽의 피는 간통에 의해 더럽혀져 있는 것이다'라고 진실을 알고 있는 사람들에게 그들이 더러운 피가 흐르고 있다는 등의 차별을 받는다. 하지만 권족의 직계자손인 다케시의 아들 고지의 경우를 보듯이, 성적기호는 혈통의 문제가 아니고 개인적인 성적취향인 것을 알 수 있다. 요컨대 차남의 혈통이 권족 내에서 소수(少數)이기 때문에 편견을 가진다고 볼 수 있다.

차남의 혈통이 권족 내에서 소수로 분류되는 것은 작가 현월이 나타내고자 하는 재일 한국인의 소수성과도 연결지어 볼 수 있다. 권족 내에서의 순혈과 비순혈의 문제는 일본에서 살아가는 소수집단인 재일 한국인의 순혈과 비순혈, 그리고 편견과 차별문제로 이어진다. 다치바나 료

(立花涼)는 다음과 같이 현월의 전략을 간파한다.

> '기원(起源)' 에서 일본인과 도메를 배치한 『권족』, 일본인끼리의 남녀로부터 태어난 차남이 권족으로서 그 내부에 살려고 하는 것은 조선인 대 일본인이라는 경계를 착란시키는 '전략' 인 것은 의심할 여지가 없을 것이다.[7]

현월은 권족 내의 직계와 차남 계통의 경계를 일본인과 일본사회에 사는 소수집단인 재일 한국인과의 경계로 인식한다. 도메는 권족의 순혈을 지키기 위해 제주도에까지 가서 장남의 며느리로 춘미를 데려온 사람이었다. 그러나 미키가 권족의 직계인 고지의 아이를 낳음으로써 그녀가 차별하였던 차남의 혈통이 당당히 권족 내부로 들어온다. 무엇보다도 아이러니하게 권족에서 재일 한국인의 순혈을 더럽힌 사람은 도메였다. 그녀가 일본인이었기 때문이다. 권족 내에서 순혈과 비순혈의 경계는 처음부터 없었던 것이다. 이렇게 현월은 권족 내의 재일 제주인의 순혈을 고집하는 도메를 통하여 일본사회에서 일본인이 가지고 있는 순혈의 허구성을 지적한다.

이러한 일본인의 순혈문제는 가네시로 가즈키(金城一紀)의 『GO』에서도 볼 수 있다. 『GO』에서 사쿠라이(桜井)는 '중국인과 한국인의 피는

7 다치바나 료(立花涼) 「포스트 구조주의 이야기론 – 현월 『권족』을 둘러싼 사고의 윤리학(ポスト構造主義物語論ー玄月『眷族』をめぐる思考のエチカ)」 新幹社, 2009, p. 113.

더럽다'고 말하고, 스기하라(杉原)와 헤어진다. 하지만 그 후 그녀는 맹렬한 공부를 통하여 자신의 생각이 잘못되었다는 것을 알고, 다시 스기하라를 찾아온다. 중국인과 한국인, 그리고 일본인의 피는 모두 똑같은 것이기 때문이다.

권족의 위세는 제사에 있었다. 도메가 제주도에까지 가서 구한 며느리의 최우선 조건이 '제사 준비를 완벽하게 할 수 있는' 여자였다. 그만큼 권족에게 제사는 중요한 행사였다. 1년에 세 번 있는 제사에 참가하기 위해서 권족 내 자손들은 도쿄에서 한국에서 또 미국에서 건너온다. 이렇게 중요한 행사이지만, 도메가 죽고나서 제사를 관장하는 무당인 이코마 아주머니는 제사 때에 졸고 있다. 이미 제사의 권위가 사라져버린 것이다. 제사의 권위가 사라졌다는 것은 권족의 권위가 사라진 것을 의미한다. 요컨대 권족 내에서 지키려고 했던 재일 제주인의 순혈의 의미가 사라진 것이다.

현월은 『권족』에서 재일 한국인 사회에서 제주 출신의 마이너를 그리고 있다고 볼 수 있다. 더 크게 보면 일본사회에서 비주류인 재일사회로 파악할 수 있다. 또한 주인공을 도메, 즉 여성을 내세운 것은 재일 한국인 중에서도 여성의 차별이 더 심하기 때문이다. 현월은 이 작품 전체를 통틀어, 어디를 가나 다수와 소수의 구분 그리고 소수에 대한 차별이 존재하지만, 사실 그 구분은 의미가 없다는 것을 이야기한다. 이를 현월이 재일 한국인 2세 작가라는 것에 대입하여 볼 때, 그리고 그들의 정체성을 생각했을 때, 작가는 재일 한국인이 일본인이냐 한국인이냐 정의하려고 하는 것은 실은 무의미한 것이며, 그들은 그들 자체로 존중 받아야

한다는 메시지를 전달하고 있다.[8]

베네딕트 엔더슨(Benedict Anderson)은 『상상의 공동체』에서, 민족은 상상의 공동체라고 갈파한다. 민족이 허구이듯이, 그 민족의 순혈도 허구이다. 현월은 『권족』에서 차남의 혈통과 권족 내의 직계 자손을 비교하며 순혈의 허구성을 이야기한다. 이것은 일본에서 주류사회인 일본인과 일본에서 소수집단인 재일 한국인의 순혈의 문제에도 적용될 수 있다고 생각된다. 민족이 허구이듯이, 그 민족의 순혈도 허구인 것이다.

3. 결론

이상, 본서에서는 도메라는 인물을 중심으로 그녀의 정체성과 그것이 권족 내에서 미치는 영향, 그녀의 후세대들의 대립 구도와 순혈의 문제 등을 살펴보았다. 살펴본 것과 같이 도메라는 인물은 권족 역사의 시작점이자 그들 내부에 영원히 뿌리박혀 있을 일종의 신앙으로서 작용한다. 도메는 권족 내에서 재일 제주인의 혈통을 유지하는 일을 자신의 숙명으로 여기며, 자신의 행동을 정당화하는 과정에서 점(占)과 무당에게 의지하고, 이것은 권족 내부에도 절대적인 영향을 미친다. 한없이 순수한 재일 제주인의 혈통을 만들고자 했던 그녀의 노력은 차남 가계의 사람들을 소외층으로 만들고, 이후 순혈과 비순혈 간의 대립 구조를 야기

8 [재일소설가 현월] 「민족차별보다 지역차별 먼저 겪어」, 『한국일보』 한국일보사, 2002년 11월 4일.

한다. 그러나 그녀의 이러한 노력은 차남의 혈통인 미키가 권족 내에 들어옴으로써 물거품이 되어 버린다.

결론적으로, 작가 현월은 이 작품에서 순혈과 비순혈이라는 다수파와 소수파의 구분이 무의미한 것이라는 메시지를 전하고 있다. 이것은 권족 전체와 차남의 혈통을 계승하는 사람들로서 대표될 수 있는데, 이들은 마치 일본사회와 재일 한국인 사회를 소규모로 축소해 놓은 것 같은 모습을 보이고 있다. 요컨대 현월은 순혈을 둘러싼 문제를 통하여, 재일 한국인들이 일본인이냐 한국인이냐 하는 논란 자체가 의미 없다는 메시지를 전하고 싶었다고 생각된다. 이는 현월이 자기 자신은 이미 일본인이며, 자신이 한국인인가 일본인인가 따지는 것은 무의미하다고 했던 것과 일맥상통한다. 일본사회에서 사는 한, 그의 존재 양식은 이미 일본사회와 일본인들 사이에서 일본화되었으며, 이것은 그에게 한국인의 피라는 본래적 양식이 있다고 하더라도 변하지 않는 사실이다. 『권족』에서 이야기하고 있듯이 순혈의 문제는 이미 허구이기 때문이다.

초출일람

1. 현월(玄月) 『그늘의 집(蔭の棲みか)』
　－'서방'이라는 인물－
　(『일본연구』 2004년 12월, 한국외대 일본연구소)
2. 현월(玄月) 『그늘의 집(陰の棲みか)』
－욕망과 폭력－
　(『일어일문학연구』 2005년 8월, 한국일어일문학회)
3. 현월(玄月)의 『나쁜 소문(悪い噂)』
　－료이치(涼一)의 변화 과정 추적을 통한 읽기－
　(『일어교육』 2006년 3월, 한국일본어교육학회)
4. 현월(玄月)의 『나쁜 소문(悪い噂)』
－'소문'이라는 폭력－
　(『일본연구』 2006년 6월, 한국외대 일본연구소)
5. 현월(玄月) 『무대 배우의 고독(舞台役者の孤独)』
　－노조무(望)의 페르소나(persona)－
　(『일본연구』 2008년 3월, 한국외대 일본연구소)

6. 현월(玄月)『땅거미(宵闇)』에 나타난 성(性)
 －공동체의 남성과 여성－
(『일본연구』 2009년 3월, 한국외대 일본연구소)

7. 현월 문학 속의 재일 제주인
(『외국문학연구』 2011년 5월, 한국외대 외국문학연구소)

8. 현월(玄月)의 『말 많은 개(おしゃべりな犬)』 연구
 －노부오의 경우－
(『일본연구』 2013년 9월, 한국외대 일본연구소)

9. 소수집단문학으로서의 재일한국인문학 연구
 －현월의 『이물(異物)』을 중심으로－
(『일본연구』 2012년 8월, 중앙대학교 일본연구소)

10. 재일한국인문학 연구
 －현월(玄月)의 『이물(異物)』을 중심으로－
(『외국문학연구』 2014년 8월, 한국외대 외국문학연구소)

11. 소수집단문학으로서의 재일한국인문학
 －현월(玄月)의 『권족(眷族)』을 중심으로－
(『외국문학연구』 2012년 8월, 한국외대 외국문학연구소)

황봉모(黃奉模)

- 서울출생.
- 한국외대 영어과 졸업. 동 대학원 일본어과 졸업.
- 간사이(關西)대학 대학원 박사전기, 박사후기 과정 수료.
- 고바야시 다키지(小林多喜二) 문학연구로 문학박사 학위 취득.
- 한국외대 일본연구소에서 교육과학기술부 박사 후 과정 수료.
- 한국외대 외국문학연구소와 전북대학교 인문학연구소에서 근무.
- 현재 한국외대 일본어과 강사.

논문

「현월의 『이물』론」(2012), 「현월의 『권족』연구」(2012), 「현월의 『말 많은 개』연구」(2013), 「고바야시 다키지의 『방설림』과 최서해의 『홍염』비교연구」(2013) 등이 있음.

저서

『고바야시 다키지 문학의 서지적 연구』(어문학사, 2011), 『재일 한국인 문학 연구』(어문학사, 2011), 번역으로 『게잡이 공선』(지만지, 2011), 『고바야시 다키지 선집 1』(이론과 실천사, 2012)이 있음.

현월문학연구

초판 1쇄 발행일 2016년 4월 25일

지은이 황봉모
펴낸이 박영희
책임편집 김영림
디자인 박희경
마케팅 임자연
인쇄·제본 태광 인쇄
펴낸곳 도서출판 어문학사
서울특별시 도봉구 쌍문동 523-21 나너울 카운티 1층
대표전화: 02-998-0094/편집부1: 02-998-2267, 편집부2: 02-998-2269
홈페이지: www.amhbook.com
트위터: @with_amhbook
페이스북: https://www.facebook.com/amhbook
블로그: 네이버 http://blog.naver.com/amhbook
다음 http://blog.daum.net/amhbook
e-mail: am@amhbook.com
등록: 2004년 4월 6일 제7-276호

ISBN 978-89-6184-410-9 93830
정가 22,000원

이 도서의 국립중앙도서관 출판예정도서목록(CIP)은 e-CIP홈페이지(http://www.nl.go.kr/ecip)와 국가자료공동목록시스템(http://www.nl.go.kr/kolisnet)에서 이용하실 수 있습니다.
(CIP제어번호: CIP 2016010093)